DER
PALAST

RODICA DOEHNERT

Bibliografische Information der Deutschen Nationalbibliothek
Die Deutsche Nationalbibliothek verzeichnet diese Publikation in der Deutschen Nationalbibliografie. Detaillierte bibliografische Daten sind im Internet über http://dnb.d-nb.de abrufbar.

Für Fragen und Anregungen
info@lago-verlag.de

Wichtiger Hinweis
Ausschließlich zum Zweck der besseren Lesbarkeit wurde auf eine genderspezifische Schreibweise sowie eine Mehrfachbezeichnung verzichtet. Alle personenbezogenen Bezeichnungen sind somit geschlechtsneutral zu verstehen.

Originalausgabe
1. Auflage 2022
© 2022 by Lago Verlag, ein Imprint der Münchner Verlagsgruppe GmbH
Türkenstraße 89
80799 München
Tel.: 089 651285-0
Fax: 089 652096

Alle Rechte, insbesondere das Recht der Vervielfältigung und Verbreitung sowie der Übersetzung, vorbehalten. Kein Teil des Werkes darf in irgendeiner Form (durch Fotokopie, Mikrofilm oder ein anderes Verfahren) ohne schriftliche Genehmigung des Verlages reproduziert oder unter Verwendung elektronischer Systeme gespeichert, verarbeitet, vervielfältigt oder verbreitet werden.
Die Buchrechte wurden vermittelt und lizenziert durch Constantin Television GmbH.

Redaktion: Ursula Kollritsch
Umschlaggestaltung & Layout: Isabella Dorsch
Umschlagabbildung: Shutterstock.com/SunshineVector, sergio34
Illustrationen im Innenteil: Katharina Borgs
Satz: Christiane Schuster | www.kapazunder.de
Druck: GGP Media GmbH, Pößneck
Printed in Germany

ISBN Print 978-3-95761-209-0
ISBN E-Book (PDF) 978-3-95762-300-3
ISBN E-Book (EPUB, Mobi) 978-3-95762-301-0
ISBN Hörbuch (Download) 978-3-95762-321-8

Weitere Informationen zum Verlag finden Sie unter
www.lago-verlag.de
Beachten Sie auch unsere weiteren Verlage unter www.m-vg.de

RODICA DOEHNERT

DER PALAST

ROMAN

LAGO

1989

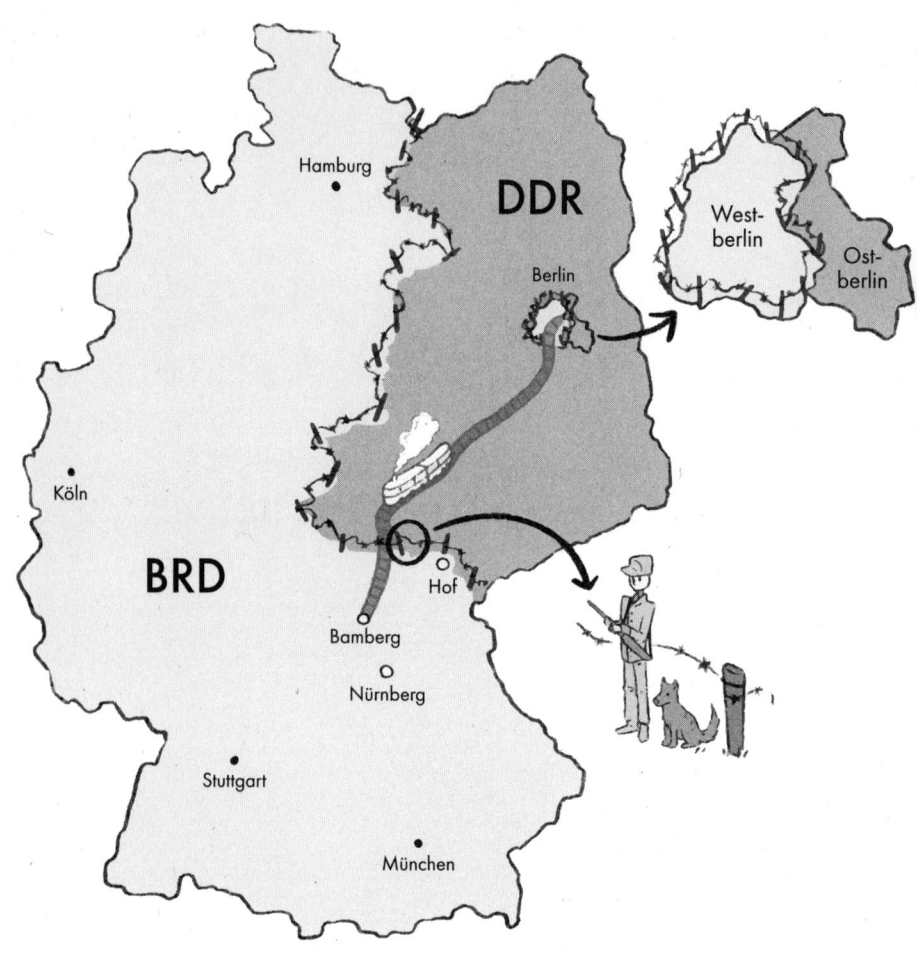

INHALT

BUCH 1 11
DIE BEGEGNUNG 11

BUCH 2 129
SPIEL MIT DEM FEUER 129

BUCH 3 223
AUFBRUCH 223

EPILOG 314

NACHWORT DER AUTORIN 319
DANKSAGUNG 323
GLOSSAR 327

Ring the bells that still can ring
Forget your perfect offering
There is a crack, a crack in everything
That's how the light gets in

LEONARD COHEN IN »ANTHEM«

BUCH I

DIE BEGEGNUNG

Einstmals saßen die Frauen und Männer, die Kinder und Greise und all die anderen Mitglieder einer Sippe ums Feuer und hörten die Geschichten ihres Medizinmannes. Geschichten von Heilung, von Wachstum, von Stärke, von Liebe und von den Kämpfen, den inneren und den äußeren. Sie lernten das Leben in seiner Vielfalt zu respektieren, Abgründe zu überwinden, Chaos zu beherrschen, dem Licht entgegenzuwachsen. Sie erfuhren sich als ein Ganzes, in dem jeder seine besondere Aufgabe zu erfüllen hatte. Sie lernten den anderen in seinem Sosein zu respektieren. Vielheit in Einheit war ihre Stärke.

ERSTES KAPITEL

*Auf einem Flug zwischen Bangkok und
Berlin ist Zeit für eine lange Geschichte. Wie ich das
Mädchen mit den Mauersteinen kennenlernte.*

Vor fast zwanzig Jahren hielt ich mich zu Recherchen in Thailand auf. Eine Zeitungsmeldung, dass ein achtjähriger siamesischer Junge nach einem Flugzeugabsturz über dem Dschungel einen großen Teil der Passagiere gerettet hatte, inspirierte mich zu einer Geschichte. Unter den Geretteten war auch eine deutsche Familie. Später war der Junge an Krebs erkrankt, zufällig erfuhr jene Familie davon und holte ihn zu einer Behandlung nach Deutschland.

Ich hatte mich einige Tage in Chiang Mai im Norden Thailands aufgehalten und in einem Dorf im Regenwald mit den Einheimischen gelebt. Es waren bewegende Tage. Als ich meine neuen Freunde verließ, um nach Bangkok weiterzureisen, waren sie Teil meiner Geschichte geworden und ich trug sie in meinem Herzen.

In Thailands Hauptstadt überraschten mich die unzähligen jungen Europäer, Männer und Frauen, die sich trotz Hitze, Staub und Armut der einheimischen Bevölkerung in den Hostels eingerichtet hatten und das Nachtleben genossen. Ich besichtigte die goldenen Tempel und fuhr den breiten Fluss auf und ab. In den Abendstunden saß ich auf kühlen Terrassen und schrieb. Wo ich auch war, boten mir Straßenhändler ihre Souvenirs an, bunte Sonnenschirme, kleine Gottheiten aus Stein, Gusseisen oder Kunststoff, Lampions und Blumenketten aus Papier. Zu meiner großen Verwunderung waren im Sortiment der Verkäufer auch Brocken der Berliner Mauer, die achtundzwanzig Jahre lang Ost- von Westberlin, Ostdeutschland von Westdeutschland, den Ostblock vom Westblock getrennt hatte. Diese schwer bewachte Grenze war das Symbol des Kalten Krieges gewesen zwischen einem Teil der Welt und dem anderen.

Ich hatte im Osten des geteilten Landes, in der DDR, gelebt. Als ich zu denken anfing, gab es diese Mauer schon, und als ich erwachsen geworden war, fiel sie in einer Nacht. Der Kalte Krieg war plötzlich zu Ende gegangen. Die Menschen stiegen auf die Mauer, ließen die Sektkorken knallen und sangen in allen Sprachen. In den nächsten Monaten zerschlugen sie die Mauer als Symbol für den Frieden, der von nun an ihr Leben bestimmen sollte. Deutschland wurde wieder ein vereintes Land.

Und nun, Jahre nach diesem spektakulären Ereignis, entdeckte ich in Bangkok Mauersteine aus meiner Heimat und fragte mich, wie die wohl Tausende Kilometer weit hierhergekommen sein mochten. Es mussten Millionen sein, denn jeder fliegende Händler verkaufte sie. Wahrscheinlich waren diese Souvenirs inzwischen in vielen Ländern der Welt im Angebot. Einige Tage später auf dem Rückflug nach Berlin sollte ich mehr über die Steine erfahren.

Ich verstaute mein Handgepäck im Fach über der Sitzreihe und schob mich auf meinen Platz. Am Fenster saß bereits eine junge Frau. Wir begrüßten uns auf Englisch, stellten aber schnell fest, dass wir beide

Deutsche waren. Das machte die Nähe, die wir für über vierzehn Flugstunden haben würden, angenehm. Pünktlich hob die Maschine ab, wir richteten uns häuslich ein, um die Flugzeit so komfortabel wie möglich zu verbringen. Während ich meine Tasche unter die Füße schob, die Flugsocken anzog, Bücher und Laptop zurechtlegte, löste meine Nachbarin die Spange, mit der sie ihr langes blondes Haar am Hinterkopf festgesteckt hatte, und zog ihre Beine auf dem Sitz dicht an den Körper.

Ich hielt sie für eine der jungen europäischen Touristinnen, die ich im Nachtleben der thailändischen Hauptstadt beobachtet hatte. »Wie lange waren Sie in Bangkok?«, wollte ich wissen.

»Fast zwei Jahre«, antwortete sie und streckte mir ihre schmale Hand entgegen. »Ich heiße Lilia. Von mir aus können wir du sagen.«

»Gern.« Ich ergriff ihre Hand, stellte mich vor und fragte neugierig: »Zwei Jahre? Studierst du in Bangkok oder arbeitest dort?«

»Ich habe mein eigenes Business gegründet«, sagte Lilia selbstbewusst.

»Wirklich?« Ich war verblüfft. »Was ist das für ein Geschäft?«

»Bist du aus dem Osten oder aus dem Westen?«, fragte sie statt einer Antwort.

»Ostberlin. Ich habe in der DDR gelebt«, erwiderte ich erfreut über ihr Interesse.

Sie kramte im Rucksack und holte zu meiner Überraschung einen dieser Mauersteine hervor, wie ich sie bei den Straßenhändlern gesehen hatte.

»Dann kennst du die Mauer so?« Sie zeigte mir die graue Seite des Brockens.

Ich nickte. Wie bei einem Zaubertrick drehte sie den Stein zwischen ihren Fingern herum. Der Stein war bunt geworden. Ich nahm ihn in die Hand. »Ja, für uns Ostdeutsche war die Mauer grau. Wir hatten keine Ahnung, dass sie im Westen bunt bemalt worden war.«

»Ich bin auch aus dem Osten«, erzählte Lilia. »Ich war zehn, als die Mauer fiel. Für mich hatte sie damals kaum eine Bedeutung. Erst wenige Monate vor ihrem Fall habe ich eine Ahnung davon bekommen, wie mächtig sie war.«

Ich gab Lilia den Stein zurück. »Hast du dieses Mauerstück von einem der fliegenden Händler gekauft?«

»Ich habe es selbst produziert.«

Verblüfft sah ich sie an.

»In meiner Fabrik besprühen wir Beton mit Graffiti, zerhacken ihn, und dann ab in die ganze Welt damit. Voilà!« Lilia präsentierte den Brocken wie einen Diamanten.

Das hieß, die Mauersteine der fliegenden Händler waren gar nicht echt? Dass ich darauf reingefallen war?

»Ist doch ein schönes Symbol.« Sie schenkte mir den Stein.

»Wieso hast du deine Fabrik in Bangkok gegründet und bist nicht in Berlin geblieben?«, wollte ich wissen.

»Mein Businesspartner ist Thailänder. Er wusste von der leer stehenden Fabrik.«

Lilias Gründergeist beeindruckte mich.

»Meine Tante hat mich unterstützt«, erzählte sie weiter. »Sie ist Unternehmerin in Bamberg. Als sie von meiner Idee hörte, hat sie mir Startkapital vorgeschossen. Ich habe es ihr schon nach einem Jahr zurückzahlen können. Zinsen wollte sie nicht.«

Ich nickte anerkennend.

»Dabei habe ich die ersten neun Jahre meines Lebens nicht einmal gewusst, dass ich eine Tante habe.« Lilia schloss die Augen und ein Leuchten ging über ihr Gesicht.

»Wir sind eine verrückte Familie, musst du wissen. Bei uns läuft alles anders.«

Die Stewardessen unterbrachen uns mit dem Essen. Wir klappten die Tische herunter und wählten, während wir über den Golf von Bengalen flogen, zwischen Fisch und Fleisch.

»Warst du schon mal im Friedrichstadt-Palast?« Lilias Gedankensprünge überraschten mich.

»Natürlich! Als Kind war ich manches Mal im alten Palast und habe dort Clown Ferdinand erlebt.« Vor meinem inneren Auge sah ich den Zuschauerraum, der einer halbrunden Arena glich. Prächtige Säulen hielten die Deckenkonstruktion. Wir Kinder klatschten und jubelten, wenn der tschechische Schauspieler Jiri Vrstala in Clownsmaske, weiten gestreiften Hosen, mit einer überdimensionalen Sonnenblume auf der bunten Jacke, Schirm und seinem Papagei auf der Bühne stand.

»Kennst du auch den neuen Palast, der wie ein orientalisches Gebäude aussieht?«, wollte Lilia wissen und meinte den 1984 eröffneten Friedrichstadt-Palast.

Ich nickte amüsiert. »Die Berliner haben ihn aserbaidschanischen Bahnhof genannt, und es ging das Gerücht, dass das Bauwerk eigentlich für einen arabischen Scheich konzipiert worden war. Angeblich machte er im letzten Augenblick einen Rückzieher. Die DDR saß auf den Bauteilen und entschloss sich, damit das neue Revuetheater aufzubauen.«

Wir lachten über die moderne Legendenbildung. Die wirkliche Geschichte war, dass der alte Friedrichstadt-Palast, der Ende des 19. Jahrhunderts neben den Stadttoren Berlins als Markhalle errichtet worden war, die Bauarbeiten des Hochhauses des Berliner Klinikums Charité nicht überstanden hatte. Das Grundwasser fiel und damit wurden die Stützpfeiler des alten Palastes morsch. Er musste wegen drohender

Baufälligkeit geschlossen werden. Aber weil die DDR-Staatsführung die leichte Unterhaltung liebte und die Tänzerinnen mit dem Gardemaß von einem Meter dreiundsiebzig, die allabendlich ihre Beine im Gleichtakt schwangen, wurde ein neuer, moderner Palast ein paar Hundert Meter weiter geplant, genau auf dem Platz, auf dem die preußische Armee bis zum Ende der Kaiserzeit ihre Exerzierübungen hatte stattfinden lassen. Dieser gigantische Revuepalast, dessen Bühne bereits damals, Anfang der Achtzigerjahre, alle europäischen Pendants übertraf, wurde in nur knapp vier Jahren hochgezogen, und das unter den Bedingungen der ewigen Materialknappheit in der DDR. Auch heute noch weiß niemand so richtig, was das Bauwerk gekostet hat. Über einhundertsechzig volkseigene Betriebe sollen in Sonderschichten gearbeitet haben.

Der Bau und die Eröffnung des neuen Friedrichstadt-Palastes waren mehr oder weniger an mir vorübergegangen. Damals war ich Regiestudentin, es zog mich ins Brecht-Theater schräg gegenüber oder ins Deutsche Theater, auch nur ein paar Hundert Meter entfernt. Die Revuen im Palast waren für mich Tingeltangel und halb nackte Tänzerinnen mit Federbusch am Popo übten keinerlei Anziehung auf mich aus. Ich wusste damals nicht, dass das Revuetheater seit der Jahrhundertwende seine Tradition gerade in Berlin begründet hatte, mit Berühmtheiten wie Max Hansen, Billy Igel und den Tiller Girls, die im Wintergarten Varieté, in der Scala, im Metropol-Theater oder im Theater des Westens großartige Revuen tanzten. Dazu traten Sängerinnen und Schauspielerinnen wie Claire Waldoff, Asta Nielsen, Anita Berber, Marlene Dietrich auf, nicht zu vergessen die einzigartigen Comedian Harmonists. Viele von ihnen mussten nach 1933 in die USA emigrieren und prägten in Hollywood die Musikfilme der Vierziger-, Fünfziger- und Sechzigerjahre entscheidend mit.

Während ich die Bilder vor mir sah, die Tänzerinnen in ihren glamourösen Kostümen, das Orchester spielen hörte und den tosenden Applaus der Zuschauer, sprudelte Lilia weiter, dass ihre Mutter, Christine Steffen, bis vor Kurzem Tänzerin im Friedrichstadt-Palast gewesen war und inzwischen dort als Ballettmeisterin arbeitete. »Ich war im Kinderballett«, erzählte Lilia über sich. »Mama wollte nicht, dass ich in ihre Fußstapfen trete. Sie meinte, dass ich kein Talent zur Solistin habe. Willst du dein Dessert nicht?« Lilia zeigte auf mein Tablett. Ich reichte ihr das Schälchen mit Tiramisu.

»Ich war so empört, dass ich mir die Sache mit den Mauersteinen ausgedacht habe«, erzählte Lilia mit vollem Mund. »Ich wollte Mama schockieren. Aber dann ist es damit wirklich ernst geworden.« Sie hatte nun auch mein Dessert vertilgt. »Willst du unsere Geschichte hören? Die Geschichte meiner Familie?«

»Ich liebe Geschichten«, entgegnete ich erfreut, setzte mich bequem und ließ mich in Lilias Erzählung hineinfallen.

ZWEITES KAPITEL

*Mit dem Wünschen ist es so eine Sache. Manchmal hilft es.
Meistens kommt es jedoch anders, als man denkt.*

Was hätte sich die Tänzerin Christine Steffen gewünscht, wenn sie gefragt worden wäre? Endlich ihr erstes Solo? Die große Liebe? Eine Woche Urlaub ganz mit sich allein, um mal richtig ausschlafen zu können? Was hätte sich Chris gewünscht? Ganz sicher hätte auf ihrer Liste niemals der Wunsch gestanden, dass die Mauer fällt und sie ein freier Mensch wird. Dieser Gedanke war einfach zu absurd, als dass sie dafür einen kostbaren Wunsch investiert hätte. Nein, Chris hätte sich etwas Realistisches gewünscht, etwas, das im Bereich ihres Denkens gelegen hätte. Aber es fragte niemand nach ihren Wünschen – keine Fee und kein Staat. Dennoch wurde die bald Achtundzwanzigjährige, die sich eingerichtet hatte, fast wunschlos glücklich zu sein, innerhalb kurzer Zeit mit Tatsachen konfrontiert, die sie niemals für möglich gehalten hätte.

Im Palast war die Inszenierungsbesprechung für die neue Revue anberaumt worden. Das gesamte Ensemble, die Gewerke und alle Abteilungen saßen im großen Zuschauerraum. Auf der leeren, ohne Scheinwerferlicht und Dekoration nüchternen Bühne stand der Intendant und erläuterte, wie das vor ihnen liegende Arbeitsjahr, das Jahr des 40. Geburtstages der Republik, verlaufen würde. »Es sind zwei Programme geplant. Die Revue ›Jubiläum‹ im Frühling und eine zweite im Herbst, kurz vor dem Republikgeburtstag. Danach gehen wir auf ein dreiwöchiges Gastspiel nach Leningrad.«

Geraune und Getuschel im Zuschauerraum. Chris dachte daran, dass sie sich für diese Reise in die Sowjetunion von ihrer Tochter trennen musste. Wie immer, wenn eine Tournee geplant war, behagte ihr der Gedanke gar nicht. Aber bis dahin ist noch viel Zeit, sprach sie sich gut zu.

»Ach ja«, fiel dem Intendanten ein, »noch etwas Wichtiges. Unsere Solistin Gaby ist schwanger.«

Die Kolleginnen und Kollegen johlten und applaudierten. Gaby Sommer zeigte mit einer Handbewegung an, dass sich doch bitte alle beruhigen sollten.

»In der engeren Wahl für die Soloposition sind?« Der Intendant schaute zur Ballettdirektorin in der ersten Reihe. Regina Feldmann erhob sich ganz Grand Dame. »Christine Steffen und Bettina Wilke. Die nächsten Wochen werden zeigen, wer im neuen Programm das Solo tanzt.«

Chris verbarg ihre Aufregung hinter professioneller Gelassenheit. Gaby, die neben ihr saß, nickte zuversichtlich und drückte ihre Hand. Chris wusste, dass die Latte hoch hing. Die achtzehnjährige Wilke, Absolventin der Ballettschule, hatte gerade erst im Ensemble angefangen, war frisch in ihren Mitteln und sehr ehrgeizig. Chris würde alles geben müssen. Schon lange hatte sie auf diesen Karriereschritt gewartet, merkte jetzt aber, wie sich Druck aufbaute. Das kannte sie: Die Freude über die Herausforderung und die Angst zu versagen mischten sich. Chris dachte an die Worte ihrer Ballettlehrerin: Kopf ausschalten. Herz einschalten. Tanzen.

Vierhundert Kilometer weiter, in Westdeutschland, in Bamberg, trat die ebenfalls bald achtundzwanzigjährige Marlene Wenninger in das Büro ihres Vaters und erfuhr, dass sie zu den Verhandlungen mit dem DDR-Außenhandelsministerium fahren sollte. »Opa fühlt sich nicht gut, und wir möchten dich bitten, das erste Gespräch mit unseren potenziellen Geschäftspartnern in Ostberlin zu führen«, sagte Roland, Marlenes Vater und Chef des Unternehmens. Er selbst reiste niemals nach drüben. Sogar die Leipziger Messe überließ er Jahr für Jahr seiner Tochter und seinem inzwischen über achtzigjährigen Vater. Roland begründete seine Weigerung stets damit, dass sich schließlich einer um die Produktion vor Ort kümmern müsse. Marlene nahm alle Anweisungen entgegen und jubelte innerlich. Schon seit Wochen hatte sie auf diese Möglichkeit einer Reise nach Ostberlin gewartet. Regelrecht herbeigewünscht hatte sie diese.

Marlene, die es übernommen hatte, das Familienunternehmen auf EDV umzustellen, war in den Bankunterlagen zufällig auf ein Konto gestoßen, das auf eine gewisse Christine Steffen in Ostberlin lief und eine sechsstellige Summe auswies. Marlene hatte den Namen der Frau noch niemals gehört und war irritiert, stark irritiert. Natürlich hätte sie ihren Vater nach der Nutznießerin dieser angesparten Summe fragen können. Doch ihre Intuition sagte ihr, dass es sich um etwas Ungeheuerliches handeln musste. Eine ehemalige Geliebte vielleicht? Oder eine Erpressung? Was hatte es mit dem Geld auf sich? In Marlene regte sich Detektivgeist, und sie war entschlossen, die nächstbeste Gelegenheit zu nutzen, um hinter das Geheimnis des Kontos zu kommen. Und diese Gelegenheit ergab sich – jetzt! Sie würde im Auftrag ihres westdeutschen Familienunternehmens, der Wenninger & Co. KG, zu den Verhandlungen fahren und ganz nebenbei nach dieser Christine Steffen suchen. Deren Adresse war ihr aus den Kontounterlagen bekannt. Bei der Ostberliner Telefonauskunft erfuhr Marlene die Rufnummer. Damals kannte man den Begriff »Datenschutz« weder im Osten noch im Westen. Aufgeregt wählte Marlene die Nummer. Eine ältere Dame meldete sich mit »Elisabeth Steffen«. Marlene erkundigte sich so beiläufig wie möglich, als handelte es sich um eine Freundin, nach Christine. Die alte Dame – vielleicht deren Mutter oder Großmutter? – schien verwundert, erklärte aber, dass Chris schon längst nicht mehr bei ihnen wohne.

»Haben Sie vielleicht eine Telefonnummer?«, fragte Marlene standhaft weiter.

»Chris hat kein eigenes Telefon. Sie erreichen sie im Palast«, gab die Dame bereitwillig Auskunft. »Sie können auch gern eine Nachricht bei mir hinterlassen.«

»Ich werde im Palast anrufen.« Marlene hatte keine Ahnung, welcher Palast gemeint war, wollte sich aber nicht die Blöße geben. Sie dankte mit fester Stimme und verabschiedete sich. Als sie auflegte, fühlte sie ihr Herz schlagen.

Christine hatte stets einen vollen Tag. Vormittags und nachmittags Training und Proben. Jeden Abend Vorstellung, den Montag ausgenommen, da gab es um zehn Uhr nur das klassische Balletttraining. An den anderen Tagen startete danach, um elf Uhr, die Durchstellprobe für den Abend. Wenn jemand ausfiel, mussten die Positionen neu besetzt und geprobt werden. Dann ging es ans Einstudieren des neuen Programms. Oft saßen die Choreografen schon nervös im leeren Ballettsaal und warteten auf das Ensemble.

In der kurzen Pause bis zur Abendvorstellung kümmerte sich Chris um ihre Tochter Lilia, die gleich im ersten Jahr ihres Engagements geboren worden war. Chris hatte sich in den Saxofonisten Alexander Bachmann verguckt, einen charmanten Kerl, der sich ihrer angenommen und das Küken, das sie damals war, ins Ensemble eingeführt hatte. Nach den Vorstellungen zeigte er ihr das Ostberliner Nachtleben und seine große kalte Vierraumwohnung in der Chausseestraße, einen Steinwurf weit vom Friedrichstadt-Palast entfernt. Leider dauerte »la dolce vita« nicht mal ein Jahr, danach musste Chris ein Kind, die Beziehung und ihren Beruf unter einen Hut bringen. Alexander erwies sich als Frauenheld, aber guter Vater. Wegen Ersterem trennte sich Chris von ihm, und dank dem Zweiten konnte sie sich trotz aller Unstimmigkeiten auf ihn verlassen, wenn es um Lilia ging. Chris zog wieder zu Hause ein und genoss die Unterstützung ihrer Mutter Rosa und ihrer Großeltern. Alexander blieb seiner Tochter treu und Chris ein guter Freund.

Lilia wuchs zwischen den Beinen der Kolleginnen und Kollegen auf und wurde eines von unzähligen Palastkindern. Damals in der DDR war es normal, jung Kinder zu bekommen. Dennoch war das übervolle Leben für Chris eine Gratwanderung.

Lilia wusste, dass der Tag wie eine Perlenschnur ablaufen musste, und richtete sich ein. Sie hatte ihre Oma Rosa, ihre Urgroßeltern Elisabeth und Richard, ihren Papa Alexander und ihre Mama. Inzwischen war Lilia neun, ging in die vierte Klasse und trainierte im Kinderballett des Palastes. Sie war fest überzeugt, dass ihre Mutter eine der Solistinnen im neuen Programm werden würde. Schließlich war die Konkurrentin Bettina Wilke noch grün hinter den Ohren, so zumindest sagten es die Großen, wenn jemand jung und neu war im Ensemble.

In Bamberg hatte Marlene inzwischen herausgefunden, dass es in Ostberlin zwei Paläste gab: den Palast der Republik und den Friedrichstadt-Palast. Über die Auskunft hatte sie sich die Telefonnummern beider Häuser besorgt. Im Palast der Republik sagte man ihr bereitwillig, dass eine Christine Steffen hier nicht bekannt sei, und verwies Marlene darauf, es im Friedrichstadt-Palast zu versuchen. Dort bestätigte ihr der Pförtner, dass Chris zum Ballettensemble gehöre und er eine Nachricht hinterlegen könne. Marlene verzichtete dankend und stellte überrascht fest, dass diese Christine Steffen noch jung sein musste. Sie hatte nun alle Informationen, die sie brauchte, und wollte das Rätsel vor Ort lösen.

Marlene setzte sich in den Zug von Bamberg nach Hof und nach einer Pass- und Zollkontrolle dort wechselte sie in den

Transitzug nach Berlin. Ohne Halt fuhr sie durch die DDR bis zum Bahnhof Friedrichstraße, wo sich der Grenzübergang nach Ostberlin befand. Eine komplizierte Prozedur, und man versteht sie am besten, wenn man sich eine Karte aus der Zeit anschaut.

Als Westdeutsche war es für Marlene unkompliziert, mit ihrem Pass zwischen den beiden deutschen Staaten und den durch die Mauer getrennten Teilen Berlins hin und her zu reisen. Die Besucher aus dem Westen mussten für ihren Aufenthalt im Osten eine Tagesrate von fünfundzwanzig D-Mark vom Staat heiß begehrter Devisen bezahlen. Und zwar für jeden Tag, ähnlich einer Kurtaxe. Deshalb empfing man sie gern als Gäste. Die Ostdeutschen und Ostberliner aber hatten schön hinter der schwer bewachten Grenze zu bleiben. Eine himmelschreiende Ungerechtigkeit, die von den Bürgern der DDR nur noch zähneknirschend geduldet wurde. Der Ruf und der Wille nach Veränderung krochen aus den schmalen Ritzen der Diktatur und bahnten sich unaufhaltsam ihren Weg. Doch wie viel und wie schnell sich alles verändern würde, davon war zu Beginn jenes legendären Jahres 1989, in dem die DDR ihren 40. Jahrestag feierte, in dem sich Marlene auf die Reise nach Ostberlin machte und Chris fest entschlossen war, die Soloposition zu bekommen, noch wenig zu merken.

DRITTES KAPITEL

*Money makes the world go round.
Westgeld ist in der DDR Goldstaub. Eintrittskarten für den
Friedrichstadt-Palast sind es auch. Der Apfel fällt nicht
weit vom Stamm. Chris geht zur 128.
Vorstellung der laufenden Revue.*

»Sie liefern uns die Rohlinge. Feinarbeit und Einbau werden wir bei uns in Bamberg machen. Das gibt beiden Seiten Sicherheit. Wir müssen von erstklassiger Materialqualität ausgehen. Das garantieren wir unseren Auftraggebern.« Marlene saß mit einer Gruppe von Außenhändlern der DDR im neu erbauten Handelshaus am Bahnhof Friedrichstraße, nur ein paar Hundert Meter vom Friedrichstadt-Palast entfernt.

In jenem Jahr steckte die Wenninger & Co. KG wie die gesamte westdeutsche Metallbranche in der Krise. Um Kosten zu sparen, war Marlenes Vater auf die Idee gekommen, einen Teil seiner Produktion in den Osten auszulagern. Die DDR brauchte dringend Devisen, womit sie auf dem Weltmarkt einkaufen konnte, und bot sich deshalb gern als Dienstleister an. In den Jahren ihres Bestehens war die Deutsche Demokratische

Republik mehr und mehr zur verlängerten Werkbank des Westens geworden.

»Wir haben hier die Prototypen mitgebracht.« Jürgen Feinschmitt, drahtig, Schnauzer im schmalen Gesicht, lud Marlene mit einer Handbewegung an einen der Tische ein, auf dem Zahnradrohlinge ausgestellt waren.

Marlene, die Betriebswirtschaft studiert hatte und inzwischen schon zwei Jahre in der Firma arbeitete, schaute sich die Verarbeitung der Musterstücke an.

Ernst Schäfer, gut zwanzig Jahre älter als Feinschmitt, brachte technische Unterlagen. »Eine Aufstellung der Materialzusammensetzungen, die wir Ihnen anbieten können. Allerdings kaufen wir den Stahl auch auf dem Weltmarkt und sind wie Sie von den Preisen abhängig«, sagte er.

»Die finanziellen Details wird mein Vater mit Ihnen besprechen. Wenn Sie erlauben, nehme ich die Übersicht über Ihre Qualitätsstandards mit nach Bamberg.« Marlene schaute in die Runde. Sie hatte es eilig und hoffte auf einen schnellen Abschluss ihres Termins. Es drängte sie zur Abendvorstellung in den Friedrichstadt-Palast. Dort hatte sie sich telefonisch eine Karte bestellt – für Westgeld bekam man die heiß begehrten Billetts sogar am gleichen Tag. Für die Ostdeutschen waren sie wie Goldstaub. Die mussten sich dafür einmal im Jahr in einer endlos scheinenden Schlange bis zum Bahnhof Friedrichstraße anstellen. Während des stundenlangen Wartens blieb ungewiss, ob die Geduldigen am Ende auch zu den Glücklichen gehören würden.

Die DDR-Außenhändler waren ausgesprochen zuvorkommend zu der jungen Frau aus dem Westen. Sie wollten das Geschäft mit den Wenningers unbedingt unter Dach und Fach bringen.

Die brauchen wirklich jede Westmark, dachte Marlene und kam sich wie ein Eindringling auf einem fremden Kontinent vor, der mit Glasperlen handelt, um die Einheimischen zur Preisgabe ihres Landes zu verführen. Nachdem alles besprochen und geklärt war, luden Jürgen Feinschmitt und Ernst Schäfer Marlene zum Geschäftsessen ein. Doch zur Enttäuschung der beiden Herren entschuldigte sie sich charmant mit dringenden Terminen. Die Außenhändler hatten sich auf den Abend gefreut, besonders auf ein exzellentes Menü im Restaurant »Ganymed« auf dem Schiffbauerdamm, wo man Wochen im Voraus einen Tisch reservieren musste. Ohne Marlenes Begleitung fiel das Vergnügen nun aus.

Nachdem Marlene Hände geschüttelt und versprochen hatte, der Geschäftsleitung in Bamberg, ihrem Vater und Großvater, die besten Grüße auszurichten, und mit allen wichtigen Unterlagen in ihrer Tasche in den Fahrstuhl gestiegen war, freute sie sich, dass nun das Abenteuer begann.

»Und die ganz Fleißigen unter euch können die Choreografie vor dem Schlafengehen noch mal in Gedanken durchgehen. Denn…«, rief die Leiterin des Kinderballetts ihren Schützlingen am Schluss der Trainingsstunde zu.

»… man kann auch in Gedanken üben«, antworteten die Kinder im Chor. Schon liefen die Mädchen und Jungen durcheinander. Manche wurden von ihren Müttern oder Großmüttern abgeholt. Viele gingen allein nach Hause. Lilia hatte an diesem

Tag Glück, denn Chris wartete hinter der Tür des Ballettsaales auf sie.

»Mamuschka!« Lilia fiel ihrer Mutter um den Hals.

Die Palastkinder gehörten zur großen Palastfamilie und die meisten tanzten im Kinderballett. Gerade waren auch sie dabei, ein neues Programm einzustudieren. »Der Wasserkristall«. Lilia hatte sich in den Kopf gesetzt, die Rolle einer Wasserfee zu bekommen. Ihre Ballettlehrerin hatte an diesem Nachmittag lobend zu Lilia gesagt, dass der Apfel bekanntermaßen nicht weit vom Stamm fiele. Dies alles berichtete sie ihrer Mutter zu Hause, während sie ihre letzten Hausaufgaben erledigte und Chris das Abendbrot zubereitete.

»Mit dem Apfel meint sie mich, Mama«, rief Lilia in die Küche. »Und mit dem Stamm dich.«

Chris war in Gedanken schon beim Abendprogramm. Daher hatte sie gerade nicht den Kopf frei, um auf die Sache mit dem Stamm und dem Apfel einzugehen. »Möchtest du Tee oder Saft?«, fragte sie ihre Tochter laut.

»Saft!« Lilia schloss ihre Federtasche und steckte sie zu den Heften und Büchern in ihre Schulmappe. Für sie war es normal, dass die Mutter sich vor den Auftritten beeilen musste und wenig Zeit hatte.

Rasch wischte Chris über die Tischplatte und zog den meerblauen Kunststoffvorhang der elektrischen Duschkabine zu, die, seit sie ihr guter Freund Georg in der Ecke des Raums installiert hatte, in wenigen Minuten heißes Wasser für ein sehr kurzes Duschbad zauberte. Ein Badezimmer gab es in der Wohnung nicht. Die Toilette war in eine klitzekleine Kammer eingebaut. Chris hatte die zwei Zimmer mit Küche beim staatlichen

Wohnungsamt ergattert, weil sie der Sachbearbeiterin zwei Karten für den Friedrichstadt-Palast organisieren konnte.

Chris atmete tief durch und lief ins Kinderzimmer. »Gute Nacht, meine Lilia-Maus.«

Die Tochter schmiegte sich in den Arm der Mutter. Lilia wusste, was folgen würde. »Wenn das Sandmännchen zu Ende ist, dann Fernseher aus. Wenn es klingelt, nicht an die Tür gehen, niemanden reinlassen. Spätestens um acht Licht aus. Und! Keine Süßigkeiten!«

Das Kind nickte brav. Diese allabendlichen Ansagen waren eigentlich überflüssig, denn Lilia machte, was sie wollte. Schließlich verließ ihre Mutter Abend für Abend gegen achtzehn Uhr das Haus und kam erst gegen dreiundzwanzig Uhr zurück. Wie sollte sie da kontrollieren können, was ihre Tochter in den Stunden des Alleinseins machte?

Die große Lilia neben mir im Flugzeug kicherte wie das Kind, das sie einmal gewesen war. Ich musste schmunzeln. Was heute undenkbar ist, kleine Kinder allein zu Hause zu lassen, erst recht am Abend, war damals im Osten kein Problem. Arbeitende Mütter mussten pragmatisch sein. Die wenigsten hatten die Unterstützung ihrer Männer, und so waren sie Organisationstalente. Ihre Kinder wussten um die Lücken in diesem Alltag und schlüpften hindurch. Die ummauerte Welt Ostdeutschlands war überschaubar und in dieser Hinsicht fühlten sich die meisten geborgen. Die kleine Lilia jedenfalls, so versicherte mir die große, hatte sich eingerichtet. Sobald die Tür hinter der Mutter ins Schloss gefallen war, drückte sie den Knopf des Fernsehers, eine Fernbedienung gab es damals nicht, schaltete auf Westfernsehen um und ließ sich von den Mainzelmännchen, der Werbung und dem Vorabendprogramm unterhalten.

Nebenbei aß sie das Brot, das ihre Mutter bereitet hatte, sah zum Fenster hinaus, las ein paar Seiten in ihren Kinderbüchern oder legte sich eine Schallplatte auf. Irgendwann schob sie einen Stuhl unter den Küchenschrank und holte die streng verbotene Dose mit den Süßigkeiten. Merkwürdigerweise war diese immer gefüllt.

Der Friedrichstadt-Palast war wie ein Ufo, das mitten in der Hauptstadt des sozialistischen Staates gelandet war. Das Ensemble spielte Abend für Abend en suite, samstags sogar zwei Vorstellungen. Die achthundert Mitarbeiter in allen Gewerken und Abteilungen waren ein eingespieltes Team. Jeder trug mit seinem ureigenen Können und Handwerk zum Gelingen des Programms bei. So unterschiedlich sie waren, bildeten sie doch eine große Familie.

»Guten Abend ans Ballett, ans Orchester und an unsere Gewerke! Wir haben heute die 128. Vorstellung. Noch dreißig Minuten bis zum Beginn«, kam die Ansage der Inspizientin über Lautsprecher in den Maskenraum.

Chris saß auf ihrem Platz am Spiegel. Dort lehnte auch ihr kleines Äffchen, Glücksbringer, seit sie denken konnte. Unter den geschickten Händen der Maskenbildnerin wurde aus der mädchenhaften Frau mit ihren schmalen Gesichtszügen unter blondem Haar durch Make-up, Rouge, roten Lippenstift, künstliche Wimpern und glänzenden Lidschatten eine Revuetänzerin.

Vom Lampenfieber des Ensembles merkte das Publikum, das sich seine Plätze suchte, nichts. Hinter dem Vorhang bereiteten Bühnenarbeiter Dekorationselemente vor, die bei einem schnellen Wechsel der Bilder auf ihre Positionen gestellt werden mussten. Die Tänzerinnen und Tänzer machten sich in der Seitengasse warm. Akrobaten probten Teile ihrer Nummern. Das Orchester nahm seine Plätze in einer Empore neben der Bühne ein.

Alexander, Lilias Vater und Chris' Ex, kam wie immer in der letzten Minute. Er legte sich einen dicken Krimi aufs Notenpult und betonte, dass er nach so vielen Vorstellungen das Programm rückwärts unter Wasser spielen könne. Bei seinen Solostellen war er jedoch konzentriert und absolvierte sie perfekt. Alexander lebte sein Genie und tat nie mehr, als notwendig war. Er hatte sich im Palast eingerichtet, genoss das monatliche Gehalt, seinen Charme, mit dem er Frau und Mann um den Finger wickeln konnte. Alexander hatte keine Ambitionen, den goldenen Käfig zu verlassen. Denn er wusste, dass es ihm besser ging als Millionen anderen in seinem Land.

Marlene setzte sich auf ihren Platz in der Mitte der dritten Reihe, wo – das konnte sie nicht wissen – bei der Eröffnung des Palastes Erich Honecker mit seiner Frau gesessen hatte. Es war ein ausgezeichneter Platz, von dem aus sie die ganze Bühne überblicken konnte. Sie war zum allerersten Mal in einem Revuetheater, und dieses hier sollte die größte Bühne Europas haben, mit Wasserbecken, Eisfläche, Hubpodium für die Unterbühne war es ein »Spitzenhaus auf Weltniveau«. So stand es im Programmheft, in dem Marlene nervös blätterte. Auf den Fotos sah sie die Mitglieder des Ballettensembles. Wer von den Tänzerinnen mochte

Christine Steffen sein? Doch ehe sie sich darüber weitere Gedanken machen konnte, verdunkelte sich der Saal. Der Dirigent kam und nahm den freundlichen Applaus des Publikums entgegen. Ein Spot richtete sich auf den Revuevorhang aus gerafftem Tüll, der sich langsam hob und die Bühne freigab. Dort stand das Ballett in Position. Musik setzte ein.

Mit dem ersten Ton der Musik fielen augenblicklich Privates und alle Attitüden von den Mitgliedern des Ensembles ab. Jeder war bestrebt, sein Bestes zu geben. Leicht musste es wirken, sexy sollte es sein.

Zwischen den Tänzen gab es artistische Nummern, dann hieß es fürs Ballett schnell runter von der Bühne, raus aus dem Kostüm, rein ins nächste, assistiert von den Ankleiderinnen.

Im Friedrichstadt-Palast war die Arbeit der Tänzerinnen und Tänzer mit der eines Langstreckenläufers oder Hochleistungssportlers zu vergleichen. Denn Abend für Abend musste das Programm so absolviert werden, als wäre gerade Premiere gewesen. Die Qualität durfte niemals nachlassen. Chris sah ihre Ballettdirektorin in der Kulisse stehen und zuschauen. Jeder Fehler würde sich rächen. Schließlich ging es um die Besetzung der Soloposition, und da war nicht nur die Leistung im Probensaal entscheidend, sondern die Bühnenpräsenz bei jedem Auftritt.

Durch ein Opernglas, das Marlene sich an der Garderobe ausgeliehen hatte, schaute sie sich Tänzerin für Tänzerin an. Unter dem Bühnen-Make-up, mit Perücke und Kopfputz schien eine junge Frau wie die andere auszusehen. Sie war wirklich naiv gewesen, zu glauben, dass sie diese Christine Steffen erkennen, sie schon irgendwie herausfühlen würde aus der Menge der Tänzerinnen. Wohl oder übel musste sie nach der Vorstellung beim Pförtner nachfragen. Das alles hätte sie sich wirklich gründlicher überlegen müssen, schalt sich Marlene.

Auf der Bühne entfaltete sich eine opulente Nummer in knallbunten Petticoats. Marlene mochte das Spektakel. Die Musik ging ihr ins Ohr und machte gute Laune. Gerade wollte sie das Opernglas zur Seite legen. Da fiel ihr Blick auf eine Tänzerin. Schnell nahm sie das Glas wieder zur Hand und folgte ihr. Doch es wollte ihr einfach nicht gelingen, deren Gesicht scharf zu bekommen. Dann endlich! Als das Ballett in der Schlusspose verharrte, fing Marlene die Tänzerin im Opernglas ein. Nicht möglich, dachte sie. Unmöglich! Das kann doch niemals sein!

VIERTES KAPITEL

*Alles Zufall? Eine schlaflose Nacht.
Auf jeden Fall gibt es Telepathie.*

Nach der Vorstellung hatten es alle eilig. Die einen wollten nach Hause zu ihren Familien. Andere wollten den Abend in kleiner Runde ausklingen lassen und verabredeten sich in den beliebtesten Lokalitäten, die um diese Zeit noch geöffnet hatten und die Heimat der Ostberliner Bohemiens waren: dem Künstlerclub »Die Möwe«, an der Bar im gegenüberliegenden Hotel »Sofia«, in den »Offenbachstuben« oder im »Operncafé«. Schließlich musste das Adrenalin abgebaut werden. Die Revue war wie immer gut gelaufen.

Chris spürte, wie sich ihr Magen bemerkbar machte. Sie hatte tagsüber so gut wie nichts gegessen. Erstens um leistungsfähig zu sein, aber vor allem um bei den Hebungen durch ihre Partner kein Pfund zu viel auf die Waage zu bringen. »Alex, Lilia möchte am Wochenende zu dir kommen«, rief sie ihrem Ex nach, der schon fast am Pförtner vorbei war. Alexander kam zurück. »Sonntag hab' ich 'ne Mugge.« Ein musikalisches Gelegenheitsgeschäft, das ihm eine willkommene Nebeneinnahme war und die Möglichkeit gab, auch mal was anderes zu spielen.

»Ich muss unbedingt ausschlafen«, beschwerte sich Chris. Alexander seufzte. Er wusste, dass jede Diskussion zwecklos war, und willigte ein, Lilia am Freitag vom Balletttraining abzuholen und Sonntagnachmittag bei der Großmutter abzuliefern.

Chris gab ihm einen Kuss auf die Wange. »Bist ein Schatz.« Sie ging noch einmal zurück in den zu dieser Zeit leeren Ballettsaal. Sie mochte die Stille. Konzentriert überprüfte sie ihre Bewegungen im Spiegel. Würde sie den Sprung in die Solokarriere schaffen? Stets fühlte sie sich nur halb, nicht würdig, nicht gut genug. Diese Selbstzweifel quälten Chris, seit sie denken konnte. Natürlich hing das wesentlich mit ihrem Beruf zusammen. Ihre Ausbildung, in der Spitzenleistungen gefordert worden waren, wo es Kritik hagelte und mit Lob gespart wurde, hatte aus ihr einen unsicheren Menschen gemacht. Auch ihre Ballettdirektorin war hart. Seit dem ersten Tag ihres Tänzerinnenlebens stand Chris unter Leistungsdruck. Versagensängste waren eine Last, die sie nur in ganz seltenen Momenten abschütteln konnte. Aber da war noch etwas anderes, etwas Unbekanntes, Dunkles, Geheimnisvolles, das diesen Dämon fütterte. Chris konnte dieses Andere nicht greifen, sosehr sie sich auch bemühte.

Plötzlich ging die Tür auf und Bettina Wilke kam herein. Die beiden Kolleginnen schauten sich verblüfft an. »Willst du dir einen Vorsprung erarbeiten?«, provozierte die Jüngere frech.

Chris nahm deren Tonfall auf. »Wer rastet, der rostet.«

Bettina schoss Chris ein Lächeln in den Spiegel und ging ihre Trainingsjacke und Wasserflasche holen, die sie am Nachmittag hier vergessen hatte. »Schönen Feierabend!«

»Dir auch«, erwiderte Chris, stützte sich auf die Stange und betrachtete sich im Spiegel. Was hatte das Leben mit ihr vor?

Versteckt im Schatten eines Hauseinganges beobachtete Marlene von der gegenüberliegenden Straßenseite aus nervös den Bühneneingang. Die Frau, die sie auf der Bühne gesehen hatte ... mein Gott ... das konnte wirklich nicht sein. Sicher bildete sie sich alles nur ein oder diese Christine Steffen war eine ganz andere Person.

Allein oder in Grüppchen verließen die Mitglieder des Ensembles den Palast. Die Stimmung war ausgelassen. Plötzlich kam Sturm auf. Schneeregen begann. Marlene schob sich so dicht wie möglich an die geschlossene Tür in ihrem Rücken. Die wenigen, die jetzt noch den Palast verließen, Garderobiere und Bühnenarbeiter, suchten nach ihren Schirmen oder rannten zu den Autos. Dann kam lange niemand. Der Pförtner trat vor die Tür und klapperte mit dem Schlüsselbund. Marlene hatte keinen Schirm, und der Hauseingang war zu schmal, um ihr wirklich Schutz zu bieten. Vor Kälte – oder vor Aufregung – klapperte sie mit den Zähnen und überlegte, ob sie die Tänzerin vielleicht verpasst hatte. Gerade wollte Marlene aufgeben. Da kam sie.

Chris blieb unter dem Vordach des Bühneneingangs stehen und schien zu überlegen, ob sie sich in das nasse Schneetreiben wagen sollte oder abwarten. Marlene trat ins Licht einer Straßenlaterne. Sie sahen sich über die Distanz der schmalen Straße durch die Schneeflocken hindurch an.

»Warten Sie auf jemanden?«, rief Chris.

»Bist du Christine Steffen?«

Chris verließ das schützende Dach, ging die paar Stufen hinunter und kam auf sie zu. Nun standen sie sich auf der Straße direkt gegenüber. Das Tauwasser lief den Frauen übers Haar und Gesicht. Und je nasser sie wurden, desto unleugbarer war, was sie sahen.

»Wer bist du?«, entfuhr es Chris und es klang wie ein Schrei des Entsetzens. »Wieso … siehst du so aus wie ich?«

»Keine Ahnung. Sag du's mir«, erwiderte Marlene bibbernd vor Kälte.

Chris fasste sich und zog Marlene mit sich zurück zum Bühneneingang, die Stufen hinauf, unters Vordach. Der Hausmeister hatte die Tür bereits verschlossen.

»17. Mai 1961«, nannte Chris ihr Geburtsdatum und wünschte inständig, dass die Fremde ein anderes sagen würde.

Marlene nickte und schüttelte Wasser von ihrem Mantel.

»In Berlin?«, fragte Chris aufgeregt weiter.

»Bamberg«, korrigierte Marlene. Sie hatte das Gefühl, neben sich zu stehen.

»Bamberg? Ist das nicht im Westen?« Ein letzter Rest Hoffnung, dass alles ein riesengroßer Zufall war, denn sie waren zwar am gleichen Tag, aber in den zwei verschiedenen deutschen Staaten geboren worden. Da konnte es keine Verbindung geben, dachte Chris konfus.

»Ja, in Bayern«, bestätigte Marlene und zog den Mantel fester um sich. »Hast du Eltern?«

Chris schaute in das Gesicht der anderen, die aussah wie eine exakte Kopie ihrer selbst. Die Augen, die Nase … »Nur eine Mutter. Und du?«

»Ich habe beides. Mutter und Vater.« Plötzlich spürte Marlene einen Stich. Wenn das hier stimmte, dann war einer ihrer Eltern womöglich nicht … Sie schluckte.

»Vielleicht ist eine von uns adoptiert worden?«, tastete sich Chris mit einer Erklärung vor – und meinte Marlene. Die nickte wie unter Schock. »Was ist mit deinem Vater?«

»Ist kurz nach meiner Geburt gestorben«, sagte Chris, ohne zu zögern. »Vielleicht hast du bei uns im Osten gelebt. Früher. Vor dem Mauerbau?«

»Nein, nie. Ich wüsste auch nicht, dass meine Mutter oder mein Vater mal hier waren. Im Gegenteil.« Marlene dachte an ihren Vater, der sich bei jeder anstehenden Geschäftsreise nach »drüben« wegduckte. Erschrocken blickte sie auf ihre Armbanduhr. »Mist. Ich muss los.«

»Wieso, wohin denn?«

»Na, rüber. Mein Visum geht nur bis Mitternacht. Dann muss ich die Grenze passiert haben.«

Chris verstand sofort.

Sie rannten die wenigen Stufen vom Bühneneingang auf die Seitenstraße, weiter auf die Friedrichstraße und dort durch den Schneeregen zum Grenzübergang. Es war ein flaches Gebäude am Ufer der Spree neben der Bahnlinie Richtung Westen, im Volksmund »Tränenpalast« genannt, wegen der vielen Trennungen, die dort stattfanden.

Der Abschied war kurz und hektisch. Marlene musste sich beeilen, dass sie noch rechtzeitig durch die Passkontrolle kam.

»Wie heißt du eigentlich?«, rief Chris ihr durch das Schneetreiben nach.

»Marlene. Marlene Wenninger.«

»Ich heiße Christine, also Chris.«

»Ist es sicher, dass dein Vater gestorben ist?«, rief Marlene über die breite Straße zurück.

Chris nickte überzeugt. »Verkehrsunfall.«

Marlene winkte und ging in das Gebäude. Dass sich dort ein schwer bewachter Grenzübergang befand, war kaum vorstellbar.

Chris stand benommen im Halbdunkel der Friedrichstraße, auf der um diese Tageszeit nur wenig Verkehr war. Sie war inzwischen klitschnass. Plötzlich schob sich ein Schirm über sie. Erschrocken fuhr sie herum. Hinter ihr war Georg. »Ach, du!« Aufgewühlt schaute sie in das offene Gesicht ihres Freundes. Er arbeitete als Orthopäde in der Charité und war auf dem Heimweg.

»Hast du die Frau da eben gesehen?« Chris' Stimme überschlug sich vor Aufregung. Sie zeigte auf den Tränenpalast.

»Nee! Ich hab nur dich gesehen. Was machst du denn hier um diese Zeit? Hattest du Besuch aus dem Westen?«, fragte er verwundert. »Du bist ja vollkommen nass.« Georg zog ein Papiertaschentuch aus seiner Jackentasche und reichte es ihr.

Chris trocknete sich endlich das Gesicht ab und sagte dabei: »Das war wahrscheinlich meine Zwillingsschwester.«

Georg wich irritiert zurück. Er kannte Chris jetzt fast ihr ganzes Leben und niemals war von einer Schwester die Rede gewesen.

Kurze Zeit später standen sie in Chris' Küche. Georg setzte einen Wasserkessel auf den Gasherd, um Tee zu kochen. Chris föhnte sich das Haar trocken und zog sich einen Pullover über. Lilia schlief bereits tief und fest.

»Das würde doch bedeuten, dass mir Mutti …« Chris konnte den Satz nicht beenden. Der Abgrund, der sich auftat, war einfach zu tief. Georg tat es für Chris. »… dass sie dich ein Leben lang belogen hat.«

Chris hatte immer gedacht, dass ihr Vater nur eine flüchtige Beziehung ihrer Mutter gewesen war und es deshalb keine Fotos von ihm gab. War Marlenes Vater womöglich auch ihr leiblicher

Vater und damit noch am Leben? Oder ihre Mutter nicht ihre richtige Mutter? Nein, dafür sahen sie sich zu ähnlich. Wie konnte das alles sein? Chris hätte ihre Hand ins Feuer gelegt, dass in ihrer Familie die Wahrheit oberstes Gebot war. »Gibt's eigentlich so was, dass sich Fremde vollkommen ähnlich sein können, ohne dass sie verwandt sind?«, fragte sie voller Hoffnung.

»Es war dunkel. Es hat geregnet. Ihr wart aufgeregt. Vielleicht habt ihr euch auch nur was eingebildet?«, versuchte Georg seine Freundin zu beruhigen.

»Nein.« Chris schüttelte den Kopf. »Wir sind am gleichen Tag geboren, aber jede in einer anderen Stadt.« Ihr Kopf brummte, ihr Magen rebellierte. Sie wusste beim besten Willen nicht mehr, was sie denken sollte.

»Ein Doppelgänger im Westen, das könnte mir auch gefallen.« Georg wollte die Stimmung auflockern. Als der Kessel pfiff, goss er das kochende Wasser über den schwarzen Tee in die Kanne aus Jenaer Glas. »Wir sind vor der Mauer geboren, Chris, da war Berlin noch eine ganze Stadt. Vielleicht hast du Verwandtschaft drüben, von der du gar nichts weißt.« Georg goss zwei Gläser ein und nahm auf dem alten Sofa vor dem Esstisch Platz.

»Wir haben keine Verwandtschaft im Westen.« Chris verließ die Küche und kam wenig später mit einem Fotoalbum zurück, ein Geschenk ihrer Großeltern zum vierzehnten Geburtstag. Sie setzte sich neben Georg und schlug das Buch auf. Die Bilder waren liebevoll geordnet, beginnend mit ihr als Baby in einem Kinderwagen aus Korb, der wie eine Eiswaffel aussah. Die kleine Chris im Arm der Mutter, als Kindergartenkind mit Brottasche um den Hals, mit Zuckertüte bei der Einschulung und so weiter und so weiter, das ganze Kinderleben. »Siehst du. Wir sind eine kleine Familie, sehr überschaubar.«

Sie blätterte weiter. Da war ein Foto, das Chris und Georg als Sechsjährige Hand in Hand zeigte. Beide in weißem Hemd und blauem Pioniertuch.

»Wie niedlich. Die kleine Chris.«

»Und der kleine Georg.« Sie erinnerte sich an die Zeit, die längst vergangen war, als sie jede freie Minute miteinander verbrachten. Damals hatten sie davon gesprochen, in ferner Zukunft einmal zu heiraten. Doch als sie älter wurden, hatten sie es verpasst, aus ihrer kindlichen Vertrautheit in eine Liebesbeziehung hineinzuwachsen. »Erinnerst du dich noch? Wir sind den ganzen Nachmittag Roller gefahren und waren stolz wie Bolle auf unsere neue Pionierkleidung, die dann leider total verdreckt war.« Chris lachte und legte ihren Kopf an seine Schulter. Georg genoss ihre Nähe. »Du warst vielleicht stolz. Ich ganz bestimmt nicht.«

»Was?« Chris setzte sich auf und schaute ihn an. Sie war wieder das kleine Mädchen, das er so gut kannte. »Du warst es auch!« Sie knuffte ihn.

»Dann war ich dir zuliebe stolz.«

Chris nahm ihn nicht ernst. »Spinner!«

Als Georg ging, nahm Chris ihm das Versprechen ab, dass er zu niemandem ein Wort sagen sollte. Im Rückblick kamen Chris die vergangenen Stunden wie eine Halluzination vor. Wenn diese Marlene aus Bamberg, den Nachnamen hatte Chris vergessen, was sie enorm ärgerte, also, sollte diese fremde Frau, die ihr zum Verwechseln ähnlich sah, wirklich ihre Zwillingsschwester sein, worauf sollte sich Chris dann noch in ihrem Leben verlassen können?

Marlene dachte genauso. Sie hatte kurz vor Mitternacht die Grenze passiert und verbrachte die Nacht mehr oder weniger schlaflos. Irgendwann entschloss sie sich aufzustehen und verließ das Hotel viel früher, als es notwendig gewesen wäre.

Sie saß in einer Konditorei in der Nähe vom Bahnhof Zoologischer Garten und starrte in ihren Kaffee, der inzwischen kalt geworden war. Das hätte sie doch niemals geahnt, als sie das geheime Konto entdeckte. Marlene konnte nicht fassen, was sie herausgefunden hatte. Sie dachte an ihre Mutter Doris und versuchte sich klarzumachen, dass sie möglicherweise gar nicht ihre leibliche Mutter war. Konnte es sein, dass Marlene von einer ganz anderen Frau geboren worden war, die sie vielleicht gar nicht gewollt hatte? Vielleicht war sie überfordert gewesen mit Zwillingen. Und hatte eines dem Vater gegeben, so wie man junge Katzen verschenkt. Genauso gut konnte es sein, dass ihr Vater gar nicht ihr richtiger Vater war. Die Gedanken kreisten in Marlenes Kopf, dazwischen die Gesichter der beiden Menschen, die sie immer für ihre leiblichen Eltern gehalten hatte. Keine Sekunde ihres bisherigen Lebens hatte sie daran gezweifelt. Marlene schlug die Hände vors Gesicht.

Chris hatte ebenfalls fast die ganze Nacht wach gelegen und hoffte, sie würde sich in der Probe konzentrieren können.

»Kommst du mich heute wieder vom Training abholen?«, fragte Lilia und stopfte sich den Rest ihres Frühstücksbrotes in den Mund.

»Normalerweise ja«, erwiderte Chris.

»Und was ist nicht normalerweise?«, wollte die Tochter weiter wissen.

Chris dachte an Marlene und an ihre Mutter Rosa und daran, dass seit dem gestrigen Abend nichts mehr normal war. »Es wäre mir lieber, wenn du heute allein nach Hause gehst und wir uns hier treffen.« Chris wollte sich für diesen Tag alle Optionen offenlassen.

»Geht klar.« Lilia schlang die Arme um ihren Hals. »Bis nachher, Mamuschka!«

»Mach's gut, Mäuschen!« Chris hängte der Tochter den Wohnungsschlüssel um den Hals. Die Tür fiel hinter Lilia ins Schloss. Chris ging in die Küche, um aufzuräumen. Dort blieb sie stehen und schaute ins Leere. Auf einmal kam Bewegung in sie. Eilig zog sie Pullover und Hose an, drehte ihr langes blondes Haar zu einem Knoten, nahm die Tasche mit den Trainingssachen und verließ überstürzt das Haus. Sie musste es einfach versuchen. Das sagte ihr eine innere Stimme.

Marlene winkte der Kellnerin, zahlte ihren Kaffee und verließ fluchtartig die Konditorei. So schnell sie konnte, rannte sie zum Bahnhof und wählte die S-Bahn Richtung Friedrichstraße.

Eine Viertelstunde später stand Chris vor dem Tränenpalast, genau an der Stelle, an der sie sich in der Nacht zuvor getrennt hatten. Genau diese fünfzehn Minuten brauchte Marlene für die Einreise, bis der Visumstempel in ihren Pass geknallt war und sie fünfundzwanzig D-Mark Tagesgebühr bezahlt hatte.

Chris starrte auf die Tür des Tränenpalastes. Woher soll sie wissen, dass ich hier stehe und warte, dachte Chris. Was für eine blöde Idee! Sie wollte gerade gehen. Da kam Marlene. Chris lief ihr entgegen. Sie nahmen sich in den Arm. Alles war plötzlich selbstverständlich.

»Ich habe nicht viel Zeit.« Marlene war außer Atem. »Ich muss meinen Zug nach Hause bekommen.«

»Und ich habe gleich Probe.«

Ohne sich weiter absprechen zu müssen, gingen sie in das kleine graue Selbstbedienungsrestaurant unter der S-Bahn-Brücke, das um diese Tageszeit nur spärlich besucht war. Eine Putzfrau wischte den Boden. Um ungestört zu sein, setzten sie sich an einen der hinteren Tische.

»Wie hast du mich eigentlich gefunden?« Diese Frage hatte Chris die ganze Nacht beschäftigt.

Marlene berichtete von dem Konto auf den fremden Namen, ihren Nachforschungen und dem Termin mit den Außenhändlern, über den sie sich ungemein gefreut hatte, um nach Chris zu suchen.

»Mit allem habe ich gerechnet, aber nicht damit, meine Zwillingsschwester zu finden. Hast du ein Foto von deiner Mutter?«

Chris schüttelte den Kopf. »Nicht dabei, zu Hause.«

»Vielleicht ist sie ja auch meine Mutter. Wie sieht sie aus? Sieht sie dir, also uns, ähnlich?«

»Ja. Früher war sie blond wie wir, halblanges Haar, schlank, sportlich.«

Marlene nickte. Doris Wenninger war also nicht ihre leibliche Mutter. »Ich habe immer gespürt, dass mit mir was nicht stimmt.«

»Ja! Ging mir ganz genauso«, erwiderte Chris. »Ich habe mit meiner besten Freundin oft Zwillinge gespielt. Das fand meine Familie gar nicht toll.«

»Ich habe laut mit mir selbst gesprochen.« Marlene nahm Chris' Hände. »Aber eigentlich habe ich dann wohl mit dir gesprochen.«

Chris nickte.

»Wenn ich die Kontounterlagen nicht gefunden hätte, dann würden wir beiden immer noch ahnungslos rumlaufen.«

Chris schaute auf die Wanduhr. »Ich muss zum Training. Dringend.«

Marlene nickte. »Und ich zum Zug. Aber ich musste dich einfach noch mal sehen.«

»Ich auch. Das war wie Telepathie eben mit uns.«

Sie verließen das Restaurant. Draußen standen sie sich unschlüssig gegenüber. Wie sollte es weitergehen? Sie waren durch eine Mauer getrennt, wussten nichts voneinander, führten vollkommen unterschiedliche Leben.

»Ich melde mich bei dir. Mach's gut, Chris.« Marlene gab sich einen Ruck und rannte über die Straße zurück zum Tränenpalast.

»Ich habe deine Adresse nicht«, rief Chris ihr nach.

»Ich melde mich!«

Dann war sie weg. Chris machte sich auf den Weg zum Friedrichstadt-Palast. Sie würde zu spät kommen.

»Mich wundert, dass du nicht gleich in Straßenschuhen erscheinst«, herrschte der Trainingsmeister sie an statt einer Begrüßung. »Die Pliés haben begonnen.« Schnell nahm sie ihren Platz an der Stange ein und machte sich mit ein paar Bewegungen warm, um sich dann den Anweisungen des Trainingsmeisters unterzuordnen. Prompt trat der zu Chris, um sie zu korrigieren. »Ein paar Minuten vorher im Saal sein und sich weich machen ist wohl nicht mehr drin?«

Chris kontrollierte sich im Spiegel und sah, dass ihre Konkurrentin Bettina alles gab.

»Meine Damen und Herren, ich möchte die Battements höher sehen.« Wieder blieb der Trainingsmeister bei Chris stehen. »Markierst du? Oder kannst du es nicht besser?«

Chris korrigierte sich.

»Mit dieser Arbeitseinstellung würden sie dich in Las Vegas nicht mal beim Pförtner vorbeilassen.« Er schüttelte den Kopf.

»Beide Hände zur Stange und Cambré rechts und links.« Die Tänzerinnen und Tänzer absolvierten diese letzte Übung des Exercice. Chris legte sich in die Biegung ihres Rückens und dachte an die Begegnung mit ihrer unbekannten Zwillingsschwester.

Der Bahnhof Friedrichstraße war die letzte Station auf der Seite der Hauptstadt der DDR. Eine Eisenwand trennte die Bahnsteige in Ost und West. Auf der Ostberliner Seite fuhr die S-Bahn nur in Richtung Süden. Auf der Westberliner Seite befand sich der S-Bahn-Bahnsteig in Richtung Zoologischer Garten und außerdem ein Fernbahnsteig nach Westdeutschland. Dort lief Marlene entlang, um an seinem Ende noch einen Blick auf den Friedrichstadt-Palast zu werfen.

Auf einem nicht mehr benutzten Gleis standen zwei DDR-Grenzsoldaten mit Kalaschnikows. Junge Kerle mit eisigen Gesichtern. Sie beachteten Marlene nicht.

Die schwer bewachte Grenze innerhalb Deutschlands hatte Marlene bisher nur wenig berührt. Aus ihrer Sicht war es Sache der Ostdeutschen, sich hinter Stacheldraht und Minenfeld einzumauern. Doch nun geriet ihr Weltbild ins Wanken. Ein Teil ihrer Familie lebte hinter diesem Eisernen Vorhang.

FÜNFTES KAPITEL

*»N« für Stickstoff, »Ar« für Argon und »Va« für Vakuum.
Im volkseigenen Betrieb NARVA muss Rosa den Sozialismus retten.
In Bamberg schweigt Marlene.*

Chris saß in der S-Bahn Richtung Warschauer Straße. Das klassische Balletttraining hatte sie hinter sich gebracht und wollte die Mittagspause nutzen, um mit ihrer Mutter zu sprechen.

Rosa war Produktionsleiterin im VEB Berliner Glühlampenwerk NARVA, das aus dem 1919 gegründeten Unternehmen OSRAM hervorgegangen war. Chris durchquerte die alte Werksanlage. Sie kannte den Betrieb, seit sie denken konnte. Die Mutter hatte ihr Büro in Halle vier. Chris öffnete die knarrende Holztür, die dringend Farbe gebraucht hätte, und trat in den betongrauen Flur, der in die Produktionshalle führte. Rechts lag die Treppe zu den Büros. Chris nahm immer zwei Stufen auf einmal und hoffte sehr, ihre Mutter allein anzutreffen.

»Herein!«, hörte sie Rosas Stimme und trat ein.

Überrascht schaute ihre Mutter von den Unterlagen auf, stand auf und ging um den Schreibtisch, um Chris zu umarmen.

»Wollen wir einen Kaffee trinken?« Chris merkte, wie aufgeregt sie war.

Rosa seufzte. »Ich habe leider nicht viel Zeit, Kind.« Sie hatte einen randvollen Terminkalender und Besuch kam ihr gar nicht recht. Doch wenn Chris so plötzlich auftauchte, musste es etwas Wichtiges geben. »Ist was passiert?«

Chris nahm auf einem der beiden Besucherstühle Platz. Das Telefon klingelte. Rosa zögerte, entschloss sich dann aber, nicht ranzugehen. Sie holte ihren Stuhl hinter dem Schreibtisch hervor und setzte sich zu Chris.

Durch das weitläufige Fenster hinter dem Schreibtisch konnte man ins Innere der Werkhalle sehen. Im Sekundentakt spuckte die Maschine Glühlampen aufs Fließband. Arbeiterinnen in bunten Kittelschürzen überprüften sie auf Funktionsfähigkeit, verpackten sie dann in Schachteln und diese in Kartons. Jede Handbewegung saß.

»Was gibt's denn so dringend?« Rosa versuchte ihre Nervosität zu verbergen. Chris hatte plötzlich nicht mehr den Mut, ihre Mutter mit der ungeheuerlichen Frage zu konfrontieren.

»Ich wollte dir was erzählen«, stotterte sie. »Das neue Programm, du weißt schon, ich tanze vielleicht das Solo«, wich sie vom Kurs ab.

»Ach nee! Was ist denn mit Gaby?«, erkundigte sich Rosa nach der Solotänzerin.

»Vierter Monat!«

»Das gibt's doch nicht.« Rosa schüttelte erfreut den Kopf. »Das heißt, du wirst noch mehr trainieren müssen. Wir nehmen dir Lilia ab, überhaupt kein Problem.«

»Noch ist es ja nicht so weit. Die Neue, Bettina, steht auch zur Wahl.«

»Du schaffst das!«

Chris zwang sich, zu ihrem Thema zurückzukehren. »Aber ich wollte dich eigentlich was anderes fragen, Mutti.« Chris unterbrach sich und schaute in das gelöste Lächeln ihrer Mutter. »Als du mich bekommen hast, gab es da Probleme?«

Rosas Lächeln irrlichterte und erlosch. »Was denn für Probleme?«

Chris räusperte sich und suchte nach den richtigen Worten.

»Probleme bei der Geburt, meinst du?«

Chris nickte.

Die Mutter stand auf und begann Unterlagen zu sortieren. »Nein. Keine. Warum willst du das wissen?«

Es klopfte. Gertrud, Rosas rechte Hand, kam mit einer Kiste voller Glühlampen aus der Werkhalle und stellte sie zur Qualitätskontrolle auf den Schreibtisch ihrer Chefin.

»Ja, wen haben wir denn da«, begrüßte sie Rosas Tochter freudestrahlend. »Über dich haben wir vor ein paar Tagen gesprochen, Chrissi. Wir haben dieses Jahr noch einen Brigadeausflug offen. Kannst du uns nicht Karten für den Palast besorgen?«

»Wie viele braucht ihr denn?« Chris bemühte sich, nicht gereizt zu klingen.

»Zehn?«

Chris atmete hörbar aus. Gertrud ließ sich davon nicht beirren. »Plus zwei Lehrlinge, wenn man ehrlich ist.«

Jetzt konnte Chris ihre Bedrängnis nicht mehr unterdrücken. Sie stöhnte. »Ich kann nicht zaubern.«

»Ohne unsre Glühlampen würdet ihr alle im Dunkeln sitzen. Das sollen sich deine Leute mal auf der Zunge zergehen lassen«, erhöhte Gertrud selbstbewusst den Druck. »Wir haben denen im

Palast ja schon einen Brief geschrieben, aber die haben uns auf in drei Jahren vertröstet. Drei Jahre! Was weiß der Mensch denn, was in drei Jahren ist«, regte sich Gertrud auf.

Das Telefon klingelte. Diesmal nahm Rosa ab. »Ja. Ja. Bin schon auf dem Weg.« Sie legte auf und sah ihre Tochter entschuldigend an. »Der Betriebsleiter, ich muss. Ist denn noch was Wichtiges?«

Chris schüttelte den Kopf. »Drück mir die Daumen für die Solostelle.«

Rosa nahm ihre Tochter voller Liebe in den Arm. »Natürlich. Das mach ich!« Draußen drehte sie sich noch einmal um und rief: »Gib Lilia einen Kuss von ihrer Oma.«

»Auf jeden Fall.«

Gertrud begleitete Chris zum Ausgang des Gebäudes und tröstete: »Deine Mutter kriegt kein Mensch mehr als fünf Minuten zu fassen. Die muss den Sozialismus retten.« Sie lachte über den beliebten Spruch.

»Und ich muss zur Probe.«

»Vergiss uns nicht, Chrissi«, mahnte Gertrud nochmals.

»Ich tue mein Bestes«, versprach sie, wohl wissend, dass es aussichtslos werden würde. Es war schon schwierig, ab und an eine Karte für ihre Familie zu bekommen.

Rosa saß am Konferenztisch und hörte mit halbem Ohr zu, wie ihr Direktor die Quartalszahlen und die Exportrichtlinien bekannt gab. Das Außenhandelsministerium verlangte, die Produktion zu erhöhen. Eine ewig gleiche Forderung, die Rosa und ihre Frauen am Monatsende zu Extraschichten zwang. Sie hatte es bis zur Produktionsleiterin geschafft. Gut fünfhundert

Arbeiterinnen waren ihr anvertraut. Rosa war eine Respektsperson, bei ihr schütteten die Frauen ihr Herz aus, beschwerten sich über die Arbeitsbedingungen und über ihre Männer. Rosa musste Kindergartenplätze besorgen und an Schuldirektoren Briefe schreiben, in denen sie um Abiturplätze für die begabten Sprösslinge ihrer Arbeiterinnen bettelte. Rosa, die selbst ihre Mutterrolle nie so hatte leben können, wie sie es sich gewünscht hätte, erfüllte im Betrieb genau diese Funktion. Für Chris hatte Elisabeth gesorgt. Auch Lilia genoss inzwischen die Wärme und Zuwendung ihrer Urgroßmutter. Rosa fragte sich oft, wie ihre Mutter, die in der Nazizeit Krieg und Verfolgung erlebt hatte, so viel Kraft besaß, um drei Generationen Mädchen großzuziehen.

Rosa dachte über Chris' Besuch nach. War die Tochter wirklich nur gekommen, um über ihr Solo zu berichten, das ja noch nicht einmal feststand? Normalerweise rief sie an. Was sollte die Frage nach ihrer Geburt? Rosa wurde es heiß. Als Kind hatte sich Chris oft von der Zeit erzählen lassen, als sie noch ein Baby gewesen war. Die Geschichten, die sich Rosa ausdachte, gefielen der Tochter und sie konnte gar nicht genug davon bekommen. Rosa hatte in ihren Erzählungen eine Welt gezaubert, in der es keinen Vater gab und auch keiner gebraucht wurde. Das Kind hatte Großeltern, die sich ihrer Enkelin annahmen, und eine Mutter, die ihre Tochter zärtlich liebte. Dieses Bild hatte sich in Chris' Herzen verankert. Deshalb hatte es Rosa auch nicht verwundert, dass sich ihre achtzehnjährige Tochter damals sofort für ihr Kind entschied und Lilia mehr oder weniger ohne Vater großzog.

Marlene kam am frühen Morgen in Bamberg an. Am Bahnhof stand ihr kleiner Polo, den sie dort vor der Abreise geparkt hatte. Sie warf ihre Reisetasche in den Kofferraum und fuhr quer durch die Stadt zur Villa der Wenningers, einem dreistöckigen Gebäude, Ende des letzten Jahrhunderts erbaut. Im Souterrain besaß Marlene eine großzügige Einliegerwohnung. Sie stellte ihre Tasche ab, begrüßte ihr kleines Äffchen, das auf dem Kopfkissen saß, ihren Glücksbringer, seit sie denken konnte. Dann ging sie weiter ins Haupthaus, ins Bibliothekszimmer, wo die Familienunterlagen verwahrt waren. Marlene trat an einen Schrank, der zwischen den raumhohen Bücherregalen eingebaut war, öffnete ihn und begann die Mappen durchzusehen.

Doris kam. Sie war wie immer elegant gekleidet und trug ihr Haar hochgesteckt. »Ach, Lene! Du bist wieder da. Wie schön.« Sie wollte die Tochter zur Begrüßung in den Arm nehmen, unterließ es aber, als sie deren Unruhe bemerkte. »Was suchst du denn?«

»Meine Geburtsurkunde.« Marlene fand einen Umschlag und legte alles, was sie in der Hand hatte, auf einer Trittleiter ab, die dafür genutzt wurde, um an die Bücher in den oberen Fächern zu kommen. Sie öffnete den Umschlag. Fotos rutschten heraus. Auf einem krabbelte sie als Baby unter dem Weihnachtsbaum. Sie tat es achtlos zu den anderen Papieren auf der Leiter. Doris nahm das Bild in die Hand. »Das muss Weihnachten 1961 gewesen sein, unser erstes gemeinsames Weihnachten. Mein Gott, warst du bezaubernd«, sagte sie zärtlich und steckte alle Fotos zurück ins Kuvert.

»Hast du mich eigentlich gestillt?«

»Was?« Doris schaute ihre Tochter erstaunt und verunsichert an. »Wie kommst du denn jetzt da drauf?«

»Gestillt. Wie eine Mutter ihr Kind eben stillt.« Marlene schaute sich scheinbar interessiert Unterlagen an, in Wahrheit lauerte sie auf die Antwort.

»Als du geboren wurdest, war das mit dem Stillen nicht so beliebt wie heute.« Doris ging zu einem Biedermeiersekretär, öffnete ihn, holte einen schmalen Ordner heraus und reichte ihn der Tochter. »Hier müssten die Geburtsurkunden der ganzen Familie drin sein.«

Marlene fand sofort, was sie suchte. »17. Mai 1961. Geburtsort Bamberg. Mutter Doris Wenninger, geborene Althaus. Vater Roland Wenninger.«

Doris beobachtete sie misstrauisch. »Wie war's denn drüben?«

»Interessant.« Marlene nahm ihre Geburtsurkunde und reichte Doris den Ordner zurück. »Hast du mal in Berlin gelebt?«

»Nein, nie. Ich war Mitte der Siebzigerjahre einmal in der geteilten Stadt«, erwiderte Doris und dachte daran, wie sie im Ostberliner Stadtbezirk Pankow nach Rosa und Christine gesucht hatte.

Sie schauten sich an. Doris rang mit sich, die Wahrheit zu sagen. Doch es war nicht ihre Sache. Sie hatte mit der Trennung der Schwestern nichts zu tun. Außer mit der Lüge, die sie geholfen hatte aufrechtzuerhalten. »Großvater ist übrigens wieder gesund. Als wenn nie was gewesen wäre«, sagte Doris scheinbar leichthin.

»Ich geh' rüber ins Werk.« Marlene steckte die Geburtsurkunde in eine Plastikhülle. »Die nehme ich zu meinen Unterlagen.« Sie nickte ihrer Mutter zu und verließ die Bibliothek. Doris ließ sich in den Schreibtischstuhl aus dunkler Eiche sinken. Konnte es sein, dass Marlene die Wahrheit herausgefunden hatte?

Das Werk lag nur wenige Hundert Meter neben der Villa. Marlenes Vorfahren hatten das großzügige Wohnhaus gleich neben der Betriebsanlage gebaut, und so verschmolz das Familienleben mit dem Arbeitstag. Inzwischen war neben dem 1875 errichteten Werksgebäude eine moderne Halle mit EDV-gestützter Anlage entstanden.

Marlene betrat den Neubau und sah von Weitem die Silhouette ihres Vaters hinter der Glasscheibe seines Büros. Er war im Gespräch mit dem Betriebsratsvorsitzenden. Seit bekannt geworden war, dass die Wenningers mit den Ostdeutschen verhandelten, fürchteten die über zweihundert Angestellten um ihre Arbeitsplätze.

Während Marlene die Halle durchquerte, begrüßte sie die Arbeiter an den Maschinen. Viele kannte sie seit ihrer frühesten Kindheit. Sie stieg die Eisentreppe zum Büro ihres Vaters hinauf.

»Wenn jetzt ganze Zweige in den Osten ausgelagert werden, was wird denn dann mit unseren Arbeitsplätzen, Chef?«, hörte sie den Betriebsratsvorsitzenden sagen. Marlene seufzte innerlich, die Mission, die sie in Ostberlin erfüllt hatte, war nicht gerade sehr belegschaftsfreundlich.

»Das Geschäft mit dem Osten sichert zunächst das Bestehen unseres Unternehmens«, hörte sie ihren Vater argumentieren. Als er sie kommen sah, beendete Roland das Gespräch. »Glaub mir, es ist die beste aller Möglichkeiten«, versprach er dem Vorsitzenden. »Wenn sich unsere Branche erholt hat, dann werden die Verträge mit der DDR schnell wieder gekündigt.« Sie reichten sich die Hand. Der Arbeiter wünschte Marlene und ihrem Vater einen schönen Tag und ging.

»Lene!« Roland umarmte seine Tochter. »Wie ist es denn gelaufen?«

»Die Außenhändler sind entschlossen, uns zufriedenzustellen.« Sie legte die Mappe mit den Unterlagen auf den Schreibtisch ihres Vaters.

Im Büro nebenan hatte der Großvater die Stimme seiner Enkelin gehört und kam nun auch. »Wenn es um Westmark geht, sind die Kommunisten plötzlich Kapitalisten.«

»Sie erwarten unseren Vertragsentwurf. Zur Unterzeichnung kommen sie dann wie vereinbart her.« Marlene begrüßte ihren Großvater mit einem Kuss auf die Wange.

»Aber nicht auf unsere Kosten«, mahnte der Alte.

»Selbstverständlich, Vater.« Roland setzte sich an seinen Schreibtisch, schlug die Mappe auf und begann die Unterlagen durchzusehen.

»Mama«, Marlene hörte dem Wort nach, das sie ihr ganzes Leben so selbstverständlich benutzt hatte, »sagte schon, dass es dir wieder besser geht, Opa.«

»Wahrscheinlich wollte ich bloß nicht in die Zone fahren.« Wilhelm liebte es, seine Enkelin zu provozieren. Über die Jahre hatte sich zwischen den beiden ein Schlagabtausch entwickelt, den sie beständig pflegten. »Ich habe mit der Leipziger Messe genug DDR«, fügte Wilhelm mit besonderer Betonung der drei Buchstaben an und rieb sich in Erwartung, dass Marlene gleich kontern würde, die Hände.

»In der Zone, wie du und dein reaktionärer Klüngel zu sagen pflegen ...«

Wilhelm ging seiner Enkelin ins Wort. »Habe sie schon vermisst, deine linken Vorträge ...«

»... kann man übrigens«, Marlene kostete den Moment aus und schaute vom Großvater zum Vater, »eine tolle Revue erleben. Im Friedrichstadt-Palast. Ihr solltet da mal hingehen.«

Roland schaute irritiert von seiner Lektüre auf und dachte: Wieso preist Marlene das Revuetheater an?

»Ich habe schon davon gehört«, sagte Wilhelm. »Tanzen die da wirklich nackt?«

»Nicht ganz. Aber die Show ist trotzdem überraschend.« Marlene wandte sich an ihren Vater. »Warst du vor dem Mauerbau in Berlin?«

Ehe Roland antworten konnte, sagte Wilhelm: »Wir haben uns von dieser Stadt immer ferngehalten.«

Roland stimmte seinem Vater zu und wies auf die Mappe mit den Unterlagen. »Hier steht alles drin, was besprochen und vereinbart wurde?«

Marlene merkte, wie sich plötzlich Anspannung im Raum aufbaute. »Wenn ihr Fragen habt, ich bin in meinem Büro.« Sie ging, blieb aber hinter der Tür stehen und lauschte. Die Stille, die sie zurückgelassen hatte, wog schwer wie Blei. Dann hörte sie ihren Großvater sagen: »Niemals hätte ich zustimmen sollen, dass wir mit denen Geschäfte machen.«

»Es verschafft uns finanziell Luft, Vater«, erwiderte Roland.

»Nicht dass diese alte Geschichte wieder hochkommt!« Die Stimme des Großvaters klang besorgt.

Unter Chris' Füßen schien der Boden zu wanken. Noch niemals hatte sie sich so unsicher gefühlt. Normalerweise war ihr das Tanzen zu allen Zeiten und in allen seelischen Krisen Heimat gewesen. Doch diesmal klappte es nicht.

»Fünf. Sechs. Sieben. Acht. Kick. Seit. Kick. Arm, Arm, Arm, Arm. Touch! Touch! Pose! – Chris! – Konzentration!«, rief Regina Feldmann, die mit Chris und Bettina die Solonummer im neuen Programm probte. Chris vertanzte sich. »Noch mal, bitte«, bat sie darum, die Passage wiederholen zu dürfen.

»Du hältst uns auf, Chris. – Noch mal!« Feldmann machte der Korrepetitorin ein Zeichen, den Kassettenrekorder mit der Musik neu zu starten. Die Ballettdirektorin behielt Chris unter Beobachtung. »Wo ist dein Pep? Wo ist das gewisse Etwas?«

Bettina gab noch mehr. Feldmann nickte ihr zufrieden zu.

Chris kam leidlich über die Stelle. Sie bemühte sich um Konzentration, spürte, dass sie endlich ihren inneren Ankerpunkt fand. Regina Feldmann entspannte sich. Chris legte sich in den Tanz. Plötzlich durchflutete sie eine große Freude. Sie dachte daran, dass sie eine Schwester hatte, und wurde von dem Gefühl überwältigt, zu wachsen, vollständig zu werden. Da kam der Gedanke, dass Marlene ihre Adresse nicht zurückgelassen hatte. Was, wenn sie hinter der Mauer verschwunden war und sich nie mehr meldete? Chris kam falsch mit dem Fuß auf, brach ein, ein spitzer Schmerz fuhr durch ihren rechten Knöchel. Sie stürzte. Zwei Tänzerkollegen sprangen hinzu und halfen ihr beim Aufstehen.

»Kurze Pause!«, entschied die Ballettdirektorin.

Das Ensemble, das vom Rand aus zugeschaut hatte, war erschrocken. Sergej, ein Gast vom Leningrader Musicaltheater, rannte in die Kantine, um einen Eisbeutel zu holen. Regina Feldmann beugte sich über Chris' Verletzung. »Das muss geröntgt werden.«

Chris unterdrückte die Tränen.

»Was ist bloß los mit dir?«, fragte die Ballettdirektorin. »Wenn es was Privates ist, bring dein Leben in Ordnung, Christine. Sonst tanzt Bettina das Solo.«

Georg hielt Chris' Fuß zwischen seinen Händen und versuchte die Schwere der Verletzung zu ertasten. Das Röntgenbild zeigte, dass nichts gebrochen war. Dennoch, das Zusammenspiel der Muskeln, Bänder und Sehnen war eine fragile Angelegenheit, und auch wenn alles intakt schien, so brauchte es nur eine kleine Störung und seine Freundin würde lange an dem Unfall laborieren müssen. Georg wusste, dass er sich auf seine Hände verlassen konnte. Sie waren ihm wie seine Augen. Entschlossen beendete er die Untersuchung. Er kannte nun die Indikation, die er an die Physiotherapie weitergeben würde. Wenn alles so lief, wie er es sich vorstellte, konnte seine Freundin spätestens in vierzehn Tagen wieder tanzen.

»Du musst mit deiner Familie sprechen, Chris«, riet er.

»Warum habt ihr mir nie gesagt, dass ich eine Schwester habe?«, probierte Chris ihre Rede. Ihre Stimme klang unecht.

Georg korrigierte sie. »Eine Zwillingsschwester.«

»Das kriege ich doch niemals über die Lippen, Georg. Ich meine, wie schlimm muss das für sie sein, wenn ich sie plötzlich so vor den Kopf stoße.« Chris berichtete von ihrem Besuch bei NARVA, wo sie es nicht gewagt hatte, der Mutter von der Begegnung mit der Schwester zu berichten. »Vielleicht sollte ich abwarten«, grübelte Chris, »bis das Bein wieder in Ordnung ist, ich weitertrainieren kann und dann vielleicht das Solo bekomme.«

Georg musste über ihre Strategie schmunzeln. »In der Tat. Das mit deinem Bein ist weniger kompliziert.«

Bevor er weiter ausführen konnte, wie er das Ganze sah, ging die Tür auf und Professor Weiss, fast sechzig Jahre, Halbgott in der Orthopädie, kam herein und herrschte seinen Sohn an. »Du hattest Frau Meißner zum Röntgen geschickt?« Als er Chris erkannte, wurde er sofort freundlich. »Christine, kommt ihr zurecht? Oder soll ich mal gucken?«

»Ihr Sohn hat alles im Griff, Herr Professor.«

»So, hat er das?« Die Stimme des Vaters klang spöttisch.

Georg schob die Röntgenaufnahmen der anderen Patientin in einen Umschlag und reichte ihn seinem Vater. »Die Aufnahmen von Frau Meißner. Ich würde sie gern mit dir besprechen.«

»Coxae Calcificatio. Da gibt's nichts zu besprechen, nur zu operieren«, entgegnete der Professor barsch.

»Deshalb wollte ich mich ja mit dir beraten. Ich glaube, dass wir nicht gleich operieren …«

Der Vater ließ seinen Sohn nicht ausreden. »Du weißt ja, wo du mich findest. Schöne Grüße zu Hause, Christine.«

Sie nickte und sah, wie verletzt Georg vom Verhalten seines Vaters war.

»Ich versuche, sooft es geht, die Spätdienste zu kriegen, damit ich ihn nicht treffen muss.« Georg ging zum Telefon und tippte eine Nummer ein. »Ich möchte Ihnen gleich eine Patientin schicken. Distorsion am rechten Fußgelenk.«

Am anderen Ende wurde anscheinend eine schnelle Behandlung abgelehnt. Doch Georg spielte seinen Trumpf aus, besser gesagt Chris' Trumpf. »Sie ist Tänzerin im Friedrichstadt-Palast.«

Er legte zufrieden auf. »In der Physio sind sie ganz scharf auf dein Tänzerbein.« Georg reichte ihr die Krücke. »Den Sturz hast du deiner Familie zu verdanken, Chris. Lass dir die Sache erklären.«

Chris nickte halbherzig. Er sah ihr nach, wie sie den langen Flur zum Ausgang humpelte.

Georg kam aus einer Medizinerfamilie. Sein Vater, Großvater und Urgroßvater waren Ärzte. Georg war beseelt von dem Gedanken, seinen ganz eigenen Weg zu finden, wenig operieren, mehr heilen, ganz bezogen auf den individuellen Körperbau und die Bedürfnisse seiner Patienten. Er wollte es vor allem für Chris tun. Solange sie tanzte, würde sie immer wieder seine Hilfe brauchen. Eine Liebeserklärung, die er nicht auszusprechen wagte. Denn Worte konnten nicht ausdrücken, wie tief er empfand.

Georg war ein feinfühliger Mensch, der im diktatorischen System der DDR zerrieben wurde. Aufgewachsen in einer auf gesellschaftliche Konventionen bedachten Familie, in der ein dominanter Vater den Ton angab, der, um der Karriere willen, Mitglied in der DDR-Blockpartei CDU geworden war. Ein Eintritt in die Arbeiterpartei SED wäre Professor Weiss dann doch zu viel Bekenntnis zum Staat gewesen. Er blieb auf Distanz, dennoch trug er das System mit. Seine Frau hielt ihm den Rücken frei und erzog den Sohn. Er sollte alle Möglichkeiten haben, dem Beispiel seines Vaters zu folgen. Doch Georg verschloss sich vor seinen Eltern, lebte sein eigenes Leben, las Bücher, die sie niemals angerührt hätten, Hesse, Nietzsche, Thomas Bernhard, Freud. Manche davon musste er sich unter der Hand besorgen. Georg wollte sich nicht der Moral der Alten unterordnen, der Anbiederung an ein System, das sie in Wahrheit verachteten. Er wollte sich sauber halten vom Karrierismus und von einer Ideologie, die schon längst ihre Fratze, die ständige manipulative Lüge, zeigte. Bei Hannah Arendt hatte er gelesen, dass ein Mensch, der in einer Diktatur gefangen war, das Recht hatte, sich zu verweigern, ja sogar die Pflicht dazu. Jedes noch so kleine Mittun war eine Unterstützung des Systems. So war Georg in eine innere Emigration gegangen. Er schottete sich ab, auch vor Chris, wollte sie nicht mit seinem Pessimismus belasten. Vor allem wollte er sie nicht mit seiner politischen Haltung gefährden. Denn Georg hatte, was Chris nicht wusste, eine Entscheidung getroffen. Er wollte einen Ausreiseantrag stellen und würde damit seine Stelle als Arzt verlieren. Das System würde ihn ins gesellschaftliche Abseits schicken, bis es irgendwann seine Ausreise aus der DDR genehmigte. Ein willkürlicher Akt der Staatsmacht, der Jahre dauern konnte. Und dann würde er in der neuen Welt lernen müssen, ohne Chris zu leben. Eine Vorstellung, die ihm schon jetzt das Atmen schwer machte.

SECHSTES KAPITEL

Sonntag in Ost und West. Zum Braten gibt es Klöße. Warum der Mut, Fragen zu stellen, unterschiedlich ausgeprägt ist.

Vierhundert Kilometer entfernt voneinander, getrennt durch eine geschlossene Grenze taten Chris und Marlene das Gleiche. Sie luden sich zum sonntäglichen Familienessen ein.

Die Schwestern saßen nur selten am jeweiligen Familientisch. Marlene verweigerte sich dem aus ihrer Sicht spießbürgerlichen Familienleben, und Chris aß nichts, wenn sie Vorstellung hatte. Doch an diesem Sonntag war sie krankgeschrieben und wurde voller Freude zu Hause erwartet. Die Mutter und Chris' Großeltern bewohnten gemeinsam ein Einfamilienhaus im Ostberliner Stadtteil Pankow, der in unmittelbarer Nachbarschaft zu Westberlin lag. In der Wohnsiedlung, die aus den Zwanzigerjahren stammte, fuhren die Menschen mit der Straßenbahn zur Schönhauser Allee oder mit der U-Bahn zum Alexanderplatz. Die Grenze nach Westen wollten sie in ihrer Welt nicht wahrhaben.

Chris hatte sich ein Taxi geleistet und humpelte an einer Krücke zum Haus, das längst eine Renovierung gebraucht hätte. Doch dazu fehlte es ihrer Mutter und den Großeltern an Kraft, aber vor allem fehlte es an Beziehungen, um an Baumaterial und Facharbeiter zu kommen.

Der Großvater stand schon an der Tür. »So ein verknackstes Bein hat doch auch was Gutes. Sieht man dich endlich wieder einmal. Warum hast du nicht gleich unsere Urenkelin mitgebracht?«

»Sie ist bei Alex.« Chris hatte die Verabredung mit ihrem Ex, die sie zu einem Zeitpunkt getroffen hatte, als sie nicht ahnen konnte, was ihr bevorstand, aufrechterhalten und Lilia den Tag mit ihrem Vater schmackhaft gemacht. Für das bevorstehende Gespräch wollte sie mit Mutter und Großeltern allein sein.

Chris begrüßte ihren Großvater, roch den Tabak und das Rasierwasser, ein Gefühl von Geborgenheit durchströmte sie. Richard war der Ersatz für den fehlenden Vater. Von ihm hatte sie Moralkompetenz gelernt, er hatte ihr philosophische Texte von Engels, Feuerbach und Kant vorgelesen. Sie hatte wenig verstanden und sich, als sie älter wurde, vorm Zuhören gedrückt. Doch sein Nachdenken, sein Grübeln, seine Auseinandersetzung mit dem Weltengeist hatten etwas in ihr zurückgelassen – die Gewissheit, dass in ihrer Familie Geradlinigkeit und Wahrhaftigkeit über allem standen.

Rosa kam den beiden entgegen. »Oma kocht dein Lieblingsessen«, sagte sie und nahm der Tochter den Mantel ab. »Gulasch mit Rotkohl und Klößen.«

»Die Frauen stehen seit sechs Uhr in der Küche«, übertrieb Richard gut gelaunt.

»Mach Chris kein schlechtes Gewissen, Vati«, sagte Rosa. Richard ging ins Wohnzimmer, um eine Flasche Rotwein zu öffnen.

»Das setzt so richtig schön an, wo ich nicht trainieren kann«, seufzte Chris, die sich schon jetzt schäbig vorkam, weil so viele Vorbereitungen für ihren Besuch getroffen wurden. Sie ging in die Küche und begrüßte ihre Großmutter.

»Und wie stehen die Aktien bei euch?«, rief Richard aus dem Wohnzimmer und meinte damit vor allem die politische Stimmung im Palast.

»40. Jahrestag vorne, 40. Jahrestag hinten.« Chris gab deutlich zu erkennen, dass sie das Thema nicht vertiefen wollte. Doch der Großvater ließ nicht locker. »Und sonst? Ich dachte an die neuesten Entwicklungen in der Sowjetunion: Glasnost. Perestroika. Wird darüber bei euch nicht gesprochen?« Richard spielte auf die Politik von Transparenz und Veränderung an, die seit der Wahl von Michail Gorbatschow zum Staatsoberhaupt der UDSSR im Jahre 1985, also seit vier Jahren, die sowjetische Gesellschaft bestimmte.

»Das kann man nicht so gut tanzen, Opa.« Chris humpelte zu ihm ins Wohnzimmer und versuchte das Thema leichthin abzutun.

Richard blieb beharrlich. »Käme auf einen Versuch an.« Er rief in die Küche: »Ihr habt doch damals in euren Choreografien Position zu den politischen Ereignissen bezogen, Elisabeth.«

Die Großmutter zog die Augenbrauen hoch und stöhnte über den Eifer ihres Mannes, die Enkelin zu bekehren.

»Das war Anfang der Dreißiger, Vati,« antwortete Rosa für ihre Mutter und kam ins Wohnzimmer. Zwischen ihren Topfhandschuhen balancierte sie eine Terrine mit Gulasch. Elisabeth folgte mit Rotkohl und Klößen. »Wir haben damals mit unseren Tanzdarstellungen provoziert, nicht agitiert, Richard. Das ist was anderes«, sagte die Großmutter, die als Rote Tänzerin im Ensemble von Jean Weidt gearbeitet hatte.

Richard hob sein Glas. Sie stießen an.

»Also, Gorbatschow spielt bei euch keine Rolle?«, fragte der Großvater weiter, während er sich einen Kloß nahm und Rotkohl auftat.

»Vater, du weißt doch genau, was in den Betrieben los ist. Natürlich reden die Leute über die Vorgänge in der Sowjetunion. Aber niemand glaubt, dass sich Honecker und das Politbüro darauf einlassen, was zu verändern«, fasste Rosa die Situation zusammen. Ihr Vater war leidenschaftlich und starrsinnig zugleich, eine Mischung, die schon für Rosa schwer auszuhalten war und erst recht für ihre Tochter.

»Ihr Jungen müsst den Mund aufmachen.« Endlich begann Richard mit dem Essen.

Chris hatte sich nur wenig auf den Teller getan. Sie wusste, dass sie keinen Bissen hinunterbekommen würde, und suchte nach dem ersten Wort.

»Was sagt denn der Arzt, wie lange du dich schonen musst?«, wechselte Rosa das Thema.

»Ich habe jeden Tag Physio. Ende der Woche bin ich wieder fit, meint Georg.«

»Nimm auch die gute alte Tonerde«, erinnerte Elisabeth ihre Enkelin an das Hausmittel, das ihr selbst aus mancher Not geholfen hatte.

Chris zerteilte akribisch ein Stück Fleisch. »Was ich euch fragen wollte … Also neulich, da …« Sie starrte auf ihren Teller und dann in die erwartungsvollen Gesichter. »Mein Vater, der Unfall, wie ist der eigentlich genau passiert?« Chris ärgerte sich, dass sie den Umweg über eine Frage wählte, die sie bereits als Kind Dutzende Male gestellt hatte und deren Antwort sie kannte.

»Dein Vater war unzuverlässig«, sagte Richard prompt. Er machte eine unwirsche Bewegung mit der Gabel, als ob er ein Stück ungenießbares Fleisch gefunden hätte. Und dann kam sein zweiter Satz, auch den kannte Chris. »Der Unfall war das Ergebnis seines Lebenswandels.« Und wie jedes Mal, wenn sie über ihren toten Vater sprachen, konnte ihre Mutter ihr nicht in die Augen sehen.

Zur gleichen Zeit in Bamberg trug die Haushälterin die Schüsseln mit Schweinsbraten, Kartoffelklößen und Rotkraut auf. Roland verkostete den Wein und schenkte ein. Die Großeltern, Adele und Wilhelm, kamen dazu. »Marlene, welch seltener Gast. Brauchst du Geld?«

»Ich bin in eurer Firma angestellt, Opa, und bekomme Gehalt.« Marlene küsste ihre viel kleinere Großmutter auf die Stirn und half ihr, am Tisch Platz zu nehmen.

Doris hob ihr Glas und sah Marlene an. »Schön, dass wir alle mal wieder beisammen sind.«

»Auf deinen Erfolg in der DDR, Marlene!«, sagte Roland.

Sie stießen an. Marlene schaute von einem zum anderen. Der Klang der Gläser verhallte in der Stille.

»Ich habe in Ostberlin eine Frau getroffen, die sieht aus wie ich.« Entschlossen stellte Marlene ihr Glas auf den Tisch.

Roland wurde blass. Doris legte das Besteck aus der Hand. Wilhelm griff scheinbar ohne Interesse an Marlenes Nachricht nach der Schüssel mit den Klößen und tat sich und seiner Frau auf. Der Blick der Großmutter ging erschrocken von einem zum anderen.

»Sie heißt Christine Steffen und hat andere Eltern. Also, ihr Vater ist vor ihrer Geburt gestorben, sagt sie.« Marlene wandte sich nun direkt an Doris. »Bist du meine Mutter?«

Die Stille war zum Zerreißen gespannt.

»Ja, ich bin deine Mutter!«, antwortete Doris und fügte entschlossen an: »Aber ich habe dich nicht geboren.«

Roland erstarrte.

»Dann habt ihr also meine Geburtsurkunde gefälscht?«, bohrte Marlene weiter.

Niemand antwortete ihr.

Sie schaute ihren Vater an. »Bist du mein richtiger Vater?«

»Natürlich!«, sagte Roland getroffen.

»Dann bist du also nicht tot?«, provozierte Marlene ihn. »Meine Zwillingsschwester sagt, ihr Vater ist tot.«

Sie sah, wie sich seine Wangenmuskeln anspannten, und ließ nicht locker. »Warst du vor dem Mauerbau in Berlin?«

Roland stellte aufgebracht sein Glas ab und sprang auf. »Wir lassen dich in die DDR fahren, und du nutzt die Gelegenheit, um unsere Familie zu zerstören.« Er floh nach nebenan in den Salon. Marlene folgte ihm. »Irgendwas stinkt hier doch gewaltig zum Himmel!«

Roland goss sich ein Glas Whisky ein. »Wir haben das Schicksal unserer Firma in deine Hände gelegt.«

»Was redest du denn da?« Marlene ließ sich nicht beirren.

»Ich rede über unsere Pflicht unseren Angestellten gegenüber und ihren Familien. Deshalb haben wir dich in die DDR geschickt! Und nicht zu einem Selbstfindungstrip!«

»Ihr habt mir achtundzwanzig Jahre lang die Wahrheit verschwiegen und jetzt kommst du mir so?« Fassungslos schüttelte

Marlene den Kopf und schaute zu Doris, die in die Tür zum Salon getreten war. »Wenn ich meine Schwester nicht zufällig entdeckt hätte, würde ich weiter ahnungslos rumlaufen. Und nicht wissen, dass ich eine andere Mutter habe.« Mit einem niederschmetternden Blick ging Marlene an Doris vorbei. »Ihr seid solche Heuchler!«

Die Haustür fiel krachend ins Schloss. Roland wich Doris' Blick aus und goss sich einen zweiten Whisky ein. Die Vergangenheit hatte ihn eingeholt.

In Pankow begleitete Rosa ihre Tochter zur Tür. Chris suchte nach einem letzten bisschen Mut, um die entscheidende Frage doch noch zu stellen. Aber es wollte ihr kein Wort über die Lippen kommen. Rosa sah dankbar, dass Georgs Trabant vorfuhr. »Komm schnell wieder auf die Beine, Kind. Der Beruf ist das Wichtigste im Leben, wenn man da glücklich ist, geht alles andere wie von selbst.« Sie winkte dem jungen Mann zu, der ihnen durchs Gartentor entgegenkam. »Danke, Georg, dass du unsere Chrissi so umsorgst.«

»Natürlich!«

Rosa küsste ihre Tochter zum Abschied und beobachtete, wie sie an Georgs Arm zum Auto humpelte. Schade, dass die beiden kein Paar sind, dachte Rosa und wartete, bis der Trabant mit einer dunkelgrauen Auspuffwolke abgefahren war.

»Wir sind feige.« Georg hatte Chris gar nichts fragen müssen. Ihre Haltung und ihr Schweigen waren beredt genug. Während er von der Seitenstraße auf die Hauptstraße abbog und am Pankower Rathaus vorbeifuhr, dachte Georg, dass auch er jede

Auseinandersetzung mit dem Vater vermied und schwieg. Von Kindheit an hatte man ihnen beigebracht, die Eltern und Großeltern, die nach dem Krieg dieses Land aufgebaut hatten, das erste sozialistische Land auf deutschem Boden, nicht zu hinterfragen. Georg biss sich auf die Lippen. Er hätte Chris so gern mit sich in den Abgrund gerissen, in den Abgrund der Verzweiflung. Ich werde einen Ausreiseantrag stellen, und dann werde ich in meinem eigenen Land ein Entrechteter sein, ein Dissident, einer, der hier nicht mehr glücklich werden darf. Chris, ich werde alles verlieren. Ich werde auch dich verlieren. Doch Georg schwieg. Chris schaute, traurig über sich selbst, hinaus auf die Straße, wo an diesem Sonntagnachmittag nicht viel Verkehr war. Einige Fahrzeuge hatten ein weißes Spitzenbändchen an ihre Antenne gebunden als Zeichen, dass der Fahrzeughalter einen Ausreiseantrag gestellt hatte und nun gemeinsam mit seiner Familie darauf wartete, das Land für immer zu verlassen. Es wurden immer mehr. Man würde ihnen keine Träne nachweinen, so die offizielle Verlautbarung der Regierenden.

Rosa kam ins Haus zurück. Dort saß ihr Vater im Sessel, in die Wochenendausgabe des *Neuen Deutschland* vertieft. Elisabeth räumte das letzte Geschirr vom Tisch. Beide taten so, als wäre Chris' Frage, die sie schon lange nicht mehr gestellt hatte, nichts, worüber es sich zu sprechen lohnte. Eine große Erschöpfung machte sich in Rosa breit. Sie ging in ihr Zimmer, das fast noch genauso eingerichtet war wie vor achtundzwanzig Jahren, und legte sich auf die Couch, auf der sie auch damals gelegen hatte, in tiefem Schlaf.

Rosa dachte an das junge Mädchen, das sie gewesen war, 1942 im Krieg geboren, mit den Eltern in zwei Lagern gewesen, um dann in der sowjetischen Besatzungszone ihre Heimat zu finden. Rosa war sieben Jahre gewesen, als die DDR gegründet wurde. Als Jungpionier lief sie in weißer Bluse und blauem Halstuch mit im Zug der begeisterten Erwachsenen, die ihre junge Republik feierten. Wenige Monate zuvor war die Bundesrepublik Deutschland gegründet worden. Damit war die Teilung des Landes politisch besiegelt gewesen. Und dennoch blieb die Hoffnung auf ein geeintes Deutschland. »Auferstanden aus Ruinen und der Zukunft zugewandt, lasst uns dir zum Guten dienen, Deutschland einig Vaterland!« waren die ersten Zeilen der DDR-Nationalhymne. Diese Entwicklung hatte Rosa geprägt, genauso wie die Erfahrungen ihrer Eltern, Gegner und Verfolgte des Naziregimes, Emigranten in Frankreich, aus denen nach der Befreiung des Landes »Displaced Persons« wurden. Die Steffens mussten zurück nach Deutschland, in ein Land, dessen Menschen den Krieg verloren hatten und von denen Elisabeth und Richard nicht wussten, wer von ihnen noch Nazi war.

Und dann hatte Rosa ausgerechnet einen Studenten aus Westberlin kennengelernt und sich verliebt.

Roland hatte, ohne an den Mittagstisch zurückzukehren, das Haus verlassen und war in das am Sonntag leere Werk gegangen. Dort hatte er sich an seinen Schreibtisch gesetzt, um seine Gefühle, wie so oft, unter Arbeit zu begraben. Warum nur war er auf die Idee gekommen, mit dem Feuer zu spielen? Sein Vater hatte ihn doch gewarnt. Aber er musste sich durchsetzen und eine Zusammenarbeit mit der DDR in die Wege leiten, um dann auch noch Marlene zu den Verhandlungen nach Ostberlin zu schicken. Wie hatte er nur so leichtfertig sein können? Dabei war es doch einer seiner eigenen Grundsätze gewesen, niemals mehr in die DDR zu fahren. Und jetzt das. Aber wie hätte er denn ahnen können, dass Marlene in der kurzen Zeit ausgerechnet ihrer Schwester begegnete? Konnte das Schicksal so mächtig sein? Roland vergrub sein Gesicht in den Händen. Die alten Bilder, die er verdrängt hatte, mit Arbeit überschüttet, mit seiner Liebe zu Marlene und einer guten Ehe mit Doris zu kompensieren versucht hatte, stiegen in ihm auf.

SIEBTES KAPITEL

Physik kann eine Weltanschauung und sehr sexy sein.
Eine Studentin aus dem Osten und ein Student aus dem
Westen haben mehr Gemeinsamkeiten, als sie dachten.

Jener Sommer 1960 war wohl der glücklichste in seinem Leben. Roland hatte sich zwei Jahre zuvor in Bamberg verabschiedet und war nach Westberlin zum Physikstudium an die Freie Universität gegangen. Die noch junge Disziplin der Quantenphysik hatte es ihm angetan. Die wissenschaftliche Hypothese, dass die Welt in alle Richtungen über sich hinauswuchs, dass parallele Räume existierten und das Betreten dieser Räume nur einer individuellen Entscheidung bedurfte, faszinierte ihn. In diesem physikalischen Kosmos bekam der freie Wille, mit dem alle Menschen ausgestattet waren, eine vollkommen neue Bedeutung.

Roland war 1960 ein junger Mann von zweiundzwanzig Jahren. Seine beiden älteren Brüder waren als blutjunge Soldaten in den letzten Kampfhandlungen gefallen. Der Zweite Weltkrieg mit all seinen schrecklichen Verwerfungen lag in jenem Sommer erst fünfzehn Jahre zurück. Das Leben schmeckte nach Aufbruch. Nie wieder Krieg!

Und dann lernte Roland dieses Mädchen kennen – blonder Zopf, zierliche Gestalt, ironisches Lächeln –, das weich und sinnlich sein konnte. Und sie hatte Kraft. Eine Kraft, die aus der Tiefe ihres Wesens kam und ihn fesselte. Er hatte nicht damit gerechnet, dass sie mit ihm tanzen würde, war sie doch stets umringt von jungen Leuten, einer Clique, zu der Roland keinen Zugang zu haben glaubte. Schließlich war er aus Westberlin in den Ostteil gekommen, weil die »Große Melodie« im Seitenflügel des Friedrichstadt-Palastes ein Ort war, wo er sich wohlfühlte. Hier stimmten die Musik, die Getränke und die Mädchen. Jedes Mal wenn Roland mit der S-Bahn von Charlottenburg rüberfuhr, hoffte er, dass sie wieder da sein und er endlich den Mut haben würde, sie anzusprechen.

Rosas drittes Semester hatte Anfang September begonnen. Doch sie hatte einfach noch keine Lust, sich von der Leichtigkeit des Sommers zu verabschieden. Fast jeden Abend traf sie sich mit ihren Freundinnen zum Tanzen. Der Rock'n'Roll war von den US-amerikanischen Alliierten mitgebracht worden und zog die tanzbesessenen Berliner in seinen Bann. Rosa, die das tänzerische Talent ihrer Mutter geerbt hatte, konnte gar nicht genug davon bekommen. Natürlich hatte sie den jungen Mann, Seitenscheitel im blonden Haar, dunkle Hose, schmale Krawatte über weißem Hemd, längst bemerkt. Offensichtlich kam er aus Westberlin, war zurückhaltend, und sie hatte den Eindruck, dass er vorsichtshalber auf Distanz blieb. Sie verschwendete ein paar flüchtige Gedanken an die Frage, warum er überhaupt so oft kam, wenn ihn die Musik und die Atmosphäre nicht restlos begeisterten.

Eines Abends stand er plötzlich vor ihr und bat sie um einen Tanz. Die Musiker spielten einen Boogie-Woogie, und Rosa hoffte, dass er wenigstens ein bisschen führen konnte. Den Rest würde sie dann übernehmen. Sie reichte ihm die Hand. Zu ihrer großen Überraschung harmonierten beide vom ersten Schritt an. Als sie ihren Rhythmus gefunden hatten, improvisierten sie. Rosa sah seine Freude. Er war lebendig und offen und keineswegs der eingebildete Kerl, für den sie ihn gehalten hatte. Als die Musiker eine Pause machten, lud er sie auf ein Getränk an die Bar ein.

»Was machen Sie sonst, wenn Sie nicht so großartig tanzen?«, fragte er Rosa noch atemlos.

»Ich studiere Physik.«

»Nicht Ihr Ernst.« Er wirkte amüsiert, was Rosa ärgerte. »Wieso denn nicht? Gehören Sie etwa zu den Männern, die einer Frau nicht zutrauen, Naturwissenschaften zu studieren?« Sie winkte dem Kellner und bestellte sich ein Glas Weißwein.

Er schloss sich ihrem Getränkewunsch an. »Ich studiere auch Physik. Freie Universität. Drüben in Westberlin.«

Rosa blieb auf Distanz: »Humboldt-Uni«, nannte sie ihren Studienort. Der Barkeeper stellte die beiden Gläser auf den Tresen. Roland zückte seine Brieftasche. »Bitte, nehmen Sie meine Einladung an.« Er zahlte in West und gab ein großzügiges Trinkgeld. Rosa ließ sich nicht beeindrucken.

»Auf die Physik.« Roland hob sein Glas.

Sie stießen an, tranken.

»Ich habe mich noch gar nicht vorgestellt.« Er deutete eine Verbeugung an: »Roland Wenninger aus Bamberg.«

»Rosa Steffen aus Ostberlin.« Als sie sah, wie ihre Freundinnen herüberfeixten, wurde sie verlegen.

»Mich interessiert die Quantenphysik«, umfasste Roland begeistert sein Studium. »Sie kann die Grenzen unseres Denkens und unserer Welt sprengen, den Vorhang niederreißen und enthüllen, welch unermesslicher Raum uns Menschen zur Verfügung steht. Was wollen Sie später als Physikerin machen?«

»Man wird mich einsetzen, wo ich gebraucht werde. Aber am liebsten würde ich mich auf Astrophysik spezialisieren und nach Baikonur gehen.«

»Nach Russland?« Er war überrascht.

Rosa mochte es nicht, wenn die Deutschen immer noch von den Russen sprachen. Die UdSSR gab es nun schon seit vierzig Jahren, ein riesiges Land mit vierzehn Sowjetrepubliken und nur eine davon hieß Russland. Daher korrigierte sie ihn im nächsten Satz. »Die Sowjets werden bald den ersten Menschen ins All schicken.«

»Wenn die Amerikaner euch nicht mit einer bemannten Mondlandung zuvorkommen.« Er war zum Du übergegangen und lachte sie jungenhaft an.

»Wir werden schneller sein. Wetten?« Rosa streckte ihm die Hand entgegen. Er zögerte. Dann schlug er ein. »Eine Wette verspricht, dass wir uns wiedersehen.«

An diesem ersten Abend tanzten sie, bis die Musiker ihre Instrumente einpackten. Dann liefen sie durch die kühle Septembernacht. Roland brachte Rosa zur Straßenbahnhaltestelle nach Pankow und blieb noch, bis sie eingestiegen war und ihm durch die Scheibe zuwinkte.

Von nun an trafen sie sich mehrmals in der Woche, tauschten sich über ihre Seminare aus, spazierten durch den Pankower Bürgerpark, saßen beim Eis in der Karl-Marx-Allee oder gingen in die »Große Melodie« zum Tanzen. Roland lud Rosa ein, eine Vorlesung an der Freien Universität zu besuchen. Sie lehnte ab. Es hätte kein gutes Bild ergeben, wenn sie als junge Genossin der SED beim Klassenfeind im Hörsaal saß. Er war enttäuscht. Doch auch Roland hielt Abstand zu ihren Kommilitonen. Die Berührungsängste waren auf beiden Seiten groß.

Es war die Liebe, die Rosa und Roland trug. So wie sie beim Tanzen im ersten Augenblick harmoniert hatten, so taten sie es auch in all den anderen Dingen des Lebens. Weil Rosa nur selten in den Westen kommen wollte, verbrachten sie die meiste Zeit in Ostberlin. Bald stellte sie ihren Freund den Eltern vor und hoffte auf deren Toleranz, dass sie ausgerechnet einen Unternehmersohn aus Bamberg erwählt hatte.

Die Steffens respektierten Roland von der ersten Minute an. Schließlich hatten sie selbst in den Jahren der Emigration offene Türen erlebt und schätzen gelernt. Natürlich musste sich Roland Richards bohrende Fragen gefallen lassen: Wie drüben an der Freien Universität mit der Aufrüstung der NATO umgegangen würde? Was Roland tun wolle, um die Möglichkeit eines Atomkrieges aus den Köpfen zu verbannen? »Schließlich bist du Physiker«, sagte Richard. »Sieh dir die Warnungen deines Kollegen Einstein an oder die von Lise Meitner.«

»Die Autorität, einen Atomkrieg zu verhindern, liegt in den Händen der militärischen Blöcke«, widersprach Roland. »Solange die Amerikaner und die Russen entschlossen sind, ihre Vormachtstellung in der Welt auszubauen, werden wir mit der Gefahr eines dritten Weltkrieges leben müssen.«

»Der Westen kann sich in seinen Hegemoniebestrebungen nichts anderes vorstellen«, hielt ihm Richard entgegen. »Und eure westdeutschen Politiker unterstützen den militärisch-industriellen Komplex kritiklos.« So flogen zwischen den beiden Männern die Fetzen.

Wenn Roland danach mit Rosa allein war, verfluchte er sich, dass er immer wieder in die Auseinandersetzung mit Richard einstieg. »Ich bin doch nicht für die Politik des Westens verantwortlich.«

»Er meint es nicht so«, nahm Rosa ihren Vater in Schutz. »Die beiden Weltkriege haben ihn seine Kindheit und Jugend gekostet.«

Bis zur letzten Minute hatte Rosa gehofft, dass sie sich irrte, dass das Ausbleiben ihrer Regel nur ein Zufall war. Doch von Tag zu Tag wurde sie nervöser, und ohne Roland etwas von ihrer Besorgnis mitzuteilen, hatte sie sich einen Termin bei der Frauenärztin gemacht.

Nun war die Untersuchung beendet, und Rosa beobachtete, wie die resolute Mittfünfzigerin mithilfe eines Kalenders den Geburtstermin des Kindes errechnete. »Erster Tag der letzten Regel plus sieben, neun Monate weiter.« Der Zeigefinger der Ärztin fuhr die Monate entlang. »Ihr Entbindungstermin wird der zehnte Juli sein, ein paar Tage davor oder danach sind normal.«

Rosa nickte benommen. Die Ärztin schaute auf ihren Ringfinger. »Sie sind nicht verheiratet?«

»Wir kennen uns erst ein paar Wochen.«

»In welchem Semester sind Sie?«

»Drittes.«

Die Ärztin begann ein Heftchen auszufüllen. »Das nehmen Sie in die Mütterberatung mit. Während der Schwangerschaft werden Sie dort betreut.«

Rosa packte das Heft in ihr grünes Versicherungsbuch. Die Ärztin brachte sie zur Tür. »Sie sind jung. Sie sind gesund. Es gibt die Wochenkrippe. Sie werden das schaffen.« Rosa verabschiedete sich. Die nächste Patientin kam herein. Der Warteraum war voller schwangerer Frauen. Der Frieden nach einem vergangenen Krieg mit Millionen Toten sorgte für die Fruchtbarkeit der Frauen. Und dem Frieden war es egal, ob die Eltern des Kindes in zwei unterschiedlichen Welten lebten.

Sie trafen sich am Grenzübergang. Als Roland Rosas Gesichtsausdruck sah, wusste er, dass er mit seiner Ahnung richtig gelegen hatte. In weiser Voraussicht hatte er daher zwei Blumensträuße gekauft. Einen für die Mutter seines zukünftigen Kindes und einen für seine Schwiegermutter. Mit klopfendem Herzen nahm er Rosa in den Arm.

»So schöne Blumen.« Elisabeth schaute die beiden an und wusste ebenfalls sofort Bescheid.

»Na, dann mal rin in die jute Stube«, rief Richard aus dem Wohnzimmer. Rosa und Roland gingen zu ihm. Elisabeth folgte mit zwei Vasen, in denen sie die Blumen drapierte.

»Wir wollten euch was sagen«, übernahm Rosa die Gesprächsführung.

»Du bist schwanger«, kam ihr ihre Mutter zuvor. Sie konnte nicht an sich halten, so groß war ihre Freude.

Richard war überrascht. »Das ging ja schnell«, brummte er.

Roland legte seinen Arm um Rosas Schulter. »Ich wollte um die Hand Ihrer Tochter bitten.« Er wandte sich an Rosa. »Du erwartest ein Kind, wir lieben uns, machen wir also Nägel mit Köpfen.«

Richard und Elisabeth schauten sich an. So schön es war, die Liebe der beiden zu erleben und Großeltern zu werden. Aber sie würden ihre Tochter verlieren. Beide wussten, dass Roland – dazu kannten sie ihn bereits zu gut – nicht nach Ostberlin übersiedeln würde.

»Ich habe mich schon auf Wohnungssuche gemacht«, sagte Roland prompt.

Rosa war verblüfft. »Wie willst du denn so leicht eine Wohnung finden?«

»Ich habe uns in einem Maklerbüro angemeldet.«

»Etwa in Westberlin?«, fuhr sie ihn erschrocken an. »Wir müssen uns doch beraten, ob wir hier oder drüben leben wollen.«

»Ihr könnt doch die erste Zeit bei uns wohnen«, wollte Elisabeth die Situation retten. »Das Haus ist groß genug. Wir können uns um das Baby kümmern. Dann studiert ihr in Ruhe zu Ende.«

Im Wohnzimmer hörten die Eltern die beiden streiten. Richard goss sich einen Wodka ein. »Ein Fabrikantensohn aus Bayern«, sagte er wenig begeistert.

»Roland ist nach Westberlin gegangen, um sich von seinem Elternhaus zu lösen. Er will Wissenschaftler werden. Ihn unterscheidet doch nichts von unseren jungen Menschen«, versuchte Elisabeth ihren Mann zu besänftigen.

»Ihn unterscheidet zum Beispiel, dass seine Sippe ein Unternehmen führt, das Waffen für Hitlers Vernichtungskrieg hergestellt und dafür aller Wahrscheinlichkeit nach Zwangsarbeiter beschäftigt hat. Und heute machen sie weiter, als wenn es zwölf Jahre Nazidiktatur nicht gegeben hätte.« Richard redete sich in

Rage. »Waffen, die meine Kameraden im Spanienkrieg getötet haben.«

»Wir werden Großeltern, Richard, gib deinem Herzen einen Ruck.« Das war leichter gesagt als getan.

»Ich dachte, wenn du schwanger bist, dann werde ich meinen Teil dazu beitragen und eine Wohnung besorgen.« Roland setzte sich auf Rosas Couch und zündete sich eine Zigarette an.

»Aber doch nicht in Westberlin. Außerdem werde ich hier mein Studium beenden«, sagte sie entschieden und blieb an der Tür stehen, so weit wie möglich entfernt von ihm und seiner Idee.

»Aber wozu denn noch?«

»Weil ich arbeiten will. Meine Mutter hat immer gearbeitet.«

»Ja, weil sie musste. Aber du musst nicht«, widersprach Roland gereizt.

»Ich werde nicht den ganzen Tag zu Hause sitzen.« Rosa wusste, dass sie es sich nicht verzeihen könnte, ohne Berufsabschluss zu sein. Aber mehr noch würde sie sich niemals verzeihen, wenn sie die DDR verließ und ihre Eltern enttäuschte.

Auch Roland war innerlich zerrissen. Sosehr er eine von seinem Elternhaus unabhängige Zukunft plante, ein Leben im Osten des Landes kam für ihn nicht infrage.

Die Wahrheit hat immer zwei Seiten, dachte Rosa achtundzwanzig Jahre später. Sie lag auf ihrer alten Couch und schaute zum Fenster, wo sich die Zweige der Bäume im Wind bewegten. Der Riss zwischen ihnen war an jenem Tag, als er um ihre Hand angehalten hatte, sichtbar geworden. Von da an vermieden sie es, über die Zukunft zu sprechen. Rosa wollte bis zum Ende des Semesters durchkommen, in den Sommerferien ihr Kind zur Welt bringen und im Herbstsemester wieder einsteigen.

Heute konnte sie über ihren ehrgeizigen Plan von damals nur den Kopf schütteln. Sie lag erschöpft auf der Couch und dachte daran, wie sie und Roland zu Weihnachten nach Bamberg gefahren waren. Sie hatten vereinbart, dass seine Eltern erst kurz vor der Abreise erfahren sollten, dass sie ein Kind erwarteten.

Heiligabend war eine Tortur. Zuerst musste Rosa mit ihren künftigen Schwiegereltern und Roland zur Weihnachtsmesse gehen. Rosa konnte der katholischen Andacht wenig abgewinnen. Sie war von ihren Eltern atheistisch erzogen worden. »Wenn es einen Gott gibt«, so hatte die Mutter erklärt, »dann liegt er in allem verborgen, in den Pflanzen, in den Steinen, in den Tieren, im Wind, in einem Wort, in einem Lächeln. Das Göttliche durchdringt unser Leben, Rosa.«

Von ihrem Platz aus beobachtete sie, wie Roland und seine Eltern vorn am Altar das Abendmahl empfingen. Sie nahmen die Hostie und den Wein mit demütiger Geste entgegen. Wem unterwarfen sie sich? Dem Priester oder dem gekreuzigten Jesus? Warum feierten die Gläubigen sein Leiden bei jedem Kirchgang neu? Warum hielten sie dieses zerstörerische Bild am Leben? Als Roland an seinen Platz zurückkehrte, schaute er Rosa um Verständnis bittend an. Er wollte nach ihrer Hand greifen, doch Rosa entzog sie ihm. Sie war nur aus Höflichkeit dabei. Der Weihrauch verursachte ihr Übelkeit. Und es beschämte sie, dass sie ihre Weltanschauung verriet, in der Pfaffen keinen Platz hatten und Religionen Opium fürs Volk waren. Ein Schrecken durchfuhr Rosa. Was, wenn Roland auf die Idee kam, ihr Kind taufen zu lassen? Schon deshalb musste sie in der DDR bleiben, um als Mutter über die Erziehung ihres Kindes entscheiden zu können.

Als sie wieder in der Villa waren, erklärte ihr Roland, dass der Kirchgang zu ihren Traditionen gehöre und seine Familie vor den Augen der Öffentlichkeit verpflichtet sei, sich dort an den Feiertagen sehen zu lassen. Rosa hielt sich zurück. Sie war ja nur zu Gast.

Adele läutete mit einem Glöckchen. Rosa und Roland traten in den Salon ein, wo schon die Kerzen an der geschmückten Tanne leuchteten. Darunter lagen die Geschenke.

«Stille Nacht, heilige Nacht«, stimmte Wilhelm an. »Alles schläft, einsam wacht nur das traute hochheilige Paar.« Die Wenningers sangen textsicher. Rosa stolperte durch das Lied. »Halleluja! Tönt es laut von fern und nah: Christ der Retter ist da.« Adele sah die Freundin ihres Sohnes strafend an.

Beim Abendessen wurde Rosa einer peinlichen Befragung unterzogen.

»Und Ihre Eltern, leben die gern in Ostberlin?«, wollte Wilhelm wissen.

»Sie haben ein Einfamilienhaus in Pankow«, antwortete Roland für seine Freundin. Er wollte den guten Status der Steffens vor seinen Eltern herausstellen.

Doch Rosa hatte darauf keine Lust. »Nur zur Miete. Mein Vater ist Regisseur beim Rundfunk. Er inszeniert Hörspiele.«

»Roland hat uns erzählt, dass Ihre Mutter arbeitet?« Adeles Stimme klang spitz.

»Sie ist Dolmetscherin aus dem Französischen und arbeitet für das Außenministerium. Die Arbeit macht ihr Spaß«, klärte Rosa die Verhältnisse auf.

»Französisch?« Wilhelm schien offensichtlich verwundert. »Tatsächlich?«

Rosa erzählte, dass ihre Eltern Emigranten gewesen waren und in der Nazizeit im von den Deutschen unbesetzten Teil Frankreichs gelebt hatten. Eine Biografie, die den Wenningers fremd war.

Roland dachte, dass sie in wenigen Tagen wieder nach Berlin fahren würden. Er nahm sich vor, gemeinsam mit Rosa eine Lösung zu finden. Sie liebten sich, da musste es doch gelingen, dass ihre beiden Lebensläufe zusammenwuchsen.

Die Haushälterin brachte einen Schokoladenpudding, der mit Wunderkerzen bestückt war.

»Das ist Rolands Leibspeise.« Mit einem Anflug von Eifersucht okkupierte Adele ihren Sohn mit mütterlicher Liebe. Sie hatte ihn geboren, umsorgt und sein Aufwachsen begleitet. Er war der Einzige von dreien, der ihr geblieben war. Der Sohn war verliebt in das ostdeutsche Mädel. Aber die Beziehung würde nicht lange halten, konnte sie gar nicht, so unterschiedlich, wie sie waren, dachte Adele. Ganz anders Wilhelm. Er hob sein Glas und prostete Rosa zu: »Ohne Sie, Fräulein, wäre unser Sohn an Weihnachten nicht zu Hause. Sie haben einen guten Einfluss auf ihn.« Ihm gefiel die junge Frau. Sollte es tatsächlich ernst werden mit den beiden, dann hatte sein Sohn für frisches Blut gesorgt. Das konnte für die nachkommenden Generationen nicht verkehrt sein. Als verheirateter Mann würde Roland wieder zurückkommen und seinen Platz im Familienbetrieb einnehmen, dachte Wilhelm und war zufrieden.

Nach dem Essen saßen sie beim Punsch vor dem Weihnachtsbaum und packten die Geschenke aus.

»Meißener Porzellan.« Adele zog eine Vase aus dem Einwickelpapier hervor. »Schau mal, Wilhelm.« Zumindest war das Geschenk von ihrem Sohn und dieser Rosa standesgemäß.

»Na, da habt ihr euch ja in Unkosten gestürzt.« Wilhelm blinzelte seiner Frau zu.

Rosa löste das Weihnachtspapier von einem Buch.

»Roland sagte uns, dass Sie gern lesen. Eine Erstausgabe Grillparzer, noch von meinem Vater«, hob Adele den Wert des Geschenkes hervor. Zwischen den Seiten des Buches fand Rosa einen Umschlag mit Geld.

»Das können Sie sicher besser gebrauchen, als wenn wir irgendwas gekauft hätten.« Adele blickte zu ihrem Mann. Der nickte.

»Vielen Dank. Aber das wäre nicht nötig gewesen.« Rosa war die Situation peinlich.

»Natürlich wäre das nicht nötig gewesen.« Wilhelm freute sich über seine Großzügigkeit.

Roland, der endlich den Status quo ihrer Beziehung klären wollte, legte Rosa den Arm um die Schulter und sagte ohne Überleitung: »Wir bekommen ein Kind.«

Diese Mitteilung bescherte allen außer Wilhelm eine unruhige Nacht. Die Wahl war nach seinem Geschmack, musste er sich doch nicht mit Schwiegereltern herumschlagen, die möglicherweise mit einem eigenen Unternehmen kamen oder auf sein Geld scharf waren, alles Verwicklungen, die ihm das Leben nur kompliziert machten. Mit dem Mädel aus dem Osten blieben die Verhältnisse im Hause Wenninger klar. Ein Ehevertrag sollte alles regeln und einen Erben würde es auch bald geben.

Adele wiederum war eifersüchtig, dass sie ihren Sohn an eine aus der Zone verlor, mit der man in Bamberg keinen Staat machen konnte. Im Gegenteil. Das Mädel musste lernen, eine Wenninger zu werden. Zuerst wollte Adele dafür sorgen, dass sich die Braut vor der Hochzeit taufen ließ. Auf keinen Fall konnte nur standesamtlich geheiratet werden, auch wenn das zunehmend in Mode war.

Rosa und Roland lagen in ihren getrennten Zimmern. Das Bett zu teilen, wäre im Hause der Wenningers vor der Ehe undenkbar gewesen. Schlaflos quälten sich die beiden mit Gedanken an eine ungewisse Zukunft.

»Nach der Hochzeit nehmt ihr die Einliegerwohnung, bis ihr euch ein eigenes Haus leisten könnt.« Wilhelm bestrich eine Semmel mit Honig. »Du kommst wieder zurück in die Firma, Roland. Ich frage mich, wieso du den Umweg über Berlin nehmen musstest, um am Ende doch dort zu sein, wo dein Platz ist.« Er biss vergnügt in das süße Brötchen. Adele goss ihrem Sohn Kaffee nach. Sie war blass und schweigsam.

Rosa wartete, dass Roland widersprach, erklärte, dass sie zuerst ihr Studium beenden würden, um dann weiter zu planen. Doch er schwieg. Also legte sie ihre Hand auf seine. »Roland und ich, wir haben noch nicht entschieden, wo wir leben werden.«

Auf der Heimfahrt waren sie angespannt und hatten kein Auge für die mit Schnee bedeckte Landschaft.

»Ich will das Geld deiner Eltern nicht.« Rosa suchte Streit. Sie musste Roland deutlich machen, dass sie nicht mit ihm in Bamberg leben würde wie eine Bittstellerin aus dem Osten.

»Sie haben dir eine Freude gemacht«, erwiderte Roland unwirsch. »Dafür könntest du ein bisschen dankbar sein.«

Sein Ton traf Rosa. »Ich werde zu Ende studieren, Roland!«

»Unser Kind kommt in keine Kinderkrippe.« Der Besuch zu Hause hatte ihm gezeigt, dass er sich unmöglich machen würde, sollte er auf Rosas Lebensplanung eingehen.

»Das bestimmst nicht du.«

»Aber du?«

»Ich bin die Mutter. Und ich habe die Unterstützung meiner Eltern.«

»Die habe ich auch.«

»Und die Unterstützung meiner Seminarleitung und meines Staates.«

»Wir sind nicht in einer von deinen Parteiversammlungen, Rosa.« Rolands Gesichtsausdruck wurde hart. »Ich soll mich deinem Leben unterordnen, weil du nicht bereit bist, Kompromisse zu machen.«

»Du bist doch nach Westberlin gegangen, um von deiner Familie wegzukommen.« Rosa wollte ihn an ihre ersten Begegnungen erinnern. An ihren gemeinsamen Enthusiasmus.

»Das war doch ganz was anderes. Wir bekommen ein Kind, Rosa. Wir übernehmen die Verantwortung für unsere Zukunft, gemeinsam als Eheleute, als Eltern.«

»Und die Physik? Wir müssen nichts aufgeben. Wir können doch entscheiden, wie und wo wir leben.«

Roland schwieg. Als Mann hatte er für seine Frau und sein Kind die Verantwortung zu tragen. Er konnte sich nicht vorstellen, dass eine Mutter ihr kleines Kind mit gutem Gewissen fremder Obhut anvertraute. Er hielt die Idee, dass die ostdeutschen

Frauen im Berufsleben ihren Mann standen, für Propaganda. Aus der Not geboren, weil es nach dem Krieg nicht genug Männer gab, um die Arbeit zu erledigen.

Rosa schaute aus dem Fenster und sah, dass der Himmel inzwischen grau geworden war. Nach einer ganzen Zeit sagte sie: »Stell dir mal vor, wenn meine Eltern und deine an einem Tisch sitzen, was soll denn dabei rauskommen?«

Einmal ausgesprochen, war dieser Gedanke nicht mehr zurückzunehmen.

Die bald fünfzigjährige Rosa wischte sich die Tränen aus den Augen und zog die Wolldecke über ihre Schultern. Auch nach all den Jahren ließen die Erinnerungen den gleichen Schmerz in ihr aufsteigen.

Damals, wenige Tage vor Silvester 1960, hatte Roland sie nach Pankow bis vor die Haustür gebracht. Eine Woche lang sahen sie sich nicht. Jeder verbrachte den Jahreswechsel allein.

Dann stand er vor der Tür. Sie nahmen sich in den Arm und beschlossen, das Leben entscheiden zu lassen. Rosa war dankbar gewesen. Sie liebten sich doch. Roland dachte das auch. Er würde Vater und er würde seine Frau und sein Kind nicht verlassen. Irgendwo gab es eine gemeinsame Zukunft. Sie mussten sie nur finden.

ACHTES KAPITEL

Marlene hat weiche Knie. Chris fällt eine Entscheidung.
Eine Liebesgeschichte wird erzählt.

Nach dem verpatzten Mittagessen hatte Marlene das Haus verlassen und war zum Klettern in die Halle gefahren. Sonntagnachmittag war es dort leer. Während sie die Wand erklomm, schossen tausend Gedanken durch ihren Kopf. Ich bin eigentlich zwei, dachte sie und daran, dass sie ihre Mutter nicht kannte und so um einen Teil ihres Lebens gebracht worden war. Marlene suchte sich einen Tritt, um sich weiter hinaufzuziehen. Wie kam der Vater darauf, ihr Schuldgefühle zu machen, anstatt zu erzählen, was damals passiert war? Und Doris? Sie hatte sich an die Stelle ihrer Mutter gesetzt und niemals auch nur eine Andeutung gemacht. Die Familie hatte dichtgehalten. Marlene zog sich weiter hinauf. Die Erwachsenen, eine Übermacht, die dem kleinen Menschen, der sie einmal gewesen war, seine wahre Herkunft verschwieg. Marlene rutschte ab, konnte sich festhalten und entschied sich für den Abstieg. Unten merkte sie, wie sie zitterte. Sie musste sich an der Wand abstützen und fing an zu weinen. Die ersten Tränen seit dieser alles verändernden Nacht.

Später saß sie auf der einzigen Bank vor der Halle und rauchte, was sie nur selten tat. Sie hatte sich immer unendlich allein gefühlt. Wieso waren sie getrennt worden? Wieso war sie nicht gemeinsam mit Chris bei der Mutter aufgewachsen? Die plötzliche Erkenntnis, dass sie dann unter den Bedingungen einer Diktatur hätte leben müssen, nahm ihr die Luft. Der Tabak schmeckte bitter. Sie trat die Zigarette aus und dachte daran, dass sie gezögert hatte, der Schwester ihre Adresse zu geben, aus Selbstschutz und um die Kontrolle zu behalten. Sie musste sich dringend bei Chris melden. Sie würde es tun, sobald sie mehr Klarheit hatte.

Chris betrat zum ersten Mal nach ihrem Sturz und der Zwangspause den Ballettsaal. Sie wollte trainieren, bevor sie ihren Platz im Ensemble wieder einnahm und sich dem strengen Blick der Ballettdirektorin aussetzte.

Während sich Chris vor dem Spiegel warm machte, ihren Körper dehnte, dachte sie darüber nach, ob ihr die Solokarriere noch wichtig war, jetzt, da es doch etwas anderes gab, etwas Existenzielles, das sie in ihrem Leben integrieren musste. So wie es aussah, war ihr Vater nicht tot. Nach den Dehnübungen machte sie gleich mit Pirouetten weiter. Was war damals geschehen? Die Schwestern waren vor dem Mauerbau geboren worden. Die Eltern hatten sich vielleicht getrennt und die Zwillinge wie in Kästners *Doppeltem Lottchen* geteilt. Chris ließ sich in den Spagat gleiten und merkte, wie sie geschmeidiger wurde. Mit der

Beweglichkeit kam auch die innere Klarheit. Ihre Mutter hatte ihr die Wahrheit verschwiegen, der Vater hatte sie verlassen, und ihre Schwester lebte in einer Welt, die weit weg und fremd war. Beim Tanzen aber war Chris für sich selbst verantwortlich. Und sie konnte kämpfen. Es hatte ihr stets Halt gegeben, sich ganz auf ihr Können und ihr Talent zu konzentrieren. Sie würde das nächste Ziel ansteuern. Ja! Sie war bereit, alle Herausforderungen anzunehmen, die tänzerischen wie die privaten.

Mit Wochenbeginn verschanzte sich Marlene hinter dem Computerbildschirm. Der Atari wurde zum Schutzschild vor der Familie.

Damals steckte die digitale Welt in den Anfängen, und nur die wenigsten mittelständischen Unternehmen waren davon überzeugt, dass sich Personal Computer durchsetzen würden. Papier, elektrische Schreibmaschinen sowie erste Anrufbeantworter und Faxgeräte erfüllten den Zweck. Als frisch diplomierte Betriebswirtin hatte Marlene ihre Familie überzeugen können, den Anschluss nicht zu verpassen und das Unternehmen zu digitalisieren. Nun fütterte sie die Festplatte mit den Daten, legte Pfade an und sortierte die Dokumente.

Marlene lehnte sich in ihrem Stuhl zurück und schaute auf die Kolonnen von Zahlen und Zeichen, die sich auf dem dunklen Hintergrund vor ihr aufbauten, Meilensteine ihrer Familiengeschichte. Zwanzigerjahre, Nazizeit, Weltkrieg, Wirtschaftswunder, Ölkrise, Stahlkrise, Strukturkrise.

Es klopfte an die Bürotür. Doris kam mit einem Stapel Akten.

»Leg sie am besten auf den Fußboden.« Marlene zeigte auf eine der wenigen freien Stellen in dem bereits mit Ordnern und Unterlagen zugestellten Raum und tat beschäftigt.

Doris behielt die Unterlagen im Arm. »Können wir reden?«

»Okay!« Marlene tippte weiter.

Doris wartete noch einen Moment, ob sich die Tochter ihr zuwenden würde, als sie es nicht tat, begann sie trotzdem zu sprechen. »Du warst ein Winzling, als ich deinen Vater kennengelernt habe, und hast eine Mutter gebraucht. Da habe ich nicht weiter gefragt.«

»Und da habt ihr einfach mal ein bisschen an meiner Herkunft herummanipuliert.« Marlene drehte sich nun doch um.

»Es waren andere Zeiten. Damals ging es sehr um Konventionen. Dein Vater und ich, wir wollten nicht, dass es Zweifel daran gibt, dass wir eine richtige Familie sind. Besonders deinen Großeltern bedeutete das viel. Die Wenningers sind schließlich nicht irgendwer in Bamberg.«

Marlene wandte sich wieder dem Atari zu. Sie konnte Doris nicht ansehen. Es tat ihr weh, wie sie dastand, die Ordner an die Brust gedrückt, und um Verständnis bat.

»Und dann, erst kurz vor unserer Hochzeit, hat mir dein Vater gebeichtet, dass er zwei Töchter hat. Es war für ihn ein furchtbares Leid. Aber er meinte, lieber eine von euch wächst in Freiheit auf als gar keine.«

Bestürzt von dem, was sie hörte, hielt Marlene in ihren Bewegungen inne.

»Ich war schockiert«, erzählte Doris weiter, »habe überlegt, was ich mache, wie ich mit so einer Lüge leben soll. Aber wenn ich dich im Arm hielt, Lene – ich konnte dich nicht verlassen.«

Doris war in einem Ausnahmezustand. Damals hatte sie Roland versprochen, Marlene wie ihre eigene Tochter anzunehmen. Er wollte nicht, dass sie jemals die Wahrheit erfuhr. Mit ihrem Schweigen und ihren Lügen hatte sich Doris zur Mitschuldigen gemacht. Aber sie hatte nicht den Mut gehabt, sich den Wünschen der Schwiegereltern und des Ehemannes entgegenzustellen und auf die Wahrheit zu drängen. Vielleicht hatte sie sich selbst eine heile Welt vorgaukeln wollen. Sie liebte Marlene wie ihr eigenes Kind.

Kurz vor Weihnachten 1960, als Roland und Rosa erfuhren, dass sie ein Kind bekommen würden, trat Doris in Amsterdam aus der Praxis des holländischen Arztes, zu dem sie ihr Vater Hunderte von Kilometern gebracht hatte. Auf der Rückfahrt nach Würzburg sprachen sie kein Wort. Doris schaute aus dem Fenster und fragte sich, was sie noch von der Zukunft erwarten konnte. Sie hatte ihre Liebe verloren und ihr Kind einer verlogenen Moral geopfert.

Doris hatte Gabriel, Sergeant Gabriel Parker, in einem Café in der Nürnberger Innenstadt kennengelernt. Doris Althaus, Tochter der Althaus Textilfabrik in Würzburg, studierte im sechsten Semester an der Akademie der Bildenden Künste in Nürnberg Textilgestaltung. Ein Studium, das sie ihren Eltern abgerungen hatte. Diese erhofften für ihre einzige Tochter einen Schwiegersohn, der ins Familiengeschäft einsteigen und es übernehmen könnte.

Gabriel war in der Nähe von Nürnberg stationiert. Es war Liebe auf den ersten Blick gewesen, zwischen der Fränkin und dem Amerikaner. Er kam aus Ohio. Zu jung, den Krieg als Soldat miterlebt zu haben, liebte er die Deutschen und ganz besonders die bayerische Lebensart. Für Doris verkörperte er Freiheit und Selbstbestimmung, das demokratische Amerika. Natürlich bemerkte Doris die Blicke, die sie trafen, wenn sie an Schaufenstern vorbeibummelten, in einem Café saßen, wenn Gabriel sie von der Universität abholte oder sie über Land fuhren. Doch Doris war sicher, dass nicht sie und ihr dunkelhäutiger Freund falsch waren, sondern das Benehmen ihrer Landsleute. Den Eltern verschwieg sie die Beziehung.

Gabriels Dienst in der Army würde zeitgleich mit ihrem Studium enden. Danach planten die beiden, in Ohio zu leben. Dort wollte Gabriel ein Exportgeschäft für Sojabohnen eröffnen und Doris als Textilgestalterin ihre eigenen Stoffe drucken und verkaufen. Vielleicht war sie naiv, denn sie hatte noch niemals allein für ihren Lebensunterhalt sorgen müssen. Auch hatte sie keine Ahnung von dem Leben, das sie drüben erwartete. Eine gut situierte Unternehmertochter und ein schwarzer Sergeant gaben Stoff für Klatsch und Tratsch. In Würzburg bekamen die Althausens anonyme Post, mit der sie davon in Kenntnis gesetzt wurden, welche Art von Verhältnis ihre Tochter in aller Öffentlichkeit führte. Wenige Stunden nach der Ankunft des Briefes holte der Vater Doris nach Hause, kündigte ihre Wohnung, meldete ihr Studium ab und sperrte ihr das Konto. Ein Anwalt sorgte dafür, dass Gabriel eine Anzeige wegen sexueller Nötigung bekam und von der Army zurück in die Staaten geschickt wurde. Doris war beschämt. Sie wusste nicht aus noch ein, ohne Geld, ohne eine Adresse, wo sie ihren Liebsten finden konnte. Dann merkte sie, dass sie schwanger war, und vertraute sich ihrer Mutter an. Innerhalb weniger Tage war der Termin in Amsterdam organisiert. Doris ergab sich ihrem Schicksal.

NEUNTES KAPITEL

Ein Wanderer zwischen den Welten. Marlene bekommt Post. Chris schwindelt, ohne rot zu werden.

Chris tanzte wieder. Die Proben und Vorbereitungen zur neuen Revue liefen auf Hochtouren. Das Premierenfieber stieg von Tag zu Tag. Und immer noch hakte es an allen Ecken und Enden. Die Stoffe reichten nicht für die Kostüme. Die Gewerke tappten im Dunkeln, weil sie auf die finalen künstlerischen Anweisungen des Inszenierungskollektives warteten. So hieß der Zirkel aus Regisseur, Choreografin, Regieassistenten, Dramaturgin, Kostüm- und Szenenbildner, Dirigent und Komponist. Zudem war noch nicht bestimmt, wer die Soloposition übernehmen würde. Chris stand in jeder Hinsicht unter Spannung. Auch hoffte sie täglich auf eine Nachricht von ihrer Schwester. Doch Marlene meldete sich nicht. Also entschloss sich Chris, selbst aktiv zu werden. Sie hatte keine Möglichkeit, die Adresse ihrer Schwester in Westdeutschland herauszufinden, und fasste den Entschluss, sich an den Kostüm- und Szenenbildner, Theo Kupfer, zu wenden.

Der Grandseigneur mit der dunklen Brille war eine Legende im Palast. Er arbeitete seit Mitte der Fünfzigerjahre fest im

Ensemble und hatte schon in den Zwanzigern große Revuen in der Scala, im Wintergarten, in der Plaza, im Theater des Westens ausgestattet. Niemals sprach er über sein Alter. Kupfer wohnte in Westberlin, in Halensee, und war einer der Grenzgänger, die nach dem Mauerbau 1961 täglich von West nach Ost und zurück pendelten. Dabei widerstand er allen Versuchen der DDR-Behörden, ihn von einem Wohnungswechsel in den Ostteil der Stadt zu überzeugen. Solche Wanderer zwischen den Welten wurden von der DDR anteilig in West bezahlt, denn sie mussten drüben ihr Leben finanzieren. Für die einen waren sie das Symbol der Einheit Berlins, für die anderen repräsentierten sie die »Attraktivität der sozialistischen Hauptstadt, in der es ein Herzensbedürfnis war zu arbeiten«.

»Du hast zugenommen, Chris.« Die Schneiderin verglich Chris' Maße auf der Karteikarte mit denen der Anprobe.

»Auf der Waage habe ich mein Gewicht gehalten.«

»Das Maßband sagt was anderes.« Die Schneiderin machte sich eine Notiz.

Chris schaute sich kritisch im Spiegel an und traf dabei auf Bettina Wilkes schadenfrohen Blick. Die Kollegin hatte den zarten Körper einer Ballerina.

Theo Kupfer kam mit Stoffproben. »Das Kostüm wird extravagant, Christine, und mit jedem Gramm, das Sie weniger wiegen, spare ich einige Gramm Stöffchen, die es für Sie leichter machen, wie eine Feder über die Bühne zu schweben.«

Kupfer wandte sich an Bettina. »Bei Ihnen habe ich andere Probleme, Fräulein Wilke.« Er musterte sie von Kopf bis Fuß und schaute dann auf seine Zeichnung. Die in Pastellfarben entworfene Figurine trug ein mit Pailletten besetztes Kleid mit aufwendiger Schleppe und einem noch aufwendigeren Kopfputz. »Da wird das Kostüm nicht wirken.«

Er suchte Schaumstoff aus einer Kiste. Offensichtlich hatte er vor, die Oberweite in Bettinas Kostüm zu verstärken. Chris sah, wie sich die Kollegin ärgerte, und verstand das nur zu gut. Sie mochte es auch nicht, wenn ihr zwischen den Zeilen zu verstehen gegeben wurde, dass sie so, wie sie war, nicht genügte.

Als Theo Kupfer die Schneiderei verließ, hatte Bettina das Bedürfnis, die eben erlebte Demütigung an Chris weiterzugeben. Während sie ihr Trainingsdress anzog, sagte sie scheinbar wie nebenbei: »Du Arme! Zum Glück kann ich essen, was ich will.«

Chris hob die Schultern. »Abnehmen war für mich noch nie ein Problem! Einfacher als fehlende Zentimeter in der Länge.« Die Retourkutsche saß. Die Kollegin war mindestens fünf Zentimeter kleiner als der geforderte Durchschnitt von einem Meter dreiundsiebzig. Im klassischen Corps de Ballet wäre ihre Größe perfekt gewesen. Auf der Revuebühne jedoch musste sie das Manko mit allen möglichen Tricks ausgleichen. Chris mochte den Kampf um Äußerlichkeiten nicht, doch wenn sie angegriffen wurde, konnte sie auch austeilen.

Chris klopfte an die Bürotür des Kostüm- und Szenenbildners und trat in den großen hellen Raum, der eine Oase der Kreativität war. Stoffproben lagen bereit, Mengen an Figurinen für die aktuelle Revue hingen an den Wänden. Das künftige Bühnenbild war auf einem Reißbrett als technische Zeichnung zu sehen und auf dem Tisch daneben als Modell.

»Kann ich Sie kurz sprechen?«, fragte Chris den Grandseigneur voller Ehrfurcht.

»Aber Sie wollen nicht mit mir über Ihr Kostüm diskutieren.« Theo Kupfer, Gentleman der alten Schule, kam Chris entgegen und schloss die Tür hinter ihr. »Das ist nämlich so eine Eigenart von euch Solisten.«

»Ich bin noch keine Solistin«, erwiderte Chris, die mitten im Raum stehen geblieben war.

»Dann strengen Sie sich mal an. Schließlich will ich mein Kostüm an Ihnen auf der Bühne sehen.« Kupfer bot ihr den Platz vor seinem Schreibtisch an, blieb aber selbst stehen.

»Ich bin vom Urteil der Ballettdirektorin abhängig, Herr Kupfer.« Chris setzte sich auf die Stuhlkante.

»Aber es geht um etwas anderes. Ich hätte eine Bitte.« Chris machte eine kurze Pause, bevor sie weitersprach. »Könnten Sie für mich – also, ich habe da jemanden aus Bamberg kennengelernt und ich brauche die Adresse.«

»Bamberg in Oberfranken? – Wie heißt er denn?« Kupfer nahm ihr Anliegen als etwas ganz Selbstverständliches. Für ihn war die Welt eins.

»Sie. Es handelt sich um eine Frau«, klärte Chris den Grandseigneur auf. »Ihr Vorname ist Marlene.«

Er nahm ein Stück Papier. »Nachname?«

Chris hob die Schultern. »Die Familie hat einen eigenen Betrieb.«

»Was für einen?« Kupfer schaute hoch.

»Irgendwas mit Metallverarbeitung.«

Schon am nächsten Tag hielt Chris die Adresse ihrer Schwester in der Hand. Es sei nicht kompliziert gewesen, erklärte Theo

Kupfer. Er habe zuerst die Wenninger & Co. KG gefunden und dann dazu die passende Marlene Wenninger. »Telefonbücher sind wirklich ein Segen.«

Liebe Marlene,
ich hoffe, es ist in Ordnung, dass ich Dir schreibe. Unsere Begegnung war viel zu kurz. Ich habe so viele Fragen und Gedanken, die ich mit Dir teilen möchte. Hast Du schon herausgefunden, warum wir getrennt worden sind? Leider konnte ich mit Mutti und meinen Großeltern noch kein richtiges Wort zu unserer Geschichte sprechen. Sie weichen meinen Fragen aus und ich will ihnen einfach nicht wehtun. Ich möchte Dich so gern wiedersehen. Wir haben bald unsere nächste Premiere. Vielleicht kannst Du kommen? Ich werde Dir eine Karte an der Abendkasse hinterlegen. Danach könnten wir, wenn Du nicht gleich wieder losmusst, unser Wiedersehen feiern.
Viele Grüße Christine

Weil Chris nicht wusste, ob die DDR-Behörden die Post kontrollierten, fasste sie sich erneut ein Herz und bat den Kostümbildner, den Brief in Westberlin in den Kasten zu werfen.

Die Proben auf der großen Bühne begannen. Alles war noch provisorisch.

Das Glück, dass ihre Detektivarbeit gelungen war, sie Marlene also in nichts nachstand, ließ Chris das Tanzen leicht werden. Als sie die Showtreppe mit Betonung ihres Beckens herunterschritt, knisterte es vor Erotik. Regina Feldmann nickte zufrieden. Chris sah Bettina aus dem Augenwinkel an der Seite stehen und zuschauen. So war es nun einmal, jeder musste seine Chance nutzen. Und jetzt war sie dran. Christine Steffen!

Marlene fand den Brief mit dem Absender eines gewissen Theo Kupfer aus Halensee auf der politisch linksorientierten Tageszeitung *taz*, die sie abonniert hatte, um ihre Familie zu provozieren. Überrascht riss sie den Umschlag auf, erkannte, dass der Brief von ihrer Schwester stammte, und las die Zeilen. Alles klang so selbstverständlich. Keine Vorwürfe, kein Druck, einfach nur eine Einladung zur Premiere.

Marlene schaute erleichtert auf den Bildschirm ihres Computers. Dann zog sie ein Blatt Papier zu sich heran und begann zu schreiben:

Liebe Christine,
ich komme sehr gern, vielen Dank für Deine Einladung. Ich werde mir ein Visum über Nacht nehmen und ein Zimmer im Hotel »Albrechtshof« buchen. Das ist fast um die Ecke. Dort können wir es uns nach der Premiere gemütlich machen und austauschen, was wir herausgefunden haben.
Viele Grüße Marlene

Marlenes Zusage erfüllte Chris mit großem Glück. Sie hatte es in die eigenen Hände genommen, ihr Schicksal aufzuklären. Wie eine Verliebte schaufelte sie sich die Nacht nach der Premiere für das Treffen mit der Zwillingsschwester frei.

»Nicht böse sein, Muttilein, aber die Karten sind wegen vierzig Jahre Republikgeburtstag besonders knapp«, erzählte

Chris ihrer Mutter nur die halbe Wahrheit. Sie telefonierte in Trainingskleidung am öffentlichen Münzfernsprecher, der direkt gegenüber vom Bühneneingang an der Wand angebracht war.

»Besonders knapp? Was soll das denn sein? Knapp ist knapp! Oder ist das die offizielle Sprachregelung eurer Besucherabteilung?«, fragte Rosa amüsiert. Die Mutter saß an ihrem Schreibtisch, hatte den Telefonhörer zwischen Schulter und Ohr geklemmt und prüfte unter der Tischlupe die Qualität der Glühlampen.

»Sei bitte nicht traurig. Nach der Premiere ist es vielleicht einfacher, eine Karte für dich zu bekommen«, versprach Chris.

»Bei uns steppt auch der Bär«, beruhigte Rosa ihre Tochter. »Mach dir keine Gedanken.« Die Wahrheit war, dass sich Rosa seit Wochen nicht wirklich wohlfühlte. Beim Arzt hatte sie erfahren, dass ihre Blutwerte Grund zur Sorge bereiteten. Sie hatte daher nichts dagegen, die Premiere ausfallen zu lassen und den Abend auf dem Sofa zu verbringen.

»Kann Lilia bei euch übernachten?«

»Natürlich! Das musst du doch nicht fragen.«

In diesem Augenblick kamen einige Tänzerinnen den Flur entlanggerannt. Chris hörte: »Der Besetzungsplan hängt.«

»Ich muss Schluss machen, die Gruppeneinteilung und die Solos werden bekannt gegeben. Tschüss, Mutti!«

»Ich drück dir die Daumen«, erwiderte Rosa.

Doch das hörte Chris schon nicht mehr.

Rosa legte auf und betrachtete die Ausschusslampen. Es waren einfach zu viele, die nicht dem Qualitätsstandard entsprachen. Sie musste eine Brigadeversammlung einberufen.

Chris folgte den anderen zum Stauraum hinter der Bühne, wo das Schwarze Brett hing, an dem alle Neuigkeiten veröffentlicht wurden. Tänzerinnen und Tänzer drängten sich um den Besetzungsplan. Chris schob sich ganz nach vorn, ihre Augen suchten die Solopositionen und tatsächlich da stand ihr Name. Chris hielt die Luft an und trat zwei Schritte zurück, um den anderen Platz zu machen. Sie konnte es nicht fassen: Sie hatte es geschafft.

Jetzt würde sie sich Abend für Abend beweisen müssen. Chris sah, wie Bettina Wilke davonging wie ein Schwan mit gebrochenen Flügeln. Sie war die Zweitbesetzung. Chris wusste, dass die Kollegin alles daransetzen würde, die Bessere zu werden.

ZEHNTES KAPITEL

Immer über die linke Schulter spucken. Auf keinen Fall bedanken. Ein Abgrund tut sich auf. Chris ist geschockt.

Der Abend der Premiere war für alle ein Höhepunkt. Am Vormittag war noch einmal eine Korrekturprobe angesetzt worden. Letzte Unsicherheiten in den Auftritten mussten geklärt und Änderungen an den Kostümen oder den Tanzschuhen vorgenommen werden. Das Haus summte vor Energie, Vorfreude und Lampenfieber. Im Ensemble wurden kleine Geschenke getauscht, unzählige Male »Toi! Toi! Toi!« gerufen und über die linke Schulter gespuckt. Wenn man das Unglück nicht heraufbeschwören wollte, durfte man darauf auf keinen Fall »Danke« sagen. Ein alter Theateraberglaube.

Die Ballettdirektorin und ihr Stab liefen durch die Garderoben und legten allen eine Rose auf den Platz. Eine halbe Stunde vor der Premiere, ebenfalls ein Ritual, meldete sich der Intendant über das Mikrofon der Inspizientin. »Liebe Kolleginnen und Kollegen, es ist so weit, unsere Arbeit der letzten Wochen erblickt das Licht der Welt. Danke an euch alle für das Engagement und die gute Arbeit in den letzten Monaten. Wir haben wieder einmal viele Schwierigkeiten gemeistert und uns selbst übertroffen. Jetzt drücke ich uns die Daumen für eine großartige Premiere. Lassen wir den Dampfer vom Stapel.«

Nach und nach trafen die festlich gekleideten Zuschauer ein. Eine Premiere im Palast war ein großes Ereignis, für das nur ein auserwählter Kreis Karten bekam.

Vom Haustelefon in ihrer Garderobe rief Chris alle zehn Minuten an der Abendkasse an, um zu erfahren, ob die Karte von Marlene schon abgeholt worden war. »Nein, Chrissi, die Karte ist noch da«, antwortete die ehemalige Tänzerin, die jetzt im Kartenverkauf arbeitete, geduldig. Vor ihrem Verkaufstisch drängten sich die Menschen in der Hoffnung, die Premiere vielleicht doch erleben zu können.

»Nicht verkaufen! Auf keinen Fall weggeben!«, flehte Chris.

»Na, du kannst was von mir verlangen«, sagte die Kassiererin. Die Karte wurde von Minute zu Minute wertvoller.

»Sie wird abgeholt. Ich schwöre.« Chris legte auf und sandte ein Stoßgebet gen Himmel. Sie wünschte sich so sehr, ihre Schwester wiederzusehen. Im Garderobenspiegel bemerkte Chris Bettinas Blick. Chris zögerte, dann drückte sie beide Daumen. Bettina erwiderte die Geste. Am Ende siegte immer die Kollegialität.

Zur gleichen Zeit stand Marlene in der Einreiseschlange nach Ostberlin und schaute nervös auf die Wanduhr. Noch fünfzehn Minuten bis zur Vorstellung. Die Passkontrolle ging nur schleppend vorwärts. Sie löste sich aus der Reihe und trat zu einem uniformierten Wachposten. »Entschuldigen Sie bitte. Ich habe eine Karte für den Friedrichstadt-Palast.«

Der Soldat ignorierte sie.

»Die Vorstellung beginnt gleich. Es ist eine Premiere. Wäre es vielleicht möglich, dass Sie mich vorher drannehmen?«, fragte Marlene betont charmant. Sie war es gewohnt, zu bekommen, was sie wollte. Doch der Uniformierte warf nur einen flüchtigen Blick auf die Wanduhr. »Stellen Sie sich wieder an.«

Enttäuscht trat Marlene zurück in die Warteschlange.

Als der Dirigent pünktlich um neunzehn Uhr den Taktstock hob, durfte sie endlich in eine der beiden Kabinen zur Abfertigung eintreten.

Die Scheinwerfer gingen an und Musik setzte ein. Die Tänzerinnen und Tänzer liefen in voller Besetzung und opulenten Kostümen auf die Bühne. Zwischen den Lichtkegeln hindurch sah Chris, dass Marlenes Platz leer war. Der Enttäuschung nachzugeben, blieb keine Zeit. Der Tanz riss sie mit und ihre Bewegungen verschmolzen mit denen der anderen. Das Gefühl der Einheit, der gemeinsame Rhythmus, die Hingabe an etwas Höheres drängten alles Private in den Hintergrund.

Marlene rannte die Friedrichstraße entlang und in den Palast hinein zur Abendkasse. Die Frau hinter der Scheibe schaute sie überrascht an und schob ihr die Karte durch den Schlitz. Durch das menschenleere Foyer kam eilig eine Kartenabreißerin, wies Marlene den Weg zur Garderobe und führte sie während einer kurzen Pause zwischen den Nummern in den Saal zu ihrem Platz in einer der vorderen Reihen. Sich entschuldigend schlüpfte Marlene an den Zuschauern vorbei. Chris sah sie zuerst und kniff zur Begrüßung ein Auge zu. Jetzt kann der Abend beginnen, dachte sie glücklich.

Diesmal hatte Marlene einen anderen Blick auf den schönen Schein, denn sie war nicht mehr neutral, wusste einen Teil von sich selbst auf der Bühne. Sie sah Netzstrümpfe, künstliche Wimpern, rote Lippen, nackte Brüste mit Pailletten beklebt. Im Gegenlicht der Scheinwerfer flogen Federn und Staub. Zwei Conférenciers hielten das Programm mit kabarettistischen Texten zusammen. Helga Hahnemann, Henne, wie sie von ihren Zuschauern genannt wurde, war Publikumsliebling. Mit Berliner Schnauze und viel Humor brachte sie doppelbödige Texte, in denen vom ewigen Mangel in der DDR und von dogmatischen politischen Entscheidungen der Obrigkeit die Rede war. Die Menschen liebten es, zwischen den Zeilen zu lesen. Ihr Partner auf der Bühne war der erfolgreiche Charakterschauspieler Alfred Müller. Die beiden Entertainer warfen sich die Pointen zu. Marlene, die nicht wusste, worum es wirklich ging, konnte den Dialogen wenig abgewinnen. Doch das Publikum jubelte. In der DDR wünschten sich die Menschen, dass die Kunst ihren Gedanken und Gefühlen Ausdruck gab, vor allem denen, die nicht ausgesprochen werden durften. Und es war egal, ob dies mit der Kraft des Wortes geschah oder durch die Eleganz und Lebensfreude des Tanzes.

Die Premiere lief bestens durch. Fast nackt unter Pfauenfedern tanzte Chris ihr Solo und hoffte sehr, vor allem Marlene zu beeindrucken.

Das Finale bildete wie immer die Girlreihe. Es folgte stürmischer Applaus. Neben Marlene sprangen die Menschen auf und applaudierten enthusiastisch.

Hinter der Bühne standen die Mitwirkenden und umarmten sich. »Der vergossene Schweiß hat sich gelohnt.« Die

Ballettdirektorin war zufrieden mit der Leistung ihres Ensembles. »Ihr wart großartig. Morgen eine Stunde vor Vorstellungsbeginn Kritik.«

Regina Feldmann trat neben Chris. »Sehr gut!«

Gaby Sommer, die ehemalige Solotänzerin, inzwischen sichtbar schwanger, kam in die Garderobe. »Toll gemacht, Chrissi! Glückwunsch!«

»Deshalb bin ich Tänzerin geworden«, erwiderte Chris freudestrahlend. »Um alles zu geben!«

Während sich die anderen für die Premierenfeier fertig machten, stahl sich Chris davon.

Abseits vom allgemeinen Trubel umarmten sich die Schwestern.

»Ich hab' gebibbert, ob du kommst«, sagte Chris und hakte sich bei Marlene ein.

»Tut mir leid, dass ich zu spät war. Aber ich habe fast drei Stunden für die Einreise gebraucht.«

Schulter an Schulter gingen sie die dunkle Seitenstraße entlang bis zur hell erleuchteten Friedrichstraße. Dort machten sie zuerst einen Abstecher zum Fotoautomaten am Bahnhof. Die ersten Zwillingsfotos entstanden.

Das Hotel »Albrechtshof«, in dem Marlene gebucht hatte, lag nur wenige Hundert Meter vom Palast entfernt. Es war strengstens verboten, Besuch mitzubringen. Doch die Schwestern, als hätten sie ihr ganzes Leben geübt, verwirrten die Hotelangestellte und verschwanden leise kichernd in Marlenes Zimmer. Dort öffneten sie eine Flasche Russkoje Schampanskoje, den beliebten Schaumwein aus der Sowjetunion, den Marlene an der Hotelbar zu einem horrenden Preis gekauft hatte. Um sich nicht zu verraten, hatte sie sich mit einem Sektglas begnügt, das sie nun abwechselnd benutzten. Die ganze Nacht lag vor ihnen und groß waren die Erwartungen auf beiden Seiten. Augenblicklich und sofort wünschten sie sich, die Jahre nachzuholen, die sie miteinander verloren hatten.

Marlene holte einen Umschlag mit Familienfotos aus der Reisetasche und Chris legte ihre Sammlung dazu. Auf der Bettdecke vereinten sich die beiden Hälften der Familie zu einer Sippe. Mittendrin lagen aktuelle Fotos der Eltern, Rosa und Roland, immer noch ein schönes Paar. Die Töchter sahen das. Wie viel hatten sie entbehrt?

»Wie ist er so?«, wollte Chris über ihren Vater wissen. Sie räusperte sich, weil ihr Tränen in die Augen traten.

»Er tanzt nach Großvaters Pfeife und lebt für die Firma, wie alle Wenningers.« Marlene spürte inneren Widerstand gegen die Männer in ihrer Familie und zog spöttisch die Augenbrauen hoch, eine Angewohnheit aus Selbstschutz.

Chris schob das Foto von Rosa ins Zentrum der Bildergalerie. »Mutti ist Leiter der Produktion bei NARVA.«

Marlene schaute ihre Schwester ratlos an.

»Sie ist in der Betriebsleitung vom Berliner Glühlampenwerk«, erklärte Chris.

»Da hat sie ja richtig Karriere gemacht.«

»Kommt drauf an, wie man das sieht. Eigentlich trägt sie die ganze Last auf ihren Schultern.« Aus ihrem Umschlag holte Chris ein Foto von Lilia. »Das ist übrigens deine Nichte.«

»Du hast ein Kind?«

»Lilia«, Chris strahlte. »Sie wird bald zehn.«

»Da bist du ja mit achtzehn Mutter geworden.« Marlene klang entsetzt.

Chris nickte.

»Und dein Mann?«

»Ich bin nicht verheiratet. Alleinerziehend.«

Marlene schaute ihre Schwester bestürzt an. Ein uneheliches Kind wäre bei den Wenningers in Bamberg undenkbar gewesen. Marlene zeigte auf die Bilder von Rosa und Lilia. »Darf ich die behalten?«

»Klar!« Chris nickte.

Marlene schob ihrer Schwester das Foto von Roland zu. »Für dich! Warum waren unsere Mutter und deine Tochter eigentlich nicht bei der Premiere? Ich dachte, ich lerne Mama vielleicht kennen.«

»Ich hatte nur eine Karte, und die habe ich für dich reserviert.«

Sie saßen auf der Bettkante. Schwiegen. Jede hielt das Bild des anderen Elternteils in der Hand.

In die Stille hinein fragte Chris. »Du hast noch gar nichts zu der Aufführung gesagt. Hat's dir denn gefallen?«

Marlene wich aus. »Ganz schön bunt! Warum tanzt du eigentlich nicht klassisch?«

Wie immer, wenn diese Frage gestellt wurde, kam Chris unter Erklärungsdruck. »Für eine klassische Tänzerin bin ich zu groß.« Chris erzählte, wie Regina Feldmann sie beim Intendanten-Vortanzen am Ende ihres Studiums an der Staatlichen Ballettschule in Berlin vom Fleck weg engagiert hatte. Dieses Vortanzen vor den Leitern aller Opernhäuser, der Musicaltheater, dem Berliner Metropol-Theater und natürlich dem Friedrichstadt-Palast war der Höhepunkt im vorletzten Semester. Jeder hoffte, in ein bedeutendes Ensemble zu kommen. Doch am größten war die Hoffnung aller Studierenden, in der Hauptstadt bleiben zu können, die sich vom Rest der Republik in vielfacher Hinsicht unterschied. Auch hier zerfiel die Bausubstanz der Häuser, die die Bomben der Alliierten im Zweiten Weltkrieg nicht zerstört hatten. Doch es wurde auch saniert. Die Luft der mit Braunkohle geheizten Öfen hing, dank der Berliner Wetterlage, nicht ganz so tief über der Stadt. Von der Umweltverschmutzung in anderen Landstrichen war in der Hauptstadt weniger zu merken. Auch von der Lethargie, die die Menschen anderswo erfasst hatte. Denn im Vergleich zum Rest der Republik konnte man in Berlin begehrte Konsumgüter einkaufen. Es gab gut ausgestattete Exquisitläden, Delikatessen aus dem Westen und in den beiden Warenhäusern waren die Regale meist voll. So hatte Chris nicht gezögert, als das Angebot kam, im Friedrichstadt-Palast zu tanzen. Sie hatte das Glück in den Augen der Mutter und der Großeltern gesehen, dass sie in ihrer Nähe blieb und nicht Hunderte Kilometer weiter weg in der sogenannten Provinz arbeiten und leben musste.

Und jetzt hatte Chris sogar eine Soloposition bekommen. »Besser geht's nicht. Und so lange habe ich auch gar nicht mehr. Mit fünfunddreißig plus, minus ist aus die Maus«, schloss sie ihre euphorische Rede ab, hob das Glas, trank einen Schluck und reichte es ihrer Schwester.

»Und dann?« Marlene war überrascht.

»Bekomme ich berufsbezogene Zuwendung und kann mich neu orientieren.«

»Berufsbezogene Zuwendung?«, wiederholte Marlene.

»Ist so was wie Tänzerrente. Aber das darf nicht so heißen. Wenn ich Rentnerin wäre, hätte ich Anspruch darauf, in den Westen zu fahren. Und das wollen die bei uns natürlich nicht.«

»Die sind ja total irre.« Marlene trank das Glas aus und goss nach. »Ein paar Jahre Beine und Hintern zeigen, und dann kann man sich mit Mitte dreißig zur Ruhe setzen.«

Chris verteidigte sich. »Ich trainiere seit meinem fünften Lebensjahr, irgendwann sind die Knochen nicht mehr das, was sie mal waren, und eine Tänzerin bringt dann eben nicht mehr die geforderte Leistung. Mit der Tänzerrente bin ich abgesichert und kann mir einen anderen Beruf suchen. Aber vielleicht behalten sie mich im Palast auch als Ballettassistentin. Bei achthundert Mitarbeitern wird sich schon was für mich finden.« Chris hob lässig die Schultern. »Jedenfalls muss ich mir keinen reichen Mann suchen.« Das meinte sie natürlich nicht ernst.

Marlene schluckte. Sie schaute in das Gesicht ihrer Schwester wie in ein Spiegelbild, aber sie verstand deren Welt nicht. Alles hier war ihr fremd, und sie wusste, wenn sie jetzt nicht aufhörte, würde es übel enden. Sie war doch nicht so weit gefahren, um zu streiten. Deshalb lenkte sie ein. »Ich habe Tennis gespielt und jetzt mit dem Klettern angefangen.«

»Bergsteigen?«

»Ab und an reist unsere Gruppe in die Alpen. Aber hauptsächlich klettern wir in der Halle.«

Chris konnte sich unter Klettern in einer Sporthalle nichts vorstellen. Wie sollte man ein Bergmassiv in einer Halle nachbauen?

»Ich habe Betriebswirtschaft studiert«, erzählte Marlene weiter. »Ist jetzt auch nicht superoriginell. Aber man kann was draus machen.«

Chris hörte Marlenes »auch« in dem Satz. Wieso konnte sich die Schwester anmaßen, ihren Beruf als Tänzerin herabzuwürdigen? »Was produziert ihr denn in eurem Betrieb?« Chris' Stimme klang schärfer, als sie beabsichtigt hatte.

»Wir sind Zulieferer für einen Autohersteller. Zurzeit stelle ich in unserem Unternehmen alles auf elektronische Datenverarbeitung um. Ist mein Entgegenkommen an die Familie. Wenn die EDV läuft, suche ich mir was Eigenes.«

»Und was wird das sein?«, bohrte Chris nach.

»Wird sich erweisen.« Jetzt fühlte sich Marlene von ihrer Schwester bedrängt.

»Also wie bei mir.« Chris grinste. Sie waren quitt.

Marlene fand das überhaupt nicht lustig und explodierte. »Sorry, aber das sehe ich anders. Was ihr da macht, ist doch Volksbelustigung. Dafür hast du Ballett studiert, um ein bisschen mit dem Hintern zu wackeln?«

»Entschuldige mal! Das ist Revuetheater, das gibt's in Las Vegas, in New York, in Paris, in allen Metropolen der Welt«, entgegnete Chris genauso heftig.

»Und die Funktionäre glotzen euch an. Ich hab' gedacht, dass ihr Frauen in der DDR weiter seid.«

»Spinnst du?« Chris schaute ihre Schwester entsetzt an.

»Wieso spinne ich, wenn ich meine Meinung sage? Du verträgst keine Kritik.« Marlene stand auf und ging auf Abstand.

»Natürlich vertrage ich Kritik.« Chris schüttelte energisch den Kopf. »Du wirst lachen, die gehört sogar zu meinem Beruf.«

Chris litt, weil die Kluft, die sich plötzlich zwischen ihnen auftat, ein Abgrund war. Sie schwiegen, jede mit ihren Gefühlen beschäftigt. »Ich habe mich so auf dich gefreut, auf den Abend«, lenkte Chris nach einer Zeit ein.

Marlene nickte. »Ich auch.«

Gegen sieben Uhr wachte Chris im Hotelbett auf. Irgendwann musste sie vor Erschöpfung eingeschlafen sein. Von Marlene war nichts zu sehen. Auf dem Nachttisch stand die halb ausgetrunkene Sektflasche. Daneben lagen einer der beiden Fotostreifen aus dem Automaten und ein Brief.

Liebe Chris,
ich kann nicht schlafen. Alles geht mir im Kopf herum. Ich bin traurig, dass wir uns erst jetzt kennenlernen. Vergiss bitte, was ich gestern gesagt habe. Ich habe, was Dich und Dein Leben betrifft, keine Ahnung. Es macht mir Angst, was mit uns passiert ist. Ich verstehe nicht, warum unsere Eltern das getan haben. Wir können es nicht auf sich beruhen lassen. Viel Glück für die nächsten Vorstellungen.
Lene.

Enttäuscht begriff Chris, dass die Schwester geflohen war. Sie suchte in ihrer Handtasche nach der Bürste, kämmte ihr langes Haar und band es zu einem Knoten. Dann nahm sie den Brief, das Foto ihres Vaters und den Fotostreifen, packte alles in den Umschlag zu ihren eigenen Bildern und wollte das Zimmer verlassen. Ihr Blick fiel aufs Telefon. Sie musste endlich mit ihrer Mutter sprechen. Chris wählte Rosas Nummer bei NARVA. Die Leitung war umgestellt. Von der Sekretärin des Direktors erfuhr sie, dass ihre Mutter auf unbestimmte Zeit krankgeschrieben war. Eilig wählte sie sie Nummer in Pankow. Die Großmutter nahm ab und wollte wissen, wie die Premiere verlaufen war, und selbstverständlich sei Lilia pünktlich in die Schule gefahren. Chris unterbrach ihren Wortschwall. »Mutti ist krank? Was ist denn los? Kann ich sie mal sprechen?«

Völlig außer Atem betrat Chris das Foyer des Hochhauses der Charité. Den ganzen Weg war sie gerannt. Als Chris in den Fahrstuhl steigen wollte, stieß sie mit Georg zusammen. Beide schauten sich verwirrt an.

»Georg! Meine Mutter soll in der Chirurgie liegen.« Jetzt erst bemerkte Chris den Karton, den der Freund unterm Arm trug. »Was ist denn da drin?«

»Meine Sachen. Ich bin gekündigt«, sagte er sachlich.

»Was?« Chris wich einen Schritt zurück.

»Arbeitsverbot.«

»Aber wieso?« Chris bemühte sich zu verstehen.

»Was ist mit deiner Mutter?«, fragte er besorgt.

Chris hob die Schulter. »Ich will gerade zu ihr.«

Georg nickte. »Sag mir bitte Bescheid.«

Sie standen sich sprachlos gegenüber.

Ich melde mich bei dir«, sagte er kurz. »Dann erklär' ich dir alles, ja?« Georg versuchte ein Lächeln und verließ das Gebäude. Bestürzt stieg Chris in den Fahrstuhl.

Rosa packte die Reisetasche aus. Das zweite Bett war noch leer. Als es klopfte, fuhr sie herum.

»Chrissi, wieso bist du hier? Wie war die Premiere?«

»Warum hast du mir nicht gesagt, dass du ins Krankenhaus musst?«, fragte Chris aufgeregt.

»Es hat sich alles erst vor ein paar Tagen ergeben«, log Rosa. »Und ich wollte dich vor der Premiere nicht beunruhigen.«

Chris schloss die Tür und schaute ihre Mutter aufmerksam an. »Was hast du denn? Musst du operiert werden?«

Rosa ging aus dem Blick ihrer Tochter und packte weiter aus. »Ein Knoten in der Brust. Er wird entfernt, und dann sehen sie, wie es weitergeht. Möglicherweise ist alles ganz harmlos.«

Marlene saß im Zug Richtung Westdeutschland. Sie war wütend auf sich, dass sie einfach abgehauen war. Sie war wütend auf ihre Familie, auf das Schweigen, auf ihr ganzes verdammtes Leben. Stets hatte sie das Gefühl, ihr Potenzial nicht entfalten zu können, als wäre etwas in ihr reduziert, eine Bremse in ihrem Leben eingebaut. Sie fühlte sich wie eine Figur auf dem Familienschachbrett, die eine Position auszufüllen hatte, die von Generation zu Generation weitergegeben wurde – die Zukunft des Unternehmens zu sichern. Wozu das? Wozu mussten sich Kinder und Kindeskinder an ein Unternehmen binden? Was war das für ein Gesellschaftsvertrag? Ihre Schwester machte sich über diese Herausforderungen keine Gedanken. Sie nahm sich die Freiheit und tanzte, stellte sich halb nackt auf die Bühne, klebte sich Wimpern an und schminkte sich die Lippen knallrot. Sie hatte sogar ein Kind und brauchte nicht mal einen Mann an ihrer Seite, um es großzuziehen. Marlene erschien die Schwester wie ein Wesen von einem anderen Stern. Nach diesem zweiten Treffen war sie verwirrter denn je.

»Die Zeitungen waren voll mit sehr guten Kritiken und Lob für die Leistungen der neuen Solistin Christine Steffen«, erzählte mir Lilia im Flugzeug.

»Doch meine Mutter blieb ernst und bedrückt. Am Nachmittag berichtete uns die Leiterin des Kinderballetts vom Erfolg der Großen und motivierte uns zu Höchstleistungen für unsere eigene Revue. Ich hatte die Rolle einer Wasserfee bekommen und war entschlossen, meiner Mutter in nichts nachzustehen. Selbstverständlich erfuhr ich, dass meine Oma operiert werden musste. Doch wie ernst es war, sagte mir niemand.«

Eine Stunde vor Vorstellungsbeginn stand das Ensemble im Stauraum hinter der Bühne. Regina Feldmann wertete die Premiere aus, mahnte die Synchronizität bei den Gruppentänzen an und nahm einzelne Nummern auseinander.

Chris konnte sich kaum auf die Ansagen ihrer Ballettdirektorin konzentrieren. Sie war so glücklich gewesen, das Solo zu tanzen, und nun fehlten ihr Schwung und Freude. Wie sollte sie nur die vor ihr liegende Vorstellung überstehen? Erst Marlene, dann ihre Mutter, und was war mit Georg? Was hatte er sich zuschulden kommen lassen?

Chris versuchte ihren Freund noch vor der Vorstellung anzurufen. Er nahm nicht ab. Da durchzuckte Chris ein schrecklicher Verdacht – hatte Georg womöglich einen Ausreiseantrag gestellt?

ELFTES KAPITEL

Träume voller Licht und Schatten.
Jede Generation schleppt die Last ihrer Vorfahren weiter.
Am liebsten möchte Chris ihre Mutter retten und
trifft endlich Georg.

»Euer Land ist kaputt, Rosa. Deine Ideale haben sich nicht erfüllt.« Roland beugte sich über sie. Rosa wollte ihn abwehren. Er sollte ihr das Kind zurückgeben. Aber sie fand keine Worte. Sie lag wie gelähmt und konnte ihre Lippen nicht bewegen. Dann löste er sich auf. Sie wollte rufen, dass er zurückkäme. Doch es gelang nicht. Der Schrecken darüber, dass sie nicht um ihr Kind kämpfte, saß in jeder ihrer Körperzellen. Tränen rannen aus ihren Augen. Jemand trocknete sie und sprach tröstend auf sie ein. »Sie haben es überstanden, Frau Steffen.«

Gar nichts habe ich überstanden, ich habe mein Kind verloren, dachte Rosa und spürte, wie sie gebettet wurde.

Rosa erwachte im Morgengrauen. Das Zimmer in der Charité lag in tiefer Stille. Vorsichtig tastete sie nach dem Verband, der ihre linke Seite bedeckte.

Das Jahr 1961 begann mit viel Schnee. Rosa bemerkte das leichte Flattern in ihrem Bauch bei einer Vorlesung über Newton'sche Festkörpermechanik. Erste Kindsbewegungen, die so zart waren wie Schmetterlingsflügel. Sie wünschte sich ein Mädchen, eine Tochter, mit der sie alles wie mit einer Schwester teilen würde – ihre Gedanken, Erfahrungen, Liebe. Rosa kannte auch schon den Namen. Das Mädchen sollte Marlene heißen.

Rosa wohnte weiter im Haus der Eltern in Pankow. Roland kam so oft, wie es seine Zeit erlaubte. Beide wagten nicht mehr, über eine eigene Wohnung zu sprechen. Rosa hatte seinen Heiratsantrag nicht beantwortet und er wiederholte seine Frage nicht. Die drohende Katastrophe war in der tiefsten Tiefe verschlossen. Beide beschworen sich, zuversichtlich zu sein und zu vertrauen. Wenn das Kleine erst auf der Welt wäre, würde sich alles von selbst ergeben.

Nach der Visite des operierenden Arztes und dessen Teams kamen die Eltern. Elisabeth schaute ihre Tochter an. Rosa nickte. Richard schob seiner Frau den einzigen Besucherstuhl zu. Sie setzte sich und griff die Hand ihrer Tochter.

»Richard«, der Parteisekretär im Rundfunk in der Nalepastraße hielt ihn zurück. »Hast du mal fünf Minuten, unter vier Augen?«

»Meine Aufnahme geht gleich weiter«, erwiderte Richard, der gerade *Die Wahlverwandtschaften* von Goethe als Hörspiel aufnahm.

Doch der Parteisekretär machte mit einer Geste deutlich, dass es wichtig war, und so folgte ihm Richard ins Büro. Dort wartete ein Fremder, der sich als Mitarbeiter des Ministeriums für

Staatssicherheit vorstellte. »Deine Tochter hat mit einem westdeutschen Physikstudenten ein Verhältnis, Genosse Steffen. Sie erwartet ein Kind«, kam er ohne Überleitung zur Sache.

»Was geht euch das an?«, wehrte Richard empört ab.

»Deine Tochter studiert, sie ist Mitglied der SED. Nach dem Diplom soll sie in einer Leitungsfunktion arbeiten. Eine Verbindung nach Westdeutschland stellt für uns ein Sicherheitsrisiko dar.«

»Meine Rosa hat einen festen Klassenstandpunkt. Das weiß jeder.«

»Umso besser. Wir haben die Hoffnung, dass du als Vater auf sie einwirkst und ihr die Brisanz der Situation klarmachst.«

Richard schüttelte den Kopf. »Roland Wenninger ist kein Sicherheitsrisiko. Ich kenne den jungen Mann inzwischen sehr gut. Meine Tochter und er lieben sich. Mehr gibt es dazu nicht zu sagen.«

»Vielleicht sprichst du mit Roland Wenninger und überzeugst ihn, in die DDR überzusiedeln. Das wäre für uns alle von Vorteil, vor allem für die werdende Mutter.«

Richard musste sich nach dem Gespräch den Mund ausspülen, so schlecht war der Geschmack. Er wusste, dass sie nicht lockerlassen würden. 1945, als Elisabeth und er aus Frankreich zurückgekehrt waren, hatten sie sich endlosen Befragungen und Überprüfungen unterziehen müssen. Sie waren Emigranten aus dem Westen und man vertraute ihnen in der sowjetischen Besatzungszone zuerst nicht.

Bei nächster Gelegenheit lud Richard Roland zu einem Spaziergang in den Bürgerpark ein. »Sag mal, Junge, habt ihr denn schon eine Entscheidung getroffen, wie es weitergeht, wenn das

Kind auf der Welt ist?« Sie blieben vor einem Springbrunnen stehen und schauten dem Wasserspiel zu.

»Wenn Rosa bereit ist, miete ich uns sofort eine Wohnung.«

»In Westberlin?«

Roland hob die Schultern. »Du kennst meine Haltung, Richard.«

»Kannst du dir denn wirklich nicht vorstellen, bei uns zu leben? Rosa zuliebe und dem Kind.« Richard wusste, dass dieses Gespräch sinnlos war, aber er wollte es wenigstens versucht haben.

»Richard, es stehen ständiger ökonomischer Mangel und politische Willkür gegen den freien Westen. Ich würde es mir nie verzeihen, mit meiner Familie in einer Diktatur zu leben.«

Auch wenn Richard Rolands Position verstand, gutheißen konnte er sie nicht. Schließlich hatte der Junge seiner Tochter ein Kind gemacht und Liebe erforderte Kompromissbereitschaft. »Wenn Rosa nicht mit dir im Westen leben will, dann musst du die Konsequenzen ziehen. Fürchte ich.«

»Ach ja? Und die wären deiner Meinung nach?«

Richard schaute Roland traurig an. »Du schadest meiner Tochter. Das sollte dir klar sein.«

Nach diesem Gespräch schämte sich Richard, dass er sich auf diese Weise in das Leben seiner Tochter einmischte. Er hätte Klartext mit Rosa und Roland reden sollen und ihnen von der Begegnung mit dem Mitarbeiter der Staatssicherheit berichten. Sie hätten gemeinsam überlegen können, was zu tun wäre.

Bis heute hatte Richard weder Rosa noch Elisabeth davon erzählt. Fast drei Jahrzehnte lebte der inzwischen Vierundachtzigjährige mit seinem Versagen von damals. Nun, da er seine Tochter in diesem elenden Zustand sah, fragte er sich, wie groß seine Schuld an all dem war, was danach geschehen war.

Chris erfuhr von Elisabeth, dass ihrer Mutter eine Brust abgenommen worden war. Die Großmutter hatte ihre Enkelin nach der Vorstellung am Bühneneingang abgeholt und sie nach Hause begleitet.

Am Küchentisch eröffnete Elisabeth Chris, dass Rosa mit Chemotherapie und Bestrahlungen eine schwere Zeit bevorstand. »Sie wird es schaffen. Und du machst dir keine Sorgen. Wir sind schließlich da und kümmern uns um deine Mutter.« Elisabeth war nicht bereit, von ihrem Optimismus zu lassen.

Als sie sich später von ihrer Enkelin verabschiedete, dachte die Großmutter, dass auch Chris sich, obwohl sie keinen Krieg erlebt hatte, durchs Leben kämpfen musste. Jede Generation schleppte die Steine ihrer Vorfahren weiter. Und als wäre das nicht genug, trugen sie auch noch die Last eines Staates, der ihnen Anpassung abforderte, Verbote auferlegte und sie politisch indoktrinierte. Verdammt noch mal, dachte Elisabeth, warum können wir nicht aufräumen und ganz neu beginnen?

Chris half ihrer Großmutter ins Taxi, das sie nach Pankow bringen würde, und machte sich auf den Weg in die Charité. Sie war schockiert über das, was sie gerade erfahren hatte. Solange sich Chris erinnern konnte, war Rosa niemals krank gewesen, zu jeder Zeit einsatzbereit. Und nun bedrohte der Krebs ihr Leben.

Das Klinikum lag nur ein paar Hundert Meter von der Grenze zu Westberlin entfernt. Von den Fenstern mancher Gebäude konnte man die Grenzboote auf der Spree patrouillieren sehen und hinüber in den Westen schauen.

Chris klopfte an die Tür vom Schwesternzimmer. Die Nachtschwester bereitete die Medikamente für den Frühdienst vor und fuhr erschrocken herum. Es war fast Mitternacht und sie hatte mit niemandem mehr gerechnet. Eigentlich gab es reguläre Besuchszeiten, die eingehalten werden mussten. Aber für eine Tänzerin aus dem Friedrichstadt-Palast, zudem noch für eine Solotänzerin, machten alle gern eine Ausnahme. »Ich glaube, Ihre Mutter schläft schon.«

»Ich will ihr schnell was ins Zimmer legen. Damit sie es morgen früh hat.« Chris faltete eine bunte Zeichnung auseinander. Auf dem Bild, das eine Tänzerin darstellte, stand mit Kinderschrift: »Liebe Oma, das bin ich. Ich darf die Wasserfee tanzen. Werde schnell gesund. Deine Lilia.«

Chris legte das Bild auf den Nachttisch der Mutter und setzte sich zur Schlafenden. Du musst wieder gesund werden, dachte Chris. Wenn ich nur könnte, würde ich dir die alte Geschichte abnehmen, Mutti, und für uns alle in Ordnung bringen.

Die Wehen kamen acht Wochen zu früh. Mitten in der Nacht wachte Rosa auf. Sie hatte einen scharfen Schmerz gespürt. Dann wurde es feucht zwischen ihren Beinen. »Roland, wir müssen los. Ich glaube, die Fruchtblase ist geplatzt.«

»Bist du sicher?«, fragte er schlaftrunken. »Ist doch noch gar nicht so weit.«

»Wir sollten ins Krankenhaus fahren.« Rosa versuchte ruhig zu bleiben, doch ihre Zähne klapperten. Ihr ganzer Körper zitterte. Hastig schlüpfte Roland in Hose und Hemd. Dann half er Rosa in den Morgenmantel und die Treppe runter. Elisabeth kam aus dem Schlafzimmer.

»Mach dir keine Sorgen, Mutti«, beruhigte Rosa, »unser Kleines hat es eilig. Siebenmonatskinder sind Glückskinder.«

Elisabeth beschwor Roland, sie und Richard auf dem Laufenden zu halten. Im Nachthemd half sie ihrer Tochter ins Auto und schaute den beiden nach.

Sie rasten durch die menschenleere Stadt zur Entbindungsklinik und beteten, dass alles gut werden möge.

Vier Stunden später wurde Marlene geboren. »Es ist ein Mädchen, Frau Steffen«, sagte die Hebamme und hielt die Kleine hoch. Marlene, dachte Rosa. Klein und zart, wie das Neugeborene war, wurde es sofort in den Brutkasten gelegt.

Eine erneute Wehe überwältigte Rosa und plötzlich kam Betrieb in den Kreißsaal. Sie wusste kaum, wie ihr geschah bei so viel Hektik, bis sie begriff, dass noch ein Kind das Licht der Welt erblicken wollte.

Roland, der die Stunden auf dem Flur gewartet hatte, wurde von der Hebamme informiert. »Ihre Frau lässt bestellen, dass ein zweiter Mädchenname gebraucht wird.«

Am Nachmittag sah er durch die Scheibe der Neugeborenenstation seine beiden Töchter. Er war überwältigt. Diesen kleinen Wesen durfte kein Leid geschehen, dafür war er als Vater verantwortlich.

Kurz darauf betrat er das Zimmer, in dem Rosa lag. Sie streckte ihm die Hand entgegen. Er küsste sie immer und immer wieder. »Ich dachte an Christine«, sagte er. »Marlene und Christine. Was sagst du?«

Rosa nickte. »Sie werden niemals allein sein, sich immer haben.«

In diesen ersten Stunden, Tagen und Wochen waren die Eltern in einem glücklichen Ausnahmezustand. Die Versorgung ihrer beiden Töchter nahm sie vollkommen in Anspruch. Nichts war wichtiger als Marlene und Christine. Sie waren eine Familie geworden. Was interessierte da die Politik? Oder die Physik?

Rosa konnte sich ganz auf ihre Kinder konzentrieren, denn Elisabeth übernahm das Wäschewaschen, Kochen und Aufräumen. Roland absolvierte nur die wichtigsten Vorlesungen und war fast täglich bei seinen Mädchen und ihrer Mutter. Aber wenn er die Grenze in die eine oder andere Richtung passierte, spürte er eine unsichtbare Bedrohung.

Nach einer Vorlesung wurde Roland von einem seiner Professoren zu einem Gespräch unter vier Augen gebeten. Erwin Reimers hatte seine Familie in Auschwitz verloren und selbst den Holocaust bei einer Pflegefamilie in London überlebt. Reimers gratulierte Roland zur Geburt der Töchter und riet ihm sehr eindringlich, mit Frau und Kindern so schnell wie möglich nach Westberlin überzusiedeln. »Besser noch, Sie gehen zurück nach Bamberg. Ich selbst überlege, ob ich eine Stelle in Cambridge annehme. Die Luft riecht ähnlich nach Krieg wie im September 1939. Berlin ist eine Frontstadt, wenn es hart auf hart kommt, sind wir als Erste dran.« Er klopfte Roland auf die Schultern. »Ich wollte mich nicht in Ihr Leben einmischen, Herr Wenninger. Aber wenn man für die Sicherheit von Frau und Kindern zu sorgen hat, trägt man große Verantwortung. Deshalb wollte ich Sie warnen.«

Diese Worte trafen Roland, weil sie beschrieben, was er selbst empfand. Er wusste, dass er Rosa nicht von einer Übersiedelung überzeugen würde, er musste einen anderen Weg finden, einen unverfänglichen.

Am Abend, als die Kleinen zur Ruhe gekommen waren, sagte er scheinbar leichthin: »Was hältst du von einem Urlaub in Bamberg? Meine Eltern werden sich freuen. Wir lassen die Großstadt hinter uns, gehen im Wald spazieren und erholen uns. Den Kleinen wird es auch guttun, den ganzen Tag an der frischen Luft zu sein.«

Rosa ahnte, was Roland vorhatte. Doch bevor sie antworten musste, begann Marlene zu weinen.

»Willst du etwa abhauen?« Chris war grußlos in die Pathologie gestürzt, wo Georg, mit Gummischürze und Gummistiefeln bekleidet, eine männliche Leiche abduschte.

Mehrere Tage hatte sie ohne Erfolg versucht, ihn zu erreichen, und dann endlich eine Nachricht im Briefkasten gefunden. »Arbeite jetzt im Keller der Charité. Komm doch nach deiner Vorstellung mal vorbei. Würde mich über etwas Abwechslung freuen«, hatte auf dem Zettel gestanden, herausgerissen aus einem Kalender mit einem Datum, das noch in weiter Ferne lag.

»Ich werde ausreisen. Nicht abhauen«, korrigierte Georg. »Ich mache von meinem Recht Gebrauch und habe einen Antrag auf ständige Ausreise aus der DDR gestellt.«

Sein Sarkasmus verletzte Chris. Sie war empört. »Wieso hast du mir denn nichts gesagt?«

»Dann wärst du Mitwisser gewesen«, erwiderte Georg. »Das hätte dir schaden können.«

»Du hast gewusst, dass ich dir das ausreden werde, deshalb hast du mir nichts gesagt.« Chris hätte ihn am liebsten am Kragen gepackt und geschüttelt.

»Ich habe das Gängelband satt, an dem mich mein Alter und ›die Diktatur des Proletariats‹ zu halten versuchen.«

»Spinnst du?« Chris war fassungslos. »Wegen deinem Vater haust du in den Westen ab?«

»Ich nutze die Mauer und gebe ihr einen Sinn.« Er stellte das Wasser aus und begann die Leiche abzutrocknen. »Es hängt mir zum Hals raus, dass sich dieser Staat Veränderungen verweigert. Und mich zu einem unmündigen Bürger macht, der sich nicht kritisch äußern darf.« Er deckte den Toten mit einem Laken ab und schob ihn an die Seite des Raumes. »Dieses System nimmt mir die Luft.«

»Georg!« Sie war erschüttert.

»Ich weiß, das klingt hart. Du hast dir eine Insel gesucht und tanzt. Das ist eine Alternative, die ich leider verpasst habe.« Er holte eine nächste Bahre und schlug das Laken zurück. Eine Frau, die einmal sehr schön gewesen war. Nun hatte der Tod von ihrem Körper Besitz ergriffen. Chris betrachtete sie voller Ehrfurcht.

»Das hier soll die Bestrafung sein für eine feindlich negative Person wie mich.« Georg ließ das Wasser sanft über den toten Körper fließen. »Aber mir gefällt's: Die Toten lügen nicht. Ich kann sie alles fragen und kriege keine dummen Antworten. Sie zwingen mich, selbst nach den Antworten zu suchen. Vielleicht liegt es daran, weil wir ihnen Respekt erweisen. Warum machen das die Lebenden nicht untereinander?«

Chris wusste, dass es für ihn kein Zurück mehr gab. Man würde ihm an keiner Klinik mehr vertrauen.

»Woher weißt du, dass es dir drüben gefallen wird?«, fragte sie leise.

»Ich habe keine Ahnung«, erwiderte er ehrlich.

Sie schauten sich an.

»Wie geht es deiner Mutter?«

Chris hob die Schulter.

Georg verstand. »Scheißkrebs!«

Er deckte die Tote ab und begann Unterlagen auszufüllen. »Wenn du irgendwas von meinen Möbeln möchtest oder vom Hausrat, musst du sagen.«

Chris schüttelte den Kopf. »Gib nicht zu früh deine Sachen weg. Du weißt nicht, wann sie dich rauslassen.« Sie hätte gern ihren Kopf an seine Schulter gelegt. Doch es war kein Ort dafür, das Wasser rauschte, das Deckenlicht brach sich graugelb in den Fliesen. Also hob sie nur die Hand und verließ den Raum. Vielleicht lassen ihn die Behörden ewig warten, ging es Chris durch den Kopf, dann bleibt er bei mir.

Georg starrte auf die geschlossene Tür, hinter der Chris verschwunden war. Gab es das überhaupt, wonach er suchte? Gab es eine Wahrheit über dem ideologischen Müllberg, die für alle Menschen galt und mit der es zu leben lohnte?

Die Flugzeugmotoren brummten laut und monoton in der nächtlichen Kabine. Lilia und ich saßen im Kegel der Lichter über unseren Sitzen.

Ja, dachte ich, so war das damals. Wir waren in die stetige Auseinandersetzung zwischen den Systemen hineingeboren worden. Die Gesellschaft schied sich in jene, die treu zur DDR standen und ihr eine Chance geben wollten, und in jene, die mit diesem Land nichts anfangen konnten oder wollten, es sogar verachteten. Ein ewiger Kampf, der zermürbte und der nichts besser machte, weder die Realität noch den Glauben an eine Zukunft.

Dann, nachdem es die DDR nicht mehr gab, erwachte das Heimweh bei denen, die das Land geliebt hatten, und auch bei jenen, die eher früher als später die Grenze niedergerissen hätten und die Vereinigung mit dem Westen Deutschlands, der Bundesrepublik, als einziges erstrebenswertes Ziel ansahen.

Es war der Geschmack von Brot und Brötchen. Es war die Erinnerung an eine Fete in der Laubenkolonie bei Lampions und »Samba Pa Ti«. Die Sehnsucht nach dem Sich-einig-Sein, wenn es darum ging, die Obrigkeit auszutricksen. Ein Lebensgefühl war mit der DDR untergegangen. Und ich wollte nicht bewerten, ob es immer ein gutes gewesen war. Dieses Land DDR hatte uns eine Identität gegeben, weil wir im steten Widerstand waren. Das hat uns als Menschen geeint.

Irgendwann erfuhr ich von einer Kollegin, dass dies so ähnlich auch in der Bundesrepublik gewesen war. Dass sich vor allem die Nachkriegsgeneration in einer Reibung mit dem System, dessen Repräsentanten und politischen Entscheidungen befand. Gern hätte ich den Gedanken mit meiner jungen Reisebegleiterin besprochen, doch viel lieber noch wollte ich erfahren, wie sich die Geschichte ihrer Familie entwickelte. Wie es Christine erging, nachdem ihre Schwester abgereist war und vieles unausgesprochen geblieben war.

BUCH 2

SPIEL MIT DEM FEUER

DER TRÄUMER

I

Es war ein Traum in meiner Seele tief.
Ich horchte auf den holden Traum:
ich schlief.
Just ging ein Glück vorüber, als ich schlief,
und wie ich träumte, hört ich nicht:
es rief.

II

Träume scheinen mir wie Orchideen. –
So wie jene sind sie bunt und reich.
Aus dem Riesenstamm der Lebenssäfte
ziehn sie just wie jene ihre Kräfte,
brüsten sich mit dem ersaugten Blute,
freuen in der flüchtigen Minute,
in der nächsten sind sie tot und bleich. –
Und wenn Welten oben leise gehen,
fühlst du's dann nicht wie von Düften wehen?
Träume scheinen mir wie Orchideen. –

RAINER MARIA RILKE, 1895

ZWÖLFTES KAPITEL

Eine große Veränderung liegt in der Luft.
Sich hinwegträumen ist Subversion. Wo liegt
der Schlüssel in die Freiheit verborgen?

Das Land DDR war in einem Zustand der Lähmung gefangen. Die Zeit drängte nach politischer Umgestaltung. Doch die Herrschaftsstrukturen waren festgefahren. Die Kommunalwahlen, die an einem Wochenende im Mai stattgefunden hatten, waren von denen, die die Macht in ihren Händen hielten, gefälscht und manipuliert worden. Bürgerrechtler brachten das ans Licht und, indem sie dagegen protestierten, sich selbst in Gefahr. Alle, die das System ernsthaft infrage stellten, wurde an den Rand gedrängt, verfolgt oder außer Landes gewiesen. Die Menschen spürten, dass sich etwas verändern musste, aber sie wussten nicht, wo der Schlüssel lag, um das Tor in ihre Freiheit zu öffnen. Die, die sich nach Erneuerung sehnten oder sogar dafür eintraten, gingen wie auf dünnem Eis. Andere hatten sich in eine Art Dauerschlaf geflüchtet, um sich der Enge, den Repressalien und den Lügen zu entziehen. Doch es gab noch etwas anderes, etwas Unsichtbares, das jenseits der Realität schwang. Eine neue Energie blitzte aus der Unvollkommenheit des Landes hervor und bahnte sich unaufhaltsam ihren Weg.

In seinem nächsten Programm wollte das Inszenierungskollektiv dieses Lebensgefühl aufgreifen, eine Geschichte finden, die die Zuschauer inspirierte, sich auf den Weg in ihre Freiheit zu machen. Es sollte eine reine Ballettrevue werden und die artistischen Nummern Bestandteil der Choreografie. Keine Tierakrobatik. Keine Entertainer.

Die Dramaturgin grübelte nach einer Idee, in der sich die Botschaft gut verpacken ließ. Nach unermüdlichem Durchsehen von Büchern mit Mythen und Märchen erinnerte sie sich an den Dichter Rainer Maria Rilke. Neugierig ging sie an ihren Bücherschrank, griff nach einem schmalen Reclam-Band mit Gedichten des Lyrikers. Sie schlug das Buch auf und hielt bei »Der Träumer« aus dem Jahr 1895 inne. Auch damals war die Zeit im Umbruch. Sie dachte an all die Sehnsucht nach Aufbruch und an die Genossen, die jede provokative Idee durchschauen und verbieten würden. Doch Rilkes poetische Metaphern erschienen ihr unverfänglich. Die Dramaturgin musste nur die erste Strophe des Gedichtes weglassen, so wirkte es noch rätselhafter.

Mit dieser Idee ging sie zum Regisseur. Der sah sofort Bilder, die er auf der Bühne in Szene setzen wollte, und war begeistert. Der Intendant gab grünes Licht. Sie holten junge Leute fürs Kostüm- und Bühnenbild an den Palast. Für die Musik besetzten sie die besten Komponisten der Republik und entschlossen sich, auch choreografisch die eingefahrenen Pfade zu verlassen. Vier Choreografen sollten für diese eine Revue arbeiten. Als Höhepunkt engagierten sie als Gastchoreografen den herausragenden Steven Williams, der in London eine eigene Balletttruppe hatte.

Die neue Revue bekam den Titel »Traumvisionen«. Vier Solistinnen und ein Solist würden das Publikum in fantastische Welten entführen – die Figuren sollten einander verfolgen, verzaubern, bekriegen und besiegen. Erotische und visionäre Tanzbilder, vom Girltanz bis zum wilden Discotaumel, Jazzdance, Stepptanz, Modern Dance. Alles sollte dabei sein. In der sterbenden Republik wollte der Friedrichstadt-Palast eine faszinierende Parallelwelt erschaffen. Im Finale siegte die Kraft der Liebe über alle Widersprüche hinweg und machte Unmögliches denkbar.

Chris hoffte auf eine der vier weiblichen Hauptrollen und auch Bettina hatte diesmal berechtigte Chancen auf eine Soloposition. Ensemble und Mitarbeiter starteten voller Begeisterung mit der neuen Arbeit.

DREIZEHNTES KAPITEL

*Roland sind die Hände gebunden. Marlene
schneidet ihrer Schwester den Zopf ab. Mit dem Hintern
wackeln will gelernt sein.*

Roland saß mit seinem Anwalt Karsten Beck in dessen Büro zusammen. Die beiden kannten sich seit ihrer gemeinsamen Zeit auf dem Gymnasium. Beck, ein fränkisches Urgestein mit Vollbart, volltönender Stimme und dem Körper eines Hedonisten, arbeitete seit Jahrzehnten für die Wenningers. In seinen Händen lagen auch die Verträge mit dem DDR-Außenhandelsministerium. »Die Laufzeit ist auf ein Jahr begrenzt«, erklärte er Roland. »Wenn du den Vertrag verlängern willst, wirst du das zu denselben Konditionen machen können. Die Ostdeutschen werden auch bei der Fortsetzung eures Deals in Zukunft steigende Kosten für Material oder Transport nicht auf dich umlegen können.« Beck schlug vergnügt auf die Platte seines Schreibtisches. Er war sichtlich erfreut, dass er aufgrund der wirtschaftlichen Bedrängnis, in der die DDR war, seinem Freund Vorteile verschaffen konnte. Starke Partner forderten Becks Ehrgeiz heraus, doch schwache Partner noch mehr zu schwächen, empfand er als nicht weniger reizvoll. »Wenn du keine Einwände hast, Roland, schicke ich die Papiere nach Ostberlin.«

Roland, der etwas entfernt am runden Besuchertisch saß, nickte. Er vertraute Beck und ging zu dem Thema über, das ihn eigentlich beschäftigte. »Und in der anderen Sache – hast du dir da mal Gedanken gemacht?«

Beck setzte sich zu Roland und goss aus einer Warmhaltekanne für sie beide Kaffee nach. Die Frühlingssonne schob sich zwischen den halb geöffneten Jalousien hindurch.

»Ich habe mich mit einem Kollegen ausgetauscht.« Beck tat sich drei Löffel Zucker in den Kaffee. »Er rät dir genauso wie ich von einer Reise in die DDR ab. Man muss davon ausgehen, dass die Sache von damals aktenkundig ist und dass man dich deshalb bei der Einreise festhalten könnte. Möglich, dass sie auf Menschenraub abheben. Ehe das Auswärtige Amt oder unsere Ständige Vertretung herausgefunden haben, wo du festgehalten wirst, können Tage oder Wochen vergehen. Du schuldest der Mutter zudem Alimente. Wie du bestens weißt, ist die DDR hinter jeder Westmark her.«

Roland nickte betroffen und spürte gleichzeitig Erleichterung. Die Politik der DDR ließ nicht zu, dass er sich gegenüber seinen Töchtern und Rosa verantwortete. Die Staatsgrenze der DDR, das Ministerium für Staatssicherheit und die unmenschliche Gesetzgebung diktierten ihm, sich zurückzuhalten.

»Hast du mit Marlene über damals gesprochen?«, wollte Beck wissen.

»Wir liegen gerade über Kreuz.«

Beck konnte sich gut vorstellen, dass Rolands Tochter nicht lockerließ. »Euer Familienleben und die Zusammenarbeit mit den Ostdeutschen sind zwei vollkommen getrennte Angelegenheiten. Das müssen sie auch bleiben«, sagte der Anwalt eindringlich.

Kurze Zeit nach diesem Gespräch parkte Roland seinen Wagen vor der flachen Werkhalle, die er vor fünfzehn Jahren gemeinsam mit seinem Vater gebaut hatte und die mit einer der modernsten Anlagen in der Region ausgestattet war. Der Kredit, den sie dafür aufgenommen hatten, nahm sie Monat für Monat in die Pflicht. Verflucht noch mal, dachte Roland, warum muss ich mich ausgerechnet jetzt mit meinen privaten Problemen herumschlagen. Ich habe doch wirklich genug damit zu tun, das Unternehmen über Wasser zu halten.

Als er ins Büro kam, beendete Doris schnell ein Telefonat. »Was sagt Beck?«, wollte sie wissen, während sie den Hörer auf die Telefonanlage legte.

»Er rät mir von einer Reise in die DDR ab.« Roland ging ins Nebenzimmer an seinen Schreibtisch und begann die Post zu öffnen.

»Das heißt, du wirst dich der Sache von damals nicht stellen?« Sie folgte ihm und blieb im Türrahmen stehen.

»Mir sind die Hände gebunden«, erwiderte Roland und nahm für einen besonders hartnäckigen Umschlag eine Papierschere zu Hilfe.

»Ach du liebe Güte, das kommt dir wahrscheinlich gerade recht.« Sie konnte ihre Enttäuschung nicht verbergen.

»Na, sag mal, wie sprichst du denn mit mir?« Roland hielt inne und sah Doris empört an.

»Wir bräuchten nicht mehr zu lügen. Mir würde das sehr guttun«, erwiderte sie so sanft, wie es ihr in dieser Situation möglich war. Sie wollte ihn nicht verärgern.

»Ich verstehe nicht, warum du dich die ganze Zeit gegen mich stellst«, wehrte er unwirsch ab. »Ich muss mit Marlene sprechen. Ist sie in ihrem Büro?«

»Marlene hat Urlaub genommen.«

Roland schaute seine Frau perplex an.

»Sie ist zu ihrer Schwester gefahren«, ergänzte Doris.

»Nach Ostberlin? Wer hat ihr das erlaubt?«, brauste Roland auf. Er dachte an Becks Worte und malte sich aus, wie Marlene an der Grenze erkannt und verhaftet würde, möglicherweise um ihn zu erpressen.

»Unsere Tochter ist erwachsen, Roland. Wir müssen ihr nichts mehr erlauben.«

»Sie ist zuerst einmal bei mir angestellt und hat Verpflichtungen.« Roland klang wie ein Despot. Dabei war er zutiefst verzweifelt.

Doris ahnte das und blieb beherrscht. »Es ist eine Ausnahmesituation, da wird in jedem Unternehmen Urlaub gewährt.«

»Wir haben übermorgen die DDR-Außenhändler hier. Da sollte sie dabei sein. Warum hast du sie nicht an den Termin erinnert?«

»Das Treffen wird auch ohne Marlene stattfinden können.« Mit einem feinen ironischen Unterton fügte Doris an: »Unsere Tochter tut das, wozu dir die Hände gebunden sind.«

Marlene beobachtete, wie Chris ihre Tochter Lilia aus dem Haus begleitete und sie mit einem Kuss zur Schule verabschiedete. Die Schwester war noch im Schlafanzug, über dem sie lässig eine Strickjacke trug, das ungekämmte Haar war mit einem

Gummiband gebändigt. Chris ging zurück ins Haus. Die Tür schlug hinter ihr ins Schloss.

Nach ihrer Flucht aus dem Hotel war Marlene nicht mehr mit sich im Reinen. Sie fühlte sich wie auf einer Hängebrücke. Unter ihr war der Abgrund. Sie wagte sich nicht nach vorn und konnte nicht mehr zurück. Immer wieder hatte sie sich das Foto ihrer leiblichen Mutter angeschaut. Ein liebes, sympathisches Gesicht. Marlene wollte sie endlich kennenlernen und erfahren, was damals passiert war, denn ihr Vater war weiterhin jedem klärenden Gespräch ausgewichen.

Chris goss heißes Wasser aus dem Wasserkessel über gemahlenen Kaffee, um mit der großen Tasse noch ein Stündchen ins Bett zu gehen. Ihr morgendliches Ritual vor einem langen Tag. Sie dachte an ihre Mutter und wie schwer sie es gerade hatte. Es klingelte. Chris vermutete, dass Lilia etwas vergessen haben könnte, und rief: »Komme, Mäuschen!« Sie lief los und riss die Tür auf. Vor ihr stand Marlene. Ohne auch nur einen Moment zu zögern, nahmen sich die Schwestern in den Arm.

»Es tut mir leid, dass ich einfach so abgehauen bin«, murmelte Marlene an Chris' Schulter.

Chris zog die Schwester in die Wohnung und half ihr aus dem Mantel. »Willst du einen Kaffee?«

»Unbedingt.« Marlene folgte Chris in die Küche, holte ihre Mitbringsel, Kaffee und Süßigkeiten, aus dem Rucksack und legte alles auf den Holztisch. Die Sachen rochen verführerisch. Chris kannte diesen Duft aus dem Intershop, wo man mit Devisen Waren aus dem Westen einkaufen konnte. »Das wäre wirklich nicht nötig gewesen«, wehrte sie ab.

»Sei doch nicht so förmlich.« Marlene setzte sich.

Chris goss noch einmal Kaffee auf. »Milch oder Zucker?« Marlene nahm ihr die Tasse ab. »Schwarz!«

»So trinke ich ihn auch. Schwarz wie meine Seele.«

»Schwarz wie meine Seele«, wiederholte Marlene.

Sie stießen mit den heißen Tassen an, mussten aufpassen, dass sie sich nicht verbrühten, pusteten in den Kaffee und lachten, weil sie alles gleich taten.

Dann wurde Chris ernst. »Ich muss dir was sagen. Mutti hat Krebs. Sie mussten ihr eine Brust abnehmen.«

Marlene setzte abrupt die Tasse ab. »Du hättest mich sofort anrufen müssen.«

»Ich habe nur deine Adresse, und auch die musste ich mir selbst besorgen.«

Marlene überhörte den Vorwurf.

»Die OP hat sie gut überstanden. Jetzt beginnt sie mit der Chemotherapie. Das wollte ich dir alles schreiben.«

Die Nachricht nahm Marlene die Luft. Was, wenn ihre Mutter starb? »Ich muss sie sofort sehen.«

Chris hob abwehrend die Hand. »Ich weiß nicht, ob es gut ist, wenn wir sie mit unserem Problem überfallen.«

»Mit unserem Problem?« Marlene schaute ihre Schwester ungläubig an. »Ich lasse mich doch von dir nicht abhalten, sie kennenzulernen.«

»Doch«, sagte Chris bestimmt. Sie war es von Kindheit an gewohnt, die Mutter zu beschützen.

»Ich will sie doch nur sehen. Ich stelle ihr schon keine Fragen«, bettelte Marlene. »Oder ich gehe als du ins Krankenhaus«, schlug sie kühn vor.

»Das geht nicht.« Chris zeigte auf ihr Haar, das viel länger war als das der Schwester.

»Das kriege ich schon hin. Ich setze einfach eine Mütze auf.«

Chris überlegte, was sie zulassen durfte. Schließlich hatte sie selbst noch nicht gewagt, mit der Mutter über ihre Entdeckung zu sprechen. Andererseits konnte Chris den Wunsch der Schwester nur zu gut verstehen.

»Oder wir tauschen richtig.« Ein spitzbübisches Lächeln breitete sich auf Marlenes Gesicht aus. Warum kam sie erst jetzt darauf? Erich Kästner hatte die Geschichte bereits vor über einem halben Jahrhundert erzählt. Marlene stand auf und kramte in ihrer Tasche. »Weiß schon jemand von uns?«

»Nur Georg, mein bester Freund.«

»Könnte der was rumerzählt haben?«

Chris schüttelte den Kopf. »Hör auf, Marlene, das ist wirklich eine Schnapsidee.«

»Was heißt Schnapsidee? Ich sehe hier nur heißen Kaffee.« Marlene lachte vergnügt und klappte ihre Brieftasche auf. »Du fährst nach Bamberg. Mit meinem Pass.« Sie knallte das Dokument mit dem Bundesadler auf den Tisch neben die Süßigkeiten.

»Spinnst du?« Chris stand auf, füllte den Rest heißes Wasser aus dem Kessel ins Abwaschbecken und tat Spülmittel dazu. Ihre Schwester war ja vollkommen verrückt.

Marlene baute sich neben Chris auf. »Das ist doch d-i-e Chance, dass du Vater kennenlernst!«

»Ich habe jeden Abend Vorstellung.« Chris wusch Lilias Frühstücksgeschirr ab.

»Na und! Dann lässt du dich krankschreiben.« Marlene griff nach dem Pass, klappte ihn auf und zeigte auf ihr Foto. »Ob du nun im Westen bist und ich im Osten oder umgekehrt. Das ist doch vollkommen egal.«

»Ich gehe nicht mit einem falschen Pass über die Grenze«, wehrte Chris entschieden ab.

Marlene ließ nicht locker: »Was heißt hier falscher Pass? Der ist echt.«

In Chris arbeitete es. Schließlich kannte auch sie Kästners Geschichte. Andererseits war das hier kein Ferienlager und sie waren auch keine Kinder mehr. Apropos, dachte Chris und sagte erleichtert, dass sie gewichtige Gründe hatte, die absurde Idee der Schwester abzulehnen: »Außerdem hat Lilia am Wochenende ihre Premiere. Da muss ich dabei sein.«

»Du fährst morgen früh und bist pünktlich wieder zurück!« Marlene schaute Chris verheißungsvoll an. »Na, was sagst du dazu?«

Chris fühlte, wie ihr Widerstand schwand. »Aber wenn die an der Grenze was merken?«

»Quatsch. Niemand kann beweisen, dass du nicht ich bist.« Marlene spürte, dass sie Chris fast überzeugt hatte. Jetzt musste sie dranbleiben, die Idee war einfach zu gut.

»Vielleicht kann ich irgendwelche Fragen nicht beantworten.«

»Dann sagst du dem Vopo, dass du deinen Anwalt sprechen willst und jemanden aus der Ständigen Vertretung, und haust richtig auf den Putz. Schließlich bist du Bürgerin der Bundesrepublik Deutschland«, schmetterte Marlene begeistert.

Mit einer Handbewegung dämpfte Chris die Lautstärke ihrer Schwester. »Aber das bin ich doch nicht.«

Marlene legte den Pass mit Nachdruck in die Hand ihrer Schwester. »Jetzt bist du es!«

Aus der Telefonzelle in der Nähe ihres Hauses meldete sich Chris krank. Der Gedanke, den Vater kennenzulernen, war inzwischen einfach stärker als jede Vernunft. Mit einem zweiten Anruf informierte sie Alexander, dass er für Lilia ein paar Kleidungsstücke bei ihr abholen und die Tochter bis zur Premiere der Kinderrevue bei sich behalten sollte. »Sie darf sich auf keinen Fall anstecken«, schniefte und hustete Chris. »Stell dir mal vor, wie enttäuscht Lilia wäre, wenn sie nicht tanzen könnte.«

Nach den Telefonaten musste Chris ihren langen blonden Zopf hergeben. In der Küche kürzte Marlene ihrer Schwester das Haar auf die eigene Länge und erklärte ihr dabei: »Am besten, du nimmst dir in Bamberg vom Bahnhof ein Taxi, das ist am einfachsten. Wenn du vor dem Werk stehst, siehst du links unsere Villa. Meine Wohnung ist rechts am Haus, im Souterrain. Du suchst gleich nach meiner Mutter, also nach Doris.« Sie überlegte einen Moment, war sich dann aber sicher. »Mit ihr kannst du offen reden. Sie muss dann unseren Vater vorbereiten.« Der Haarschnitt war fertig. Marlene zog ihre Schwester zum Spiegel über der Spüle. Die beiden waren beeindruckt. Sie sahen nun wirklich komplett gleich aus.

Chris griff nach einem Block und wollte sich Marlenes Anweisungen notieren. »Also, noch mal von vorn.« Marlene hielt ihre Hand fest. »Du musst dir alles merken. An der Grenze soll es ab und an Tiefenkontrollen geben. Stell dir vor, die finden so einen Zettel bei dir.«

»Tiefenkontrollen?« Chris zog erschrocken ihre Hand zurück. Die Klingel schrillte. Die Schwestern sahen sich an.

»Ich bin's!«, hörten sie es rufen.

Chris hatte ihren Ex vollkommen vergessen. »Alexander!« Sie wollte Marlene hinter die Küchentür schieben. Doch die war schneller und hielt sie fest. Die Schwestern rangelten. Marlene setzte sich durch, holte einen Schal vom Garderobenständer, schlang ihn sich um den Hals und legte den Finger auf den Mund, dass ihre Schwester ja leise sein sollte. Chris gelang es gerade noch, im Kinderzimmer zu verschwinden.

»Prima, dass du so schnell kommen konntest«, begrüßte Marlene den Ex ihrer Schwester mit krächzender Stimme und tat, als wäre sie schwer erkältet.

Alexander sah die neue Chris mit dem kürzeren Haar verblüfft an. »Was ist denn mit dir passiert?«

Marlene hielt seinem Blick tapfer stand.

Im Kinderzimmer stopfte Chris frische Wäsche für Lilia in eine Reisetasche und lauschte, was passieren würde.

»Du siehst ja richtig erwachsen aus«, löste Alexander die Spannung und zeigte auf Marlenes Frisur.

»Was soll das denn heißen? Alt etwa?« Marlene sah aus dem Augenwinkel, dass eine Reisetasche wie von unsichtbarer Hand an den Türspalt wanderte.

»Danke, dass du meine Tochter nimmst«, sagte sie förmlich und schob sich rückwärts in Richtung Kinderzimmer.

Alexander stutzte. »Sie ist auch meine Tochter.« Chris hatte noch nie auf »mein« und »dein« bestanden. Er wollte Marlene ins Kinderzimmer folgen. Doch sie stoppte ihn mit einem gewaltigen Nieser. Alexander wich zurück. »Hoffentlich bist du zu Lilias Premiere wieder gesund.«

»Auf alle Fälle.« Sie griff schnell nach der Reisetasche.

»Brauchst du was aus der Apotheke?«, fragte er.

Marlene hustete. »Danke, hab alles da.« Sie reichte ihm die Tasche. »Raus mit dir! Ich will ins Bett.«

Er grinste zweideutig. Sie hob die Augenbrauen.

Er räusperte sich und ging. Marlene lauschte, bis kein Laut mehr zu hören war. Dann jubelte sie: »Generalprobe bestanden!«

Chris kam aus ihrem Versteck. Sie war blass vor Aufregung. »Hat er wirklich nichts gemerkt?«

Marlene schüttelte begeistert den Kopf. »Den würde ich ja nicht von der Bettkante stoßen.«

Chris hatte keinen Nerv, auf den Enthusiasmus der Schwester für ihren Ex einzugehen. »Sag bitte noch mal. Was sind das für Tiefenkontrollen, die die da an der Grenze machen?«

»Also«, setzte Marlene ihre Unterweisungen zum Grenzübertritt fort. »Auf deinem Hinweg, der ja eigentlich mein Rückweg ist, wollen sie wissen, was du im Osten eingekauft hast.«

»Na, gar nichts.«

»Genau. Das sagst du ihnen dann. Du warst rein touristisch im Osten. Auf deinem Rückweg, was ja meine erneute Einreise wäre, gucken sie nach Zeitungen von uns, Büchern, die bei euch verboten sind. Aber so was bringst du ja nicht mit.«

»Das ist alles viel zu gefährlich«, wehrte Chris ab und dachte, dass sie die Sache ganz schnell wieder rückgängig machen musste, dann könnte sie ihr Solo tanzen und … »Das ganze Leben ist gefährlich«, schmetterte Marlene den Bedenken entgegen und ging vor dem Spiegel in eine Ballettpose. »Schade, dass ich nicht tanzen kann. Dann würde ich …«

»Mach bloß keinen Quatsch.« Chris musste lachen, weil es so unbeholfen aussah, was Marlene probierte, und zeigte ihr, wie es richtig war. Marlene wollte es nachmachen. Doch es misslang.

»Tja, mit dem Hintern wackeln, will eben gelernt sein«, freute sich Chris über die Möglichkeit für eine nachträgliche Retourkutsche und entschied, sich ins Abenteuer der Reise zu stürzen.

Die Schwestern tauschten ihre Ausweispapiere und Brieftaschen. Chris bekam Marlenes Kreditkarte, Bankkarte und einige Hundert D-Mark Bargeld. Chris hatte nur einen Personalausweis und zwanzig Ostmark zu vergeben. Sie versicherte Marlene aber, dass sie davon eine ganze Woche leben könne, doch so lange wäre es ja gar nicht nötig, und eine Fahrt mit der Straßenbahn kostete lediglich zwanzig Pfennige. Aber rausgehen sollte Marlene ja ohnehin nicht. Schließlich war sie als Chris krankgeschrieben. Nur ein Besuch in der Charité wurde vereinbart. Dorthin würde Marlene als Chris gehen und sie durfte die Mutter auf keinen Fall aufregen. Marlene versprach, dies alles zu befolgen. Jetzt gab Chris die Unterweisungen, malte ihrer Schwester den Fußweg ins Krankenhaus auf und schrieb Stations- und Zimmernummer dazu.

»Hach!« Marlene seufzte. »Ich bin jetzt schon wahnsinnig gerne du.«

VIERZEHNTES KAPITEL

*Ein Pass ist ein Pass ist ein Pass. Vom richtigen
und falschen Üben.
Champagner ist überschätzt.*

Chris' Herz raste, als sie im ersten Morgengrauen dem DDR-Grenzbeamten Marlenes Pass entgegenschob. »Machen Sie das linke Ohr frei«, wies er sie barsch an. Sein Blick bohrte sich in ihre Haut, Sekunden der Anspannung vergingen, bis er endlich den Stempel in den Pass knallte und sie auf die andere Seite durchwinkte. Chris konnte nicht fassen, dass sie es geschafft hatte. Vor Aufregung war ihr übel. Sie versuchte tief zu atmen und schaute sich in dem unterirdischen Labyrinth um. Keiner sollte merken, dass sie sich nicht auskannte. Bei den wenigen Reisenden, die um diese Tageszeit schon unterwegs waren, handelte es sich überwiegend um DDR-Rentner, denen der Grenzübertritt gestattet war. Sie standen nicht mehr im Arbeitsleben, und wenn sie das Land für immer verlassen wollten, war das den Regierenden egal. Im Gegenteil, die DDR ersparte sich die Rentenzahlung. Aber die meisten machten nur einen Tagesausflug nach Westberlin, um für ihre hundert Mark Begrüßungsgeld, die sie jährlich vom Senat geschenkt bekamen, einzukaufen oder am Kurfürstendamm einen Kaffee zu trinken.

Chris folgte den Schildern, die zum Fernbahnsteig in Richtung Westdeutschland wiesen. Sie musste den Transitzug nach Hof in Bayern erreichen. Von dort war es nicht mehr weit bis Bamberg.

Am Nachmittag betrat Marlene das neue Hochhaus der Charité. Wie es der Zettel mit den Anweisungen ihrer Schwester vorsah, stieg sie in den Fahrstuhl und fuhr hinauf in die chirurgische Station. Das Personal, das Chris kannte, grüßte Marlene freundlich und ließ sie ohne Nachfrage ins Zimmer der Mutter.

Rosa lag im Dämmerschlaf. Marlene schaute auf die Schlafende und wagte sich nicht näher. Am liebsten hätte sie sich auf die Brust der Mutter geworfen und geweint und geweint.

»Chrissi, was hast du denn mit deinen Haaren gemacht?« Rosa richtete sich schlaftrunken auf.

Marlene bekam kein Wort heraus.

»Tut mir leid, dass ich dir so einen Anblick biete.« Rosa wurde verlegen. »Hast du denn kein Training?«

»Ich bin krankgeschrieben«, sagte Marlene kaum hörbar.

»Bist du wieder gestürzt?«

»Nein, nein – eine – Bronchitis. Der Arzt meint, ich soll nicht tanzen. Aber ich bin nicht ansteckend«, stotterte sie.

Rosa wollte nach dem Wasserglas greifen. Marlene sah, dass es ihr schwerfiel, und sprang hinzu.

»Du siehst mit der Frisur ganz fremd aus.« Rosa schaute ihre Tochter irritiert an. Marlene konnte die Situation kaum aushalten und wollte sofort die Wahrheit sagen. Da flog die Tür auf. Lilia und die Großeltern kamen mit einem Blumenstrauß. »Mama, was machst du denn hier? Du bist doch krank. Und was ist mit deinen Haaren los?« Lilia schaute Marlene kritisch an, umarmte sie und setzte sich auf Rosas Bett.

Elisabeth küsste ihre Enkelin. »Dass sie dich hier reinlassen, wenn du krank bist. Ach, dein schöner Zopf«, sagte sie mit echtem Bedauern.

»Wächst wieder nach.« Richard strich Marlene über die Wange und beugte sich dann zu seiner Tochter. »Na, Rosa-Kind, du siehst aus, als könntest du etwas Aufmunterung vertragen.«

»Ich guck mal nach einer Vase für die Blumen.« Elisabeth ging zur Tür. Dort drehte sie sich noch einmal nach Marlene um. Die lächelte verkrampft und war dankbar, dass Lilia das Interesse auf sich zog, als sie auf Rosas Frage »Was macht eure Premiere? Übst du fleißig?« antwortete: »Das ist keine Frage von fleißig üben, sondern von richtig üben. Stimmt's, Mama?« Marlene nickte folgsam und Lilia plapperte weiter. »Wenn man falsch übt, dauert es doppelt so lange, bis man es wieder rauskriegt aus sich.« Lilia führte ein paar richtige und ein paar falsche Ballettposen vor. »Komm, wir zeigen ihr was, Mama!«, flüsterte sie Marlene zu.

»Gute Idee«, schaltete sich Richard ein, »dann kriegt die Oma was Schönes zu sehen.«

Marlene stotterte. »Heute nicht. Ich fühle mich wirklich nicht so gut.« Sie wich zur Tür. »Ich würde mich dann auch gern wieder hinlegen.« Fast wäre Marlene mit Elisabeth zusammengestoßen, die mit einer Blumenvase zurückkam. Marlene murmelte einen Gruß, nutzte die geöffnete Tür und stürzte aus dem Raum. Rosa schaute ihr betroffen nach.

»Sie hat sich gar nicht richtig von uns verabschiedet«, stellte Lilia verwundert fest.

»Sag mal, hat die Mama Probleme auf der Arbeit?«, fragte Richard seine Urenkelin.

Und Elisabeth wollte wissen: »Oder ist sie verliebt? – Die neue Frisur.«

Lilia hob die Schultern und sagte naseweis: »Mir ist nichts bekannt.«

Rosa lag inmitten der Unruhe, die ihre Familie mitgebracht hatte, und wurde von einem merkwürdigen Gefühl erfasst.

Vor der Villa der Wenningers stieg Chris aus dem Taxi. Ein prachtvoller Bau. Dreistöckig. Gepflegt. Oleanderbüsche links und rechts vom Eingang. Die Abendsonne hing in den Zweigen der alten Bäume.

Die Zugfahrt nach Hof mit einem zweimaligen Grenzübertritt sowie die Weiterfahrt nach Bamberg waren ohne Zwischenfall verlaufen. Chris hatte die Grenzstreifen gesehen, die von DDR-Seite mit Stacheldraht und Wachtürmen gesichert waren. Von Kindheit an hatte man ihr beigebracht, dass es keine andere Möglichkeit gab, um in Frieden zu leben, als eine Staatsgrenze, die gegen die Bedrohung aus dem Westen mit allen Mitteln geschützt werden musste. Auf ihrer Reise fragte sich Chris, gegen wen hier eigentlich die aufwendigen Grenzsicherheitsanlagen gebaut worden waren. Die Bürger aus dem Westen genossen Reisefreiheit. Doch sie als Frau aus dem Osten beging eine Straftat, weil sie die Grenze überquerte, die sie doch eigentlich schützen sollte.

Der Großvater kam die breite Freitreppe herunter. »Marlene? – Bist du zur Vernunft gekommen und lässt uns heute ausnahmsweise mal nicht im Stich?«, fuhr er sie an, noch bevor sie sich richtig orientieren konnte. »Unsere Gäste kommen um sieben. Hast du das vergessen?«

Chris, die natürlich keine Ahnung hatte, worum es sich handelte, nickte tapfer. Der Ton des alten Mannes war so barsch, dass sie es nicht wagte, nach Doris zu fragen.

»Keine Widerworte?« Der Großvater wurde aufmerksam. »Irgendwas sagt mir, dass das auch nichts Gutes bedeutet.«

Um sich nicht zu verraten, schwieg Chris eisern. Wilhelm murmelte etwas Unverständliches und ging eiligen Schrittes weiter ins Werk. Chris sah das alte Backsteingebäude und daneben eine neue Werkhalle. Das musste der Familienbetrieb sein, dachte sie beeindruckt und machte sich auf die Suche nach dem Eingang zur Wohnung ihrer Schwester.

Marlene war nach dem Besuch bei der Mutter und dem Zusammentreffen mit ihrer Nichte und den Großeltern vollkommen durcheinander und hatte sich auf Chris' Bettcouch verkrochen. Ihre Gefühle wechselten zwischen Mitleid mit sich selbst, Wut über die Entscheidung der Eltern, die Familie zu trennen, Trauer darüber, dass die Mutter so krank war. Dazu kam noch Eifersucht auf die aus ihrer Sicht heile Familie im Osten. Weil sie nicht wusste, wo sie etwas einkaufen konnte, aß sie trockenes Brot und trank den Kaffee, den sie mitgebracht hatte. Was ihr leidtat, schließlich war er ein Geschenk für Chris gewesen.

Während sie die Brotkrümel vom Laken aufpickte, hörte sie AMIGA-Langspielplatten, betrachtete die Fotos ihrer Schwester, blätterte in Büchern, deren Titel ihr nichts sagten – *Timur und sein Trupp, Die Heiden von Kummerow, Alfons Zitterbacke, Guten Morgen, du Schöne!* –, und ärgerte sich über ihren Enthusiasmus zu tauschen. Jetzt hockte sie mutterseelenallein in einer fremden Wohnung. Plötzlich fuhr sie aus ihrem Selbstmitleid auf und war hellwach. Wie konnte sie das vergessen. In höchster Eile griff sie nach Chris' Geldbörse, schlüpfte in ihre Straßenschuhe und rannte los. Sie musste ihre Schwester warnen.

Nur wenige Minuten später stand Marlene in der Telefonzelle und versuchte eine freie Leitung nach Bamberg zu bekommen. Doch schon während sie ihre eigene Telefonnummer wählte, hörte sie das Besetztzeichen. Marlene probierte es immer und immer wieder. Doch jedes Mal unterbrach ein Tuten den Verbindungsaufbau. Sie fluchte und haute gegen den Apparat. Es half nichts, die Telefonverbindung in den Westen wollte nicht klappen.

Chris stand endlich in der Wohnung ihrer Schwester. Im Schlafzimmer entdeckte sie auf dem Bett den kleinen Affen, den Zwillingsbruder ihres eigenen Glücksbringers, der jetzt allein auf ihrem Garderobenplatz im Palast wartete. Chris schaute auf die Uhr. Die Vorbereitungen für die abendliche Revue liefen bereits auf Hochtouren. Gleich würde Bettina an ihrer Stelle auf die Bühne treten. Sie nahm Marlenes Äffchen in die Hand und ging damit ins Wohnzimmer. Dort ließ sie sich aufs Sofa fallen und überlegte, wie sie vorgehen sollte. Nach der langen Reise und der ganzen Anspannung war sie erschöpft. Gemeinsam mit der Schwester war alles so einfach erschienen. Sollte sie wirklich zu dem Abendessen gehen? Wie gern hätte sie sich jetzt mit der Schwester beraten, was sie tun sollte.

Pausenlos wählte Marlene ihre Nummer in Bamberg, schickte Stoßgebete an die Decke der Telefonzelle und trat mit dem Fuß auf. Vor der Telefonzelle hatte sich inzwischen eine kleine Schlange gebildet. Immer öfter klopfte jemand gegen die Scheibe und zeigte mahnend auf die Armbanduhr.

Chris sah aus dem Fenster der Einliegerwohnung, wie fünf Herren aus zwei Taxis stiegen. »Verdammt, Marlene. Ich hab' keine Ahnung, wer diese Leute sind«, flüsterte sie und wünschte, die Schwester möge auf die Idee kommen anzurufen, von der Telefonzelle aus, die in der Nähe des Hauses stand. Doch das Telefon auf Marlenes Schreibtisch blieb stumm. Chris entschloss sich zu handeln, ging zum Kleiderschrank, der im Flur eingebaut war, und begann nach einem geeigneten Outfit zu suchen. Sie fand einen blauen Overall, der ihr – wie könnte es anders sein – perfekt passte. In Marlenes Bad richtete sie sich die neue Frisur, die noch ungewohnt war, tuschte sich mit dem Make-up ihrer Schwester die Wimpern und trug deren Lippenstift auf. »It's showtime, Chrissi!«, sprach sie mit sich selbst und stupste sich, wie sie es Abend für Abend im Palast tat, das Äffchen gegen die Stirn. »Dein Zwillingsbruder hat mir immer Glück gebracht. Das musst du jetzt übernehmen.« Chris verließ die Wohnung und ging über die Einfahrt zur breiten Treppe, die ins Haupthaus führte. Hinter den hell erleuchteten Fenstern sah sie die Herren aus dem Taxi sowie ihren Großvater und Vater stehen. Sie hatte Rolands Bild Hunderte Male betrachtet und würde ihn überall erkennen. Die einzige Frau dazwischen musste Doris sein. Sie schien Chris' Blick zu spüren, wandte sich um und winkte ihr zu. Chris erinnerte sich an die Worte ihrer Ballettlehrerin: »Im Zweifel auf die Bühne und den Körper vertrauen.« Sie straffte sich, schritt die Stufen hinauf und betrat das Haus. Ein weiß livrierter Kellner bot ihr einen Aperitif an. Sie griff sich ein Glas. Doris kam ihr entgegen. »Lene, schön, dass du da bist. Dein Vater war sehr froh, als ihm Großvater von deiner Rückkehr berichtet hat.« Sie betrachtete Chris aufmerksam. »Das hast du lange nicht angehabt, steht dir aber außerordentlich gut.« Sie lächelte zustimmend. »Wie war es bei deiner Schwester?«, fragte sie leiser.

Chris, die sich Doris gern sofort anvertraut hätte, wagte nur, stumm zu nicken. Roland hatte sie auch entdeckt. »So, jetzt sind wir vollständig. Unsere Tochter Marlene kennen Sie ja bereits«, sagte er zufrieden, dass alles so reibungslos lief.

Chris reichte den Herren die Hand und lächelte ihr Bühnenlächeln. Dabei schlug ihr das Herz bis zum Hals.

»Ich freue mich, dass wir uns wiedersehen, Fräulein Wenninger.« Feinschmitt deutete eine Verbeugung an.

»Die Freude ist ganz meinerseits«, erwiderte Chris steif.

»Ihr Vater sagte uns gerade, dass Sie die Firma auf elektronische Datenverarbeitung umstellen.« Feinschmitt und Schäfer blieben bei Chris und Doris, während die anderen Herren das Gespräch mit Roland, Wilhelm und Karsten Beck, dem Anwalt der Familie, fortsetzten.

Chris versuchte sich zu erinnern, was Marlene über ihre Arbeit erzählt hatte.

»Meine Tochter ist ein mathematisches Genie«, mischte sich Doris ein. »Ich weiß nicht, was sie macht, in jedem Fall machen wir unsere Quartalsbilanzen inzwischen mit dem Computer«, erklärte sie stolz.

»Mussten Sie ein eigenes Programm schreiben? Oder gibt es bei Ihnen entsprechende Software?«, wollte Feinschmitt genauer wissen.

Chris sah in die erwartungsvollen Gesichter und improvisierte. »Ich nehme das Vorhandene und passe es an.«

»Donnerwetter!« Feinschmitt war beeindruckt.

Chris fing Doris' überraschten Blick auf.

»Am Ende sind die Grundprinzipien menschlichen Handelns überall gleich«, flirtete der junge Außenhändler mit Chris und ergänzte, dass sich der Alltag in der DDR ebenfalls durch beständige Improvisation auszeichnete.

Der Kellner bot noch einmal Getränke an. Doris nutzte die Gelegenheit und ging nach nebenan ins Esszimmer, um zu sehen, wie weit der Partyservice mit dem Aufbau des Büfetts war.

»Geben Sie mir ein Glas von dem Chardonnay«, sagte Feinschmitt zum Kellner. »Und Sie, Fräulein Wenninger?« Er schaute auf ihr leeres Glas.

Aus der Entfernung beobachtete Doris das merkwürdige Benehmen ihrer Tochter. Vielleicht hat Marlene ihre Mutter getroffen und ist jetzt ganz durcheinander, dachte sie voller Mitgefühl. Da hörte Doris ihre Tochter sagen: »Ja – vielleicht nehme ich noch mal einen Sekt.«

»Deutschen Sekt hat Ihre Frau Mutter für diesen Abend nicht vorgesehen«, erwiderte der Weißlivrierte diskret.

Chris schaute auf die Gläser auf seinem Tablett, in denen die Perlen eines Schaumweines aufstiegen, und überlegte fieberhaft, was das denn sein könnte, wenn nicht Sekt. Feinschmitt kam ihr zu Hilfe. »Ich finde Champagner auch überschätzt. Aber wenn es ganz französisch zugehen soll.« Er nahm ein Glas und reichte es Chris charmant. Jetzt hatte sie zwei Gläser in der Hand. Der junge Außenhändler half ein weiteres Mal und befreite sie vom leeren Glas. Doris hatte alles beobachtet und plötzlich regte sich ein Verdacht. Doch ganz geübte Gastgeberin öffnete sie beide Türflügel zum Esszimmer und schlug mit einem Löffel an ihr Glas. Die Gespräche verstummten.

»Es ist mir eine Freude, das Büfett zu eröffnen«, sagte sie. Chris sah, dass auch im Esszimmer livrierte Kellner bereitstanden, um die Gäste zu bedienen.

»Wir halten es heute Abend ganz französisch. Genießen Sie *escargots*, *cuisses de grenouilles*, *foie gras*, *pommes de terre frites*, *soupe aux oignons* oder *soupe de poisson*. Und natürlich zum Nachtisch eine *superbe crème brulée* oder *tarte aux pommes*. Bon appétit!«

Alle klatschten. Roland lud die Gäste mit einer Handbewegung in Esszimmer ein. »Bitte, meine Herren.« Roland trat zu Chris und flüsterte: »Doris hat mir gesagt, dass du in Berlin warst. Hast du deine Mutter kennengelernt?«

Chris gab ebenso leise zurück: »Wenn das hier vorbei ist, können wir dann reden?«

»Machen wir.« Roland fiel ein Stein vom Herzen, so leicht hatte er sich selten mit Marlene verständigen können.

Karsten Beck trat zu Chris und Roland. »Haltet euch vor den Ostdeutschen bedeckt«, sagte der Anwalt konspirativ. »Man weiß bei denen nie, wo die Informationen landen.«

Chris begriff und sie begriff auch wieder nicht. »Die sind aus der DDR?«, platzte sie heraus. Es gelang ihr gerade noch, ihre

Stimme zu dämpfen, sodass niemand etwas mitbekam. Außer Roland und Karsten Beck, die beiden sahen sie verwundert an.

Geistesgegenwärtig hob Chris, wie sie es bei Marlene gesehen hatte, die Augenbrauen. Die ironische Geste zog.

»Guter Witz!« Beck lachte. »Man merkt ihnen ihren Kommunismus wirklich nicht an, wenn sie im Anzug stecken und ein Champagnerglas in der Hand halten.«

Chris schaute zu ihren Landsleuten, die von den Kellnern bedient wurden, und begriff. Das mussten die Außenhändler sein, von denen Marlene erzählt hatte, die mit den Wenningers Geschäfte machten, um Devisen zu verdienen – die wir dann im Palast für Stars aus dem Westen ausgeben, schoss es ihr durch den Kopf.

»Gehen wir auch etwas essen, Marlene, sonst bekommen wir am Ende nichts mehr ab«, hörte Chris ihren Vater sagen.

»Danke, ich habe keinen Hunger.« Das entsprach der Wahrheit. Die gefährliche Situation verschloss ihr den Magen. Chris leerte ihr Champagnerglas in einem Zug.

Feinschmitt kam zurück. Auf seinem Teller lagen Delikatessen, die Chris noch nie in ihrem Leben gesehen hatte. Sie stand unter Anspannung.

»Ich habe unser Treffen in Berlin in angenehmer Erinnerung. Schade, dass Sie es nach unserer Konferenz so eilig hatten.«

»Ja, eh!« Chris dachte nach, was sie am besten erwidern sollte, und antwortete intuitiv: »Ich hatte eine Karte für den Friedrichstadt-Palast.«

»Tatsächlich?« Feinschmitt war überrascht.

»Eine großartige Revue.« Chris lenkte das Gespräch auf ein für sie sicheres Terrain. »Zweiunddreißig Tänzerinnen absolut synchron, das sieht man sonst nirgendwo auf der Welt.«

»Da sollte ich mir wohl auch einmal eine Karte besorgen.« Feinschmitt lächelte charmant. »Wenn Sie das nächste Mal bei uns in Berlin sind, könnten wir gemeinsam hingehen.«

Chris war froh, dass in diesem Augenblick der Großvater die Aufmerksamkeit auf sich zog. »Ein Skandal sind diese Grünen«, sagte Wilhelm aufgebracht, der mit Roland, Beck und den anderen Außenhändlern zusammenstand. »Chaoten. Krawallmacher. Die Nachgeburt der RAF. Unser Rechtsstaat dürfte diesen Leuten überhaupt keine Plattform bieten. Aber die Herren vom Verfassungsschutz schlafen sich aus.«

»Eine Parteienvielfalt wird unser System nicht schwächen, Vater. Im Gegenteil.« Roland war die so radikal vorgebrachte Auffassung seines Vaters unangenehm. Er sah zu Chris. »Unsere Tochter ist bei den Grünen. Marlene, vielleicht kannst du etwas zu euren politischen Grundsätzen sagen?«

Feinschmitt fing einen Blick von Schäfer auf. Die junge Frau sympathisierte mit der Bonner Opposition. Diese Grünen hielten Verbindung zu den Bürgerrechtlern in der DDR und unterstützten deren Aufbegehren in Fragen der DDR-Umweltpolitik, in Abrüstungsfragen und das heiß umstrittene Thema der Meinungsfreiheit.

Alle Augen waren nun auf Chris gerichtet. Sie bekam kein Wort heraus, denn sie kannte diese junge Partei nicht.

Plötzlich stand Doris neben ihr und nahm sie bei der Hand.

»Während sich die Herren über Politik unterhalten, kümmern wir uns um die Praxis und schauen in der Küche nach dem Dessert.«

Doris zog Chris aus dem Raum, schob sie einen halbdunklen Flur entlang in die Bibliothek und schloss die Tür.

»Du bist nicht Marlene«, flüsterte sie sichtlich aufgeregt.

Chris schüttelte den Kopf, Tränen schossen ihr in die Augen. Roland kam ihnen besorgt nach. »Ich suche euch überall. Ihr stehlt euch von der Party wie zwei kleine Mädchen, die was ausgefressen haben. Was macht ihr denn hier?«

Doris zog ihn schnell herein. »Fällt dir nichts an deiner Tochter auf?«

Roland schüttelte den Kopf.

»Das ist Christine.«

Er wich zurück. »Wo ist denn Marlene?«

»Bei mir in Berlin«, gestand Chris.

»Seid ihr denn von allen guten Geistern verlassen?« In Rolands Kopf rasten die Gedanken. Wenn die Außenhändler etwas merkten? In welcher Gefahr war Marlene? Und was würde aus den Geschäften werden?

»Wir sagen, dass sich unsere Tochter nicht wohlfühlt«, entschied Doris. »Du gehst zurück zu unseren Gästen, dass sie keinen Verdacht schöpfen. Denk dir was aus.«

An der Tür hielt Roland inne und begriff: Das war Christine, die kleine Christine, die er zurückgelassen hatte. Und plötzlich wollte er alles wissen, über das Leben seiner zweiten Tochter, über Rosa, über die vergangenen Jahre, die sie getrennt verbringen mussten. »Christine!«, sagte er vollkommen fassungslos. Doris legte ihm die Hand auf den Arm. »Roland, du darfst dir vor den Leuten nichts anmerken lassen.«

»Ja. Ja.« Er ging benommen.

Auch Chris war in einem Ausnahmezustand. »Es tut mir leid, ich wollte Sie vorwarnen, aber ...«

»Du musst dich nicht entschuldigen, Christine. Und bitte, lass uns du sagen.« Doris schaute Chris voller Wärme an. »Ich muss leider auch zurück zum Empfang. Es ist besser, wenn du hier bleibst.«

»Ich rühre mich nicht vom Fleck.« Chris hob ihre Hand wie zum Schwur. Sie wollte den Gästen auf keinen Fall nochmals begegnen. Lächelnd ging Doris aus dem Zimmer. Chris ließ sich in einen Sessel fallen.

Im Palast nahm Bettina Wilke zur gleichen Zeit Chris' Position ein. Als sie am Vormittag die Nachricht bekommen hatte, dass ihre Kollegin ausfallen würde, hatte sie ihr Glück kaum fassen können. Während der Ballettmeister die Positionen neu einteilte, war Bettina professionell und gelassen geblieben. Doch sie wusste – das war ihre Chance, zu beweisen, was sie konnte. Nun, Sekunden vor Beginn der Solonummer, stand sie zwischen ihren beiden männlichen Partnern und war bereit, das Beste zu geben. In ihren Augen blitzte Tatendrang.

FÜNFZEHNTES KAPITEL

*Von Soleiern und Kongruenz. Das Verschwinden von
Marlene Wenninger kommt in den Bericht. Roland
erzählt nur einen Teil der alten Geschichte.*

Während Chris in der Bibliothek der Villa mit einem Gefühl großer Verlorenheit saß und daran dachte, dass Bettina Wilke gerade ihr Solo tanzte, versuchte Marlene in Ostberlin den Kachelofen zu heizen. Das Feuer wollte nicht angehen. Aus dem Ofen qualmte es. Marlene gab auf. Die Kälte der Frühlingsnacht kroch bereits durch die dünnen Mauern des alten Hauses. Es roch nach Rauch und Marlene hatte Hunger. Bei ihrem vergeblichen Versuch, in Bamberg anzurufen, hatte sie eine urige Eckkneipe entdeckt. Dorthin würde sie jetzt gehen. Sie zog sich Schuhe und Jacke an und verließ die Wohnung. Nach ein paar Hundert Metern Fußweg betrat sie den Gastraum, der aussah wie aus Vorkriegszeiten. Als sie den Filzvorhang, der die Tür abdeckte, zur Seite schob, schlug ihr Zigarettenrauch entgegen. Die Tische waren von Nachtgestalten besetzt, die stumm vor ihren Biergläsern saßen. Alle Blicke richteten sich auf Marlene. Selbstbewusst schritt sie zur Theke, wo ein großes Glas mit Soleiern und eines mit sauren Gurken stand.

»Guten Abend. Was gibt's zu essen?«, erkundigte sie sich so selbstverständlich, als wäre sie hier Stammgast.

»Bulette oder Bockwurst.« Der Wirt sah kaum auf. Er packte ein Tablett mit Halblitergläsern voll.

»Dann gerne Bulette mit Brot«, Marlene bemühte sich um einen lässigen Tonfall und zeigte auf das Glas mit den Eiern. »Und was ist das?«

»Soleier, junge Frau.«

Marlene hatte keine Ahnung, was er damit meinte.

»Eier in Salzwasser, selbst gemacht. Woll'n Sie probieren?«

Marlene nickte. Der Wirt verteilte die Biere an seine Kundschaft, kam zurück und machte ihr einen Teller mit dem Gewünschten fertig. Zuletzt fischte er mit einem großen Löffel ein Ei heraus, legte es dazu und stellte alles vor Marlene ab. »Bierchen?«

»Ein Kleines.« Marlene griff nach der Bulette.

Der Wirt zapfte ein Pils.

»Noch zwee Korn, Uwe.« Ein grauhaariger Mann mit Igelfrisur, abgewetzter Lederjacke und Dreitagebart setzte sich auf den Hocker neben Marlene. »Du wohnst hier umme Ecke, wa?«, sprach er sie an.

»Mmh!« Marlene kaute und rutschte intuitiv zur Seite, fand ihre Reaktion dann aber sofort blöd. Da wurde sie ganz selbstverständlich aufgenommen und ging auf Abstand. Sie entspannte sich. Auch weil in diesem Moment zwei weitere Frauen, nur unwesentlich älter als Marlene, die Kneipe betraten und sich an den einzigen freien Tisch setzten, auf dem ein Schild »Reserviert« stand. Der Wirt stellte das Bier neben Marlenes Teller und rief zu den Damen rüber: »Wie immer?«

»Wie immer, Uwe!« Die beiden hatten blondiertes Haar und waren mit Pelzjacken, Minirock und Knautschlackstiefeln aufgetakelt.

»Ick hab' ein scharfes Auge«, sagte der Grauhaarige zu Marlene. »Du bist 'ne Tänzerin – das hab' ick schon immer an deinem Jang gesehen.«

War Chris hier etwa Stammgast? »Wo hamm' Se mich denn gesehen?« Marlene probierte sich ein wenig im Ostberliner Dialekt.

»Na, uff de Straße.«

Der Wirt stellte die zwei Schnäpse auf den Tresen und ging mit dem Sekt weiter zu den Frauen.

»Prösterchen!« Der Grauhaarige schob Marlene den Korn zu und hob ihr sein Glas entgegen. Sie stießen an. Er kippte das Gesöff in einem Zug. »Auf einem Bein kann man nicht stehn! Ooch nicht auf einem Tänzerbein. Vielleicht auf der Bühne, aber nicht hier. Noch zwee, Uwe.« Er zeigte dem Wirt sein leeres Glas. »Wo tanzt'e eigentlich?

»Friedrichstadt-Palast.«

Der Gast nickte beeindruckt.

Der Wirt goss den Korn nach.

Marlene bemerkte, wie sie von den beiden Blondinen taxiert wurden. Der Grauhaarige erklärte ihr konspirativ: »Die fürchten Kongruenz.«

»Wie?« Marlene überlegte, um welches mathematische Problem es sich handeln könnte.

»Na, det du denen in die Quere kommst.«

Als Marlene immer noch nicht verstand, setzte er nach. »Horizontales Gewerbe, Mädchen.«

»Im Osten?« Wie war das möglich, dachte Marlene, wo doch der Staat alles kontrollierte, ließ er Prostitution zu? Ein merkwürdiges System war dieser Osten, verklemmt und freizügig, spießbürgerlich, und dennoch konnten die Frauen abtreiben, alleinerziehend leben oder auf den Strich gehen.

»Da guckste! Guck mal lieber hier.« Er schob nacheinander die Ärmel seines Hemdes hoch. Beide Arme waren stark tätowiert. »VEB Knast. Da haben wir uns allerhand Bilder ausgedacht. Ganze Bildergeschichten. Kiek mal hier, das ist meine Liebste, die kleine Meerjungfrau.« Er zeigte auf seinen Oberarm.

»Warum waren Sie denn im Gefängnis?« Marlene sah, dass sich ein Mann um die vierzig zu den Frauen an den Tisch setzte und ein Gespräch begann.

»Hach, Mädel, da haste noch in die Windeln gemacht«, setzte der Grauhaarige seine Erinnerungen an den VEB Knast fort. »Det war kurz nach die Mauer, weil ick konnte nicht die Klappe halten, von wegen antifaschistischer Schutzwall und so. Die Vopos haben doch gegen uns ihre Waffen gerichtet und nicht in Westen. Sechzehn Monate, zwee Wochen und vier Tage hat mich die Wahrheit gekostet. Aber meine Klappe hab' ick trotzdem nicht halten können. Und jetzt isses sowieso egal. Jetzt wissen wir alle längst, dass die Mauer scheiße ist.«

»Aber sie steht«, wandte Marlene ein. »Auch in hundert Jahren noch, sagt Staatsratsvorsitzender Honecker.«

»Ick hab' Zeit.« Der Fremde nickte mit finsterem Nachdruck.

Eine der beiden Blondinen kam und legte fünfzig Mark auf den Tresen, warf Marlene einen warnenden Blick zu und verschwand mit ihrer Gefährtin und dem Kunden.

Ich komme dir schon nicht in die Quere, dachte Marlene, winkte dem Wirt und bestellte nun ihrerseits zwei Korn. Sie konnte sich auf einen dicken Kopf gefasst machen. Aber es war ihr egal. Sie wollte mehr wissen von den Ostdeutschen. Etwas kam ihr entgegen, für das sie keine Worte fand. Es bereitete ihr Genuss.

Zwei Taxis standen vor der Villa der Wenningers. Wilhelm und Roland begleiteten die Außenhändler.

»Es wird keine Schwierigkeiten geben.« Schäfer schüttelte Rolands Hand. Feinschmitt hatte sich von Wilhelm verabschiedet und trat nun zu Roland. »Grüßen Sie bitte Ihre bezaubernde Tochter. Hoffentlich geht es ihr bald besser.«

»Richte ich gern aus.« Roland schlug die Autotür zu und sah erleichtert, wie die Wagen das Grundstück verließen. Auch Beck fuhr ab. Roland hatte nicht den Mut gehabt, den Freund in die Situation einzuweihen. Es war einfach zu gefährlich, was sich seine Töchter ausgedacht hatten.

»Was ist mit Marlene?«, wollte Wilhelm wissen.

»Komm ins Haus, Vater.«

Im Taxi waren Feinschmitt und Schäfer wie verwandelt.

»Warum haben die ihre Tochter aus dem Verkehr gezogen?«, fragte Schäfer.

»Keine Ahnung«, erwiderte der junge Außenhändler nachdenklich. Schäfer konstatierte trocken: »Kommt in den Bericht.«

Feinschmitt schwieg. Er bedauerte, dass er nicht mehr Zeit mit Marlene Wenninger hatte verbringen können. Nun würden sie lediglich noch das obligatorische Protokoll anfertigen, das sie nach jeder Begegnung mit Verhandlungspartnern aus dem Westen abzugeben hatten. In diesen Berichten ging es um die Stimmung während der Gespräche und Verhandlungen, erwähnt werden sollten auch besondere Vorkommnisse. Dass Marlene Wenninger aus heiterem Himmel verschwunden war, galt als ein solches.

Chris hatte die Stunden des Empfanges allein in der Bibliothek ausgehalten und war sich vorgekommen wie aus dem Leben gefallen. Jetzt stand sie ihrer fremden Familie gegenüber.

Auch die Großmutter war gekommen. Die alte Dame saß im Morgenmantel in einem der beiden Ohrensessel und betrachtete ihre Enkelin aus dem Osten wie eine Sehenswürdigkeit. »Was für eine Ähnlichkeit!« Doris reichte Chris ein Glas Weißwein und fragte Adele: »Möchtest du auch etwas trinken, Mutter?«

Sie winkte ab. »Das war Marlenes Idee, stimmt's?« Ihr Blick war immer noch auf Chris gerichtet, die am liebsten im Boden versunken wäre. Sie kam sich vor wie ein ungebetener Eindringling.

»Ich möchte mir gar nicht ausmalen, was passiert wäre, wenn die Ostdeutschen Wind bekommen hätten.« Der Großvater schaute Chris strafend an. Er goss sich an der Hausbar einen Whisky ein. »Blöd sind die nicht.«

»Für mich auch einen«, bat Roland. Seine Sorgen waren ihm ins Gesicht geschrieben.

»Uns so einen Streich zu spielen, das ist mal wieder typisch für Marlene«, kommentierte die Großmutter.

»Willst du etwa hierbleiben?« Wilhelm konnte sich nichts anderes vorstellen. Kein Mensch, der einmal über die Mauer gekommen war, würde freiwillig in die Zone zurückkehren. Er wartete die Antwort seiner Enkelin gar nicht erst ab. »Selbstverständlich musst du zurück. Was soll denn sonst aus deiner Schwester werden.« Er setzte sich in den Sessel neben seine Frau.

»Natürlich fahre ich wieder nach Hause. Auf alle Fälle. Ich habe ein Kind.«

Alle schauten sie entgeistert an. Marlene hat also nichts erzählt, konstatierte Chris im Stillen und sagte laut: »Sie heißt Lilia und ist fast zehn.« An dieser Tatsache konnte sie sich aufrichten und festhalten.

»Dann bist du ja mit siebzehn schwanger geworden«, bemerkte Roland erschrocken und dachte: Hat Rosa nicht auf unsere Tochter aufgepasst?

»Mit achtzehn«, korrigierte Chris. »Ich war gerade mit der Ballettschule fertig.«

»Und dein Mann? Was macht der?«, wollte Wilhelm wenig begeistert wissen.

»Wir sind nicht verheiratet. Lilias Vater ist Saxofonist im Palast. Er kümmert sich gut um seine Tochter.«

Doris verkniff sich ein Lächeln. Christine mischte die Familienkonventionen gehörig auf.

»Ein Musiker«, bemerkte Wilhelm ernüchtert.

Adele seufzte vielsagend. Schon damals, als Roland ihnen seine Freundin aus dem Osten vorgestellt hatte, wusste sie, dass die junge Frau nicht zu ihnen passen würde. Das zeigte sich nun auch an der Enkelin. »Hat dich deine Mutter geschickt?«, wollte Adele spitz wissen.

Chris schüttelte den Kopf. »Mutti weiß von nichts. Sie liegt im Krankenhaus mit Brustkrebs.«

Roland war in dieser Nacht erst spät nach Pankow gekommen. Alle im Haus schliefen bereits. Unentwegt beschäftigte ihn der Rat seines Professors, Berlin so schnell wie möglich zu verlassen. Rosa hatte einem Urlaub in Bamberg nur halbherzig zugestimmt. Sie fühle sich noch nicht kräftig genug für eine so weite Reise, begründete sie ihre Unschlüssigkeit. Doch seit der DDR-Staatsratsvorsitzende Walter Ulbricht im Juni bei einer Pressekonferenz erklärt hatte, dass niemand die Absicht habe, eine Mauer zu bauen, war Roland noch wachsamer geworden. Warum sollte ein Regierungschef so etwas verkünden, wenn er in Wahrheit nicht bereits mit der Möglichkeit spielte? Noch konnten sie die Grenze zwischen West- und Ostberlin passieren. Doch was würde geschehen, wenn sie eines Tages wirklich geschlossen war? Roland wusste, dass er handeln musste, und zwar so schnell wie möglich. Als Mann glaubte er die Verantwortung für die Sicherheit und das Glück seiner Kinder und seiner Frau zu tragen. Daher hatte er einen Entschluss gefasst. Und er war überzeugt, dass Rosa ihm seine Entscheidung irgendwann danken würde. Das alles schrieb er ihr in einem Brief, den er auf dem Schreibtisch zurückließ. Dann schlich er zum Körbchen, in dem die Zwillinge lagen. Marlene war wach und streckte ihm die Arme entgegen. Er hob sie heraus und schaute auf die kleine Christine. Ein leichtes Flattern ihrer Lider zeigte ihm, wie tief sie schlief. Er griff sich die Babydecke und eines der beiden Äffchen, das erste Spielzeug seiner Kinder. Auf der Bettcouch lag Rosa im erschöpften Schlaf einer jungen Mutter. Roland umfasste sie mit einem liebenden Blick. »Kommt schnell nach«, formten seine Lippen.

Roland begleitete Chris zu Marlenes Wohnung. Er hatte während des unseligen Kreuzverhörs seiner Eltern mit der Tochter gelitten. Nachdem Chris über die Mutter berichtet hatte, verfügte Adele, dass das nächtliche Zusammentreffen zu Ende sei und sich die Familie am nächsten Tag wieder zusammenfinden werde.

Nun, auf dem kurzen Weg zum Seiteneingang der Villa, versicherte sich Roland, dass in der Charité gut für Rosa gesorgt war. »Wenn deine Mutter etwas braucht, Medikamente, die es bei euch nicht gibt, oder was auch immer, du sagst mir sofort Bescheid, ja?«

Chris nickte stumm.

»Geld soll kein Problem sein«, sprach er schnell weiter. »Im Übrigen habe ich den Unterhalt, der dir zusteht, immer auf ein gesondertes Konto eingezahlt. Du kannst selbstverständlich über die Summe verfügen.« Über Geld zu sprechen, war im Augenblick Rolands einzige Möglichkeit, seinen Gefühlen Ausdruck zu geben.

Chris fühlte sich elend nach dem anstrengenden Tag. Das Zusammentreffen mit der Familie hatte ihr zusätzlich Kraft geraubt. »Ich bin nicht wegen Geld hier.«

»Ja, natürlich. Du sollst es nur wissen«, tat Roland das Thema mit einer Handbewegung ab. Neben ihm ging seine andere Tochter, die Marlene zum Verwechseln ähnlich sah, aber doch ein vollkommen anderer Mensch war. Er konnte sich das kaum klarmachen. Sie waren vor dem Eingang zu Marlenes Wohnung angekommen. Chris zögerte. Die Realität unterschied sich von ihren Kinderträumen, in denen sie sich gewünscht hatte, dass ihr toter Vater zum Leben erwachte, für sie und die Mutter da wäre. Mutter, Vater, Kind – wie gern hätte Chris das erlebt.

»Wieso sind wir getrennt worden?«

Roland suchte nach Worten. »Du kannst dir nicht vorstellen, wie es damals vor dem Mauerbau in Berlin ausgesehen hat. Es lag nichts Gutes in der Luft. Das konnte jeder spüren. Aber deine Mutter wollte die DDR nicht verlassen. Ich habe sie immer und immer wieder gebeten, vernünftig zu sein, an unsere gemeinsame Zukunft zu denken. Aber sie war einfach stur.«

»Und dann? Habt ihr uns geteilt, dass jeder ein Kind bekommt?«

Roland schüttelte den Kopf. »Eine komplizierte Geschichte. Ich war mit Marlene in Westberlin. Als ich zurück nach Pankow wollte, hat die DDR die Mauer gebaut.«

Chris sah ihren Vater überrascht an. »Wieso warst du mit Marlene in Westberlin?«

Roland wich aus. »Die DDR hatte niemanden vorgewarnt. Stattdessen fuhren kurz vor Mitternacht Militärfahrzeuge an der Grenze auf. Innerhalb von Minuten war Stacheldraht ausgerollt worden.«

Chris spürte, dass ihr der Vater etwas verschwieg. Aber sie mochte nicht in ihn dringen. Rosa und Roland waren zwischen die Fronten geraten, waren Opfer der politischen Verhältnisse, entschuldigte sie ihre Eltern. Dass sie und Marlene zu Schaden gekommen waren, schob Chris weg. Sie waren stark genug, um das zu ertragen. Die Eltern dagegen hatten Schreckliches erleben müssen. Krieg, Hunger, Bombennächte mit Tausenden Toten. Und dann kam die Teilung des Landes und die Bedrohung, dass wieder ein neuer Krieg ausbrechen konnte.

»Gute Nacht!«, verabschiedete sich Roland nach Minuten des Schweigens, in denen er gedacht hatte: Ich muss die

Vergangenheit aus den Nebeln holen. Ich muss mich endlich schuldig bekennen.

»Gute Nacht!« Chris schloss schweren Herzens die Tür auf.

Roland wartete, bis drinnen das Licht anging, dann lief er zurück. Draußen auf der Freitreppe zündete er sich eine Zigarette an.

Vom Fenster der Bibliothek aus beobachtete Doris ihren Mann, wie er dort einsam stand und rauchte. Eine große Liebe durchflutete sie. Und dann kam die Angst, Roland an sein vergangenes Leben zu verlieren.

Chris lag in Marlenes Bett und hielt das Äffchen ihrer Schwester an die Wange gedrückt.

In Ostberlin ließ sich Marlene nach etlichen Schnäpsen auf Chris' Bettcouch fallen. Kopf und Raum drehten sich. Die Welt war aus den Fugen.

SECHZEHNTES KAPITEL

Marlene soll auf die Bühne. Chris nimmt Grüße an die Heimat mit. Women in the GDR are treated with respect.

Als Chris aufwachte, schob sich bereits die Sonne durch die Ritzen der Vorhänge. Sie wollte vor Marlenes Familie nicht als Langschläferin gelten oder den Eindruck erwecken, dass sie wegen des vergangenen Abends beleidigt war. Also machte sie sich schnell fertig und verließ die Wohnung. Auf dem Weg traf Chris auf Adele, die in Gartenschürze und Arbeitshandschuhen die Rosenbüsche beschnitt. »Grüß Gott! Frühstück steht im Esszimmer. Unsere Haushälterin kann dir Kaffee kochen«, begrüßte die Großmutter ihre Enkelin etwas freundlicher als in der Nacht zuvor.

»Guten Morgen! Ein Kaffee wäre gut.« Chris war nicht gewohnt zu frühstücken. »Kann ich vielleicht helfen?«

Adele schaute Chris überrascht an. Marlene drückte sich stets vor Gartenarbeit. »Dann nimm dir Handschuhe.« Sie wies auf ein kleines Gartenhaus, das versteckt zwischen Büschen stand. »Bring dir noch eine Rosenschere mit«, hörte Chris die Großmutter rufen. Auch die Schere war in dem penibel aufgeräumten Holzhäuschen gut zu finden. Adele wies Chris einen Busch zu, bei dem sie die vertrockneten Blütenstände abschneiden sollte.

»Haben deine Großeltern auch einen Garten?«, wollte Adele wissen.

»Einen kleinen, sehr überschaubar, fast nur Rasen. Zwei Trauerweiden und auch ein Rosenbeet vor der Terrasse.«

Sie arbeiteten stumm. Nur das Klicken der Scheren war zu hören.

»Den Garten hat schon mein Großvater angelegt«, nahm Adele schließlich den Faden auf. »Ich habe die Leidenschaft von ihm geerbt. Stundenlang haben wir hier zugebracht.« Adele sah zu Chris. »Deine Leidenschaft ist das Tanzen?«

»Ich kann mir nichts anderes vorstellen.«

»Du wirst es aber nicht ewig machen können.«

Chris stimmte ihr zu.

»Und dann wird es sicher nicht leicht, dass du dich auf ein normales Leben umstellst. Aber das musst du schon wegen deinem Kind.«

Chris hörte die Belehrung und entgegnete: »Lilia tanzt auch.«

Adele nickte wenig beeindruckt. Sie wollte Chris etwas ganz anderes sagen, etwas, das ihr auf dem Herzen lag. »Mein ältester Sohn war auch ein Wirbelwind. Er konnte nicht still sitzen. Er war im Sport immer ganz vorn.«

Chris wurde bewusst, dass es sich um Rolands Bruder, also um ihren Onkel, handelte. »Ich dachte, mein Vater ist Einzelkind.«

»Roland war ein Nachzügler. Seine beiden Brüder sind schon aufs Gymnasium gegangen, als er auf die Welt kam.«

»Sie hatten drei Söhne?«, fragte Chris erstaunt.

»Die Großen sind tot – mit achtzehn eingezogen und gefallen. Roland war unsere Hoffnung«, erzählte Adele. »Er musste die Firma übernehmen. Das war immer klar. Deine Mutter wusste das auch. Sie hätte ihn nicht im Stich lassen dürfen.«

Doris kam die Einfahrt herauf. »Guten Morgen, Christine, dein Vater und dein Großvater lassen sich entschuldigen. Sie sind noch bis mittags mit den Außenhändlern beschäftigt. Wenn du Lust hast, zeige ich dir in der Zwischenzeit ein bisschen die Umgebung.«

Chris sah unschlüssig zu Adele. Schließlich kamen sie sich gerade näher.

»Ist schon gut, Christine. Du willst doch auch was erleben.« Adele nickte ihr freundlich zu.

Chris, die niemanden enttäuschen wollte, ließ sich von Doris zu einer Sightseeingtour einladen.

Es klingelte Sturm. Marlene zog sich das Kissen übers Gesicht. Sie hatte einen schweren Kopf und das Morgenlicht blendete. Das Klingeln hörte nicht auf. Nun wurde heftig gegen die Tür geklopft.

»Chris, ich weiß, dass du da bist«, hörte Marlene eine Frau rufen. »Chrissi!«

Marlene hievte sich aus dem Bett und schlich zur Tür. Durch das Guckloch sah sie eine Hochschwangere.

»Chris!«, wurde Marlene ermahnt zu öffnen. Sie schlang sich den Schal um den Hals, machte die Tür einen Spaltbreit auf und gab sich todkrank.

Eine junge Frau drängte in die Wohnung. »Wieso machst du denn nicht auf? Wir müssen los.«

Marlene hatte keine Ahnung, wohin sie losmussten.

»Bei dir ist ja eine Luft.« Sie riss das Fenster auf. »Hast du denn das Telegramm nicht bekommen? Außerordentliche Inszenierungsbesprechung.« Sie zeigte auf ein Papier, auf dem Marlene »Gaby Sommer« lesen konnte und die dringende Einladung in den Palast.

»Bin krankgemeldet. Grippe.« Marlene hustete kräftig.

»Steven Williams landet doch heute mit seinen Leuten in Schönefeld.« Gaby schob Marlene in die Küche und reichte ihr Chris' Zahnbürste. Marlene griff sich schnell ihre eigene, was Gaby nicht bemerkte, weil sie etwas zum Anziehen aus dem Kleiderschrank heraussuchte. Dabei erzählte sie weiter. »Unter den Voraussetzungen werde ich natürlich kein Babyjahr machen. Oder was meinst du, Chris?«

Marlene konnte nicht antworten, sie hatte gerade begonnen, über dem Spülbecken ihre Zähne zu putzen. Gaby schien auch gar keine Antwort zu erwarten. »Natürlich ist die erste Zeit mit dem Kind einmalig und wunderschön, aber wenn ich mir vorstelle, dass bei uns im Palast die Post abgeht und ich zu Hause sitze. Ich kriege auch ganz schnell einen Krippenplatz, wenn mir die Feldmann eine Befürwortung schreibt, dass meine Arbeit von gesellschaftlicher Relevanz ist und so weiter – und als Solistin ist sie das ja wohl auch.«

Gaby traute sich nicht, Marlene, die sie für Chris hielt, anzuschauen, schließlich würde ihre vorzeitige Rückkehr in den Palast möglicherweise bedeuten, dass die Kollegin ihre Soloposition wieder abgeben musste. Doch davon hatte Marlene keine Ahnung. Sie spuckte die Zahnpasta aus und sagte zuversichtlich: »Das ist bestimmt eine gute Idee.«

Erleichtert drehte sich Gaby um. »Wirklich?«

»Klar!« Marlene spülte sich den Mund aus, zögerte aber, die Kleidungsstücke anzuziehen, die ihr Gaby reichte.

»Chrissi, wir müssen!«, drängte Gaby. »So wie ich die Feldmann kenne, sitzt sie schon an der Verteilung der Solos.«

»An der Verteilung der Soli«, verbesserte Marlene. »Singular: das Solo. Plural: die Soli.« Plötzlich wurde Marlene bewusst, dass es bei dieser außerordentlichen Inszenierungsbesprechung auch um die Position ihrer Schwester gehen könnte. »Die Soli werden neu verteilt?«, fragte sie erschrocken.

Gaby nickte verwundert. »Ich muss dann natürlich ran, damit ich schnell wieder in der alten Form bin. Vielleicht kann ich das Kleine überreden, ein bisschen früher zu kommen.« Sie strich sich über den Bauch und hielt inne. »Sag mal, was ist eigentlich mit deinen Haaren passiert?«

»Gefällt's dir nicht?« Marlene griff nach der Haarbürste.

»Schon. Aber irgendwie bist du ... anders. Na los!« Gaby zog sie mit sich aus der Wohnung. Trotz ihres Bauches war sie voller Tatendrang. Marlene trottete an ihrer Seite zum Palast und dachte mit sehr schlechtem Gewissen daran, dass sie die Absprache mit der Schwester brach.

Doris war mit Chris nach Nürnberg gefahren. Die beiden bummelten durch die Einkaufsstraße. Chris sah die bunte Welt der übervollen Geschäfte, die Werbung, die unzähligen Restaurants und Fast-Food-Ketten mit gemischten Gefühlen. Einerseits war sie angenehm berührt von der Atmosphäre einer prosperierenden Stadt. Andererseits sah sie den Überfluss. Die meisten Flanierenden trugen unzählige bunte Tüten in ihren Händen und gingen trotzdem weiter von Geschäft zu Geschäft. Doris hatte Chris in ihrer Lieblingsboutique mit einer knallengen Jeans, einer gestreiften Bluse und einer Lederjacke eingekleidet. Chris konnte sich des Enthusiasmus der Stiefmutter gar nicht erwehren. Auch sich selbst hatte Doris mit ein paar schönen Stücken beschenkt. Chris trug das neue Outfit und ihre alten Sachen in einer Plastiktüte. In Ostberlin wäre sie überglücklich gewesen, wenn sie überhaupt ein schönes Teil ergattert hätte. Wie mit einer Trophäe wäre sie damit nach Hause gegangen, um es dort in ihre Kleidersammlung zu integrieren. Doch hier im Westen kaufte man eine ganze Kollektion und noch darüber hinaus.

»Und jetzt müssen wir unbedingt noch was ganz besonders Hübsches für deine Lilia besorgen.« Doris führte Chris zielstrebig durch die Fußgängerzone und weiter durch Gassen und Gässchen bis zu einem Ballettshop im Souterrain eines Mietshauses. Sie stiegen ein paar Stufen hinunter. Es roch nach Räucherstäbchen. Die Ladenglocke ging. Chris konnte nicht glauben, was sie sah: Ein Paradies von Tutus und Bodys in vielen Farben, Stulpen aus unterschiedlichen Materialien. Ein ganzes Regal voll von Ballettschuhen in allen Größen. Chris ging augenblicklich das Herz auf. Der Verkäufer, ein hochgewachsener Mann im schwarz-gold gemusterten Hemd, kam ihnen entgegen. »Was darf ich Ihnen zeigen?«, sagte er in sächsischem Tonfall.

Chris schaute Doris unsicher an. Hier war alles sehenswert.

»Meine Enkelin tanzt im Kinderballett vom Friedrichstadt-Palast«, ergriff Doris stolz das Wort. »Wir wollen ihr was Besonderes schenken.« Sie blinzelte Chris zu.

Der Verkäufer war begeistert. »Friedrichstadt-Palast! Ein großartiges Haus.« Er ging zum Regal, um rasch verschiedene Trainingskombinationen zusammenzustellen. »Ich habe gehört, dass es fast unmöglich sein soll, dort eine Karte zu bekommen. Ist das wahr?«

Chris nickte.

»Braucht man sicher Vitamin B, ich meine, gute Beziehungen.«

»Sind Sie aus Sachsen?« Chris fühlte sich durch das Timbre seiner Sprache an ihre Heimat erinnert.

»Hört man das noch?« Er war ehrlich überrascht. Chris und Doris wechselten einen amüsierten Blick.

»Ist lange her. Ich war auch Tänzer, bin kurz vor der Mauer weg aus Dresden. Hier hab ich auch gleich Engagements gekriegt. Nichts Großes, nur die kleinen Bühnen. Irgendwann ist man zu alt, da muss man sehen. Ich habe mir dieses Reich aufgebaut.« Er umfasste den Raum mit einer großen Geste. »Käffchen?«

Fast eine Stunde später hatten Chris und Doris Kaffee getrunken und die Geschichte eines Tänzerlebens erfahren. Er hatte ihnen die schönsten Stücke für Lilia herausgesucht und mit Rabatt verkauft. Mit einer großen Tüte verließen sie das Geschäft. Der Verkäufer verabschiedete sie an der Tür.

»Grüßen Sie mir die Heimat«, sagte er wehmütig. Chris konnte seine Sehnsucht nachfühlen. Wie würde es ihr gehen, bliebe sie für alle Zeiten hier? Sie dachte an Georg und seinen Ausreiseantrag. Sie musste ihm unbedingt von ihren Eindrücken berichten. Vielleicht konnte sie ihn überzeugen, zu Hause zu bleiben. Der Wechsel von Ost nach West war mehr als das Übertreten einer Grenze. Die Ladenglocke ging. Chris und Doris traten in die Wirklichkeit zurück.

»Ehe das große Rätselraten über unsere neue Revue weitergeht, wollen wir endlich konkret werden.« Der Regisseur stand auf der Bühne, umrahmt von der Dramaturgin und seinen Regieassistenten, und hielt eine Ansprache an alle Abteilungen und Gewerke, die wieder einmal im Zuschauerraum zusammengekommen waren. »Wie ihr wisst, wird es ein reines Ballettprogramm. Wir wollen die innersten Sehnsüchte und Gefühle unserer Zuschauer wecken und gehen vor allem tänzerisch über die Grenze von allem, was wir bisher erprobt haben.«

Marlene und Gaby saßen mittendrin im Ballettensemble. Marlenes Ankunft als Chris war ein Spießrutenlauf gewesen. Viele hatten wissen wollen, wie es ihr gehe, wie lange sie noch krank sein werde und ob sie etwa zugenommen habe. Am liebsten hätte sich Marlene unsichtbar gemacht. Sie verkroch sich in Chris' Schal und hoffte, dass sie ganz schnell wieder verschwinden konnte.

»Wir werden alle einen großen künstlerischen Sprung machen«, schmetterte der Regisseur seine Ansage von der Bühne in den Zuschauerraum.

»Der Titel unseres neuen Programms ist: Traumvisionen.«

»Traumvisionen – da hetzt wahrscheinlich eine romantische Nummer die andere, ich will nicht hoffen, dass wir alle einschlafen«, hörte Marlene plötzlich eine ihr bekannte Stimme. Sie drehte sich um und entdeckte den Ex ihrer Schwester. Alexander schaute sich grinsend in der Runde seiner Musikerkolleginnen und Kollegen um. Dann lehnte er seinen Kopf zurück und schnarchte.

Marlene lächelte. Was für ein verrückter Kerl!

»Mit diesem neuen Programm werden wir auf internationales Niveau gehen«, fuhr der Regisseur in seiner enthusiastischen

Rede fort und wie aufs Stichwort flog die Tür neben der Bühne auf. Der Intendant kam mit dem Gast aus England. »Ich darf euch Steven Williams aus London vorstellen.« Alle sprangen auf und applaudierten stürmisch. Nach einer kurzen Irritation tat es Marlene den anderen nach.

Der Regisseur schritt mit ausgebreiteten Armen auf den englischen Starchoreografen zu. »Welcome!«

Auf der Bühne wurde umarmt, Küsschen flogen hin und her. Der Starchoreograf trat an die Rampe und machte eine beschwichtigende Geste, dass sich alle setzen sollten. Als Stille eingekehrt war, fragte er in den Zuschauerraum: »Where is my orchestra? Stand up, please!«

Die Musiker standen zögernd auf. Marlene sah, wie Alexander verlegen grinste. Offensichtlich wusste er nicht recht, was er von der Aufforderung des Engländers halten sollte. Steven Williams auf der Bühne klatschte. »Thank you. Please sit down. And where is my ballet? Stand up, please!«

Das Ensemble stand auf. Applaus von der Bühne und aus dem Saal.

»Thank you! Thank you! And now, where are my fantastic ballet soloists?«

Williams klatschte als Einziger. Niemand erhob sich. Gaby sah Marlene an. Als die sich nicht bewegte, stand Gaby auf und wandte sich an die Ballettdirektorin. »Mich können Sie gleich nach der Entbindung wieder einplanen, Frau Feldmann. Ich sitze doch nicht zu Hause, wenn hier die Post abgeht.«

Williams musterte die hochschwangere Solistin verwundert.

Der Intendant schaute zur Ballettdirektorin und hob fragend die Schultern.

Regina Feldmann trat vor ihr Ensemble und nannte die Namen der vier Damen, die die Hauptrolle tanzen würden, darunter waren auch Bettina Wilke und – Chris.

»Come on the stage.« Williams machte eine einladende Geste, nach oben zu kommen.

Bettina und die anderen beiden Tänzerinnen gingen auf die Bühne. Gaby versuchte, Marlene auf die Bühne zu schieben, doch die blieb unten stehen, hustete und legte sich den Schal über den Mund.

»What's that?«, wandte sich Williams an die schwangere Gaby und die hustende Marlene, die unterhalb der Bühne standen.

»Ich bin in sechs Wochen wieder hier. Oder in fünfeinhalb.« Gaby ließ keinen Zweifel an ihren Plänen.

Steven Williams schaute die ehemalige Solotänzerin entsetzt an. »You are pregnant.« Dann wies er auf Marlene. »And you?«

»I can't dance today, because I am sick«, erwiderte Marlene in perfektem Englisch.

»Why?«

»A flu.«

»As long as you don't have a broken leg you can dance.«

«The doctor said I should be careful.« Marlene fing Alexanders irritierten Blick auf, auch die anderen wirkten durchweg perplex.

»One soloist is pregnant, the other has a running nose.« Williams war offensichtlich sauer.

Marlene bemerkte das schadenfrohe Gesicht einer der Solistinnen oben auf der Bühne. Es war Bettina, die sich Chris' Benehmen nicht erklären konnte. Abgesehen davon, dass ihre Konkurrentin in der kurzen Zeit ihrer Erkrankung zugenommen hatte und wirkte, als sei sie körperlich nicht auf der Höhe, benahm sie sich darüber hinaus auch noch merkwürdig. Und woher konnte Chris so gut Englisch?

Die Ballettdirektorin schaltete sich ein. »Christine Steffen is one of my best dancers.«

»Might be. But I can't use such dancers.« Williams entließ Marlene und Gaby mit einer Handbewegung.

Diese Geste ließ sich Marlene nicht gefallen. Sie hob den Zeigefinger. »You are here in a socialist country where women are treated with respect. Especially pregnant women.« Sie schaute zu Gaby, die kein Wort verstand. Aus dem Augenwinkel sah Marlene, wie Alexander amüsiert zu ihr herüberblickte.

»Get well soon!« Williams klatschte in die Hände und holte das ganze Ballett auf die Bühne. »Come on, show me your talent!«

Bettina ging in eine der vorderen Positionen. Musik setzte ein. Voller Neid sah Gaby von ihrem Platz im Zuschauerraum aus, wie ihre Leute alles gaben, um den Choreografen zu überzeugen.

Marlene war im Hintergrund des Saales verschwunden. »Mist! Verdammter Mist!«, flüsterte sie. Was hatte sie getan?!

SIEBZEHNTES KAPITEL

Die Atmosphäre im Hause der Wenningers trifft Chris ins Mark.
Marlene denkt an Flucht. Im Osten sind Weinkenner verloren.

»Bei euch ist es sehr schön. Als wäre ich im Ausland und nicht im anderen Teil Deutschlands.« Chris saß gemeinsam mit der ganzen Familie beim Mittagessen. »Die hübschen Gässchen. Die restaurierten alten Häuser. Und die Menschen wirken auch viel entspannter als bei uns.« Sie hatte sich intuitiv auf Marlenes Platz neben Doris gesetzt, gegenüber von Roland und Adele. Als Familienoberhaupt saß Wilhelm an der Stirnseite des ovalen Tisches. Die Haushälterin servierte einen Hackbraten mit Salzkartoffeln und Gemüse.

Roland schenkte Wein ein. »Ihr hattet also einen schönen Tag?«, wandte er sich an Chris und Doris. Rolands Haltung war untadelig. Doch sein Inneres war in Aufruhr.

»Es war ganz wunderbar!« Doris tauschte mit Chris ein Lächeln. »Wir haben bezaubernde Trainingssachen für Lilia eingekauft.«

»Die werden wohl nicht lange passen«, mischte sich Adele ein. »Kinder in dem Alter wachsen schnell.« Die Großmutter schaute kritisch auf das neue Outfit ihrer Enkelin. Chris war es unangenehm, dass sie den Ausgaben zugestimmt hatte, und das auch noch von fremdem Geld. Sie überlegte, ob sie ihren Vater bitten sollte, die Summe für die Einkäufe von ihrem Konto abzuziehen. Doch dann würde sie dieses Geld anerkennen, und das wollte sie nicht. Sie war keine Bittstellerin aus dem Osten, die sich mit Westgeld zufriedenstellen ließ.

»Mahlzeit!« Wilhelm begann zu essen.

Doris hob ihr Glas. »Auf Chris und dass wir uns kennenlernen. Schade, dass du heute schon wieder fahren musst.«

»Lilia hat am Wochenende ihre Premiere.« Chris schaute zu ihrem Vater, dass er sich ihr endlich zuwenden möge.

Roland tat sich Kartoffeln auf. »Das hätte gestern gründlich schiefgehen können. Hat Marlene dir denn nicht gesagt, dass wir die DDR-Außenhändler hierhaben?«

Chris wandte sich enttäuscht dem Essen zu und sagte höflich: »Ich hoffe, dass alles gut gelaufen ist.«

»Selbstverständlich!« Der Großvater goss sich Wein nach. »Die Ostdeutschen wollen Westgeld verdienen, und das können sie mit uns.«

»Vater, bitte!«, wehrte Roland peinlich berührt ab.

»Christine hatte drüben die beste Förderung, um Tänzerin zu werden. Kostenlos. Das wäre bei uns nicht möglich gewesen. Sie ist inzwischen sogar Solistin«, versuchte Doris dem Gespräch eine positive Wendung zu geben.

»Gratulation!« Roland nickte seiner Tochter anerkennend zu. Chris lächelte zurück.

Der Großvater polterte in die versöhnliche Stimmung. »Ich höre von den Ostdeutschen immer nur, dass sie eingesperrt sind, hinter Stacheldraht und mit Schießbefehl.« Weil niemand auf

Wilhelm einging, setzte er nach. »Das kann man doch in der Zeitung lesen oder man hört es im Fernsehen – tonnenweise Ausreiseanträge, Bittgesuche beim Bundeskanzler, dass er für die Ausreisen der Ostdeutschen sorgen soll. Als der bayerische Ministerpräsident neulich privat drüben war, haben ihn die Leute regelrecht umlagert, den armen Kerl. Aber dir gefällt das Leben da drüben?«, wandte er sich an seine Enkelin.

»Es ist meine Heimat«, verteidigte sich Chris.

»Du sprichst wie deine Mutter damals.« Adele betrachtete Chris kritisch.

»Da wollen wir mal hoffen, dass du heil wieder rüberkommst«, Wilhelm nahm sich eine zweite Scheibe vom Hackbraten, »und Marlene nicht in Gefahr kommt.« Damit sprach er aus, was auch alle anderen dachten.

»Du hättest beide Mädchen mitnehmen sollen. Das wäre die richtige Entscheidung gewesen«, sagte Adele zu ihrem Sohn. Als Chris überrascht aufblickte, erfasste die Großmutter, was sie mit diesem Satz angerichtet hatte. Wilhelm merkte nichts und setzte den Gedanken seiner Frau fort. »Wir haben deiner Mutter alles angeboten: Wohnung, Geld, eine Familie. Und dann hat dein Vater kurzen Prozess gemacht, damit sie zur Vernunft kommt. Eine Frau gehört an die Seite ihres Mannes.«

»Vater, bitte, so war es ja nicht ganz«, sagte Roland erschrocken.

Doris hörte mit dem Essen auf und wischte sich mit der Serviette den Mund. Die Situation war für sie kaum auszuhalten.

Chris dachte an das Gespräch vom Vorabend und fragte überrascht: »Hast du Marlene und mich etwa mit Absicht auseinandergerissen?«

Roland legte das Besteck zur Seite. »Deine Mutter sollte eine vernünftige Entscheidung treffen und nachkommen. Ich habe doch nicht geahnt, dass sie in der gleichen Nacht die Grenze schließen.«

»Du wolltest Mutti erpressen? – Mit Marlene?« Sie blickte ihren Vater fassungslos an.

»Ich kann ohne Freiheit nicht leben, Christine.« Roland sprang auf. »Und ich war mir sicher, dass deine Mutter uns so sehr liebt, dass sie mit dir nachkommt.« Roland ließ den Druck ab, der seit achtundzwanzig Jahren auf ihm lastete. »Sie hatte die gleiche Verantwortung für eure Zukunft. Da lasse ich mich nicht zum Schuldigen machen. Von niemandem. Auch nicht von dir und deiner Schwester«, donnerte er. »Im Übrigen habe ich deiner Mutter einen Fluchthelfer organisiert. Aber sie hat abgelehnt.«

Chris schaute ihren Vater erschüttert an. Dann stand sie auf und verließ das Esszimmer.

In Marlenes Wohnung suchte Chris ihre Sachen zusammen, zog ihr neues Outfit aus und steckte alles zurück in die Tüte. So, wie sie gekommen war, wollte sie gehen. Einzig die Ballettsachen für Lilia nahm sie mit. Sie konnte nicht länger in der ihr vollkommen fremden Atmosphäre bleiben und sich schlecht fühlen. Ihr Vater hatte die Mutter aufs Schlimmste hintergangen. Jetzt wurde Chris klar, warum sich Rosa stets mit Arbeit vollgepackt hatte. Die Mutter hatte ihren Schmerz nicht spüren wollen. Chris dachte an Lilia und wie sie selbst sich fühlen würde, wenn jemand die Tochter über die Grenze schleppte.

Chris nahm das Telefonbuch, um sich ein Taxi zu bestellen. Jetzt war sie dankbar, dass in Marlenes Brieftasche genug Geld war. Sie würde es ihrer Schwester zu einem guten Umtauschkurs zurückgeben. Und überhaupt, wie hielt Marlene nur den Ton und den Druck in ihrer Familie aus?

Als Chris aus der Wohnung der Schwester kam, sah sie Doris auf dem Weg in die Garage. Sie lief ihr nach. »Doris!« Die Stiefmutter wandte sich um und sah, dass Chris schon abreisebereit war. Ein Taxi fuhr vor.

»Wir wollten dich doch zum Bahnhof fahren«, sagte Doris verwundert und kam näher.

»Nee, lass mal. Ist gut so.« Chris war froh über ihre souveräne Entscheidung. »Sag Roland einen schönen Gruß und den Großeltern auch.« Ihr fehlte die Vorstellung, wie sie sich von ihrem Vater verabschieden sollte.

»Du hast dich bei uns nicht wohlgefühlt?«, sagte Doris mit tiefem Bedauern.

Chris hob die Schultern.

»Schade, dass alles so kompliziert ist.« Doris nahm Chris' Hände. »Es gab übrigens kaum einen Tag, an dem ich nicht darüber nachgedacht habe, dass ich einer Mutter das Kind wegnehme. Ich wollte, dass du das weißt, Chris«, gestand Doris. »Ich bin sogar einmal zu euch nach Pankow gefahren, weil ich Kontakt zu deiner Mutter aufnehmen wollte. Aber dann ... habe ich mich doch nicht getraut zu klingeln.« Am liebsten hätte sie die junge Frau umarmt. Aber das wagte sie nicht.

»Vielleicht kommt ihr mal zu uns.« Chris löste ihre Hände und ging zum Taxi.

Nach ihrem verpatzten Besuch im Palast zog es Marlene in die Charité, auch wenn sie nicht wusste, wie sie ihrer Mutter begegnen sollte. Sie fühlte sich einsam in Chris' Leben und jetzt erst recht. Auf der Station erfuhr sie, dass Rosa wegen einer Komplikation noch einmal operiert worden war. Eine Krankenschwester führte sie zum Aufwachraum neben der Intensivstation. Dort konnte Marlene ihre Mutter durch eine Scheibe sehen. Sie schlief unter der Narkose. Eine Intensivschwester kontrollierte die Werte der Patientin. Als sie den Raum verließ, fragte Marlene: »Wird sie wieder richtig gesund?« Es durfte nicht sein, dass sie ihre Mutter verlor.

»Wir tun alles, was möglich ist«, wich die Schwester aus.

»Ich will wissen, wie groß ihre Chancen sind«, ließ Marlene in ihrer Not nicht locker.

»Ich bin keine Hellseherin«, sagte sie Schwester, »aber wenn ich eine Tochter hätte wie Sie, würde ich wieder gesund werden.« Die Krankenschwester strich Marlene über den Arm und ging. Marlene lehnte sich unglücklich gegen die Wand.

Der Zug nach Hof fuhr ein. Chris suchte sich einen Platz am Fenster. Plötzlich sah sie auf dem Bahnsteig ihren Vater. Er war außer Atem und schaute sich suchend um. Chris sprang auf und schob ihr Fenster runter. »Roland!«

Er hörte sie nicht. Chris rief noch einmal seinen Namen.

Da entdeckte er sie, kam gerannt und reichte ihr durchs Fenster seine Hand. »Es tut mir so leid, wie ich mich benommen habe.«

»Du wolltest, dass Mutti dir in den Westen folgt, und hast Marlene mitgenommen?«

Roland nickte schweren Herzens.

»Wonach hast du ausgewählt?«, wollte Chris wissen. Der Vater hatte für sie beide eine Lebensentscheidung getroffen.

Der Pfiff ertönte. Der Schaffner schloss die Türen, eine nach der anderen flog mit lautem Knall zu. Langsam setzte sich der Zug in Bewegung. Roland musste die Hand seiner Tochter loslassen und lief neben dem Waggon her.

»Damals. Wen du von uns beiden mitgenommen hast«, rief Chris ihrem Vater zu.

»Du hast so friedlich geschlafen. Deine Schwester war wach«, rief Roland zurück.

Am Ende des Bahnsteiges blieb er stehen. Chris beugte sich zum Fenster hinaus und sah, wie er weinte.

Zurück aus der Charité, sah Marlene, dass vor der Wohnung ihrer Schwester ein Mann wartete. Sie blieb auf dem Treppenabsatz zwischen den Stockwerken stehen. Ihr erster Gedanke war: Staatssicherheit. Wir sind aufgeflogen. Sie dachte an Flucht. Doch er hatte sie schon entdeckt. »Chris? – Du hast ja keinen Zopf mehr.« Er kam ihr entgegen und umarmte sie ganz selbstverständlich.

Marlene entspannte sich. Offensichtlich war es ein Bekannter.

Der Fremde zeigte die halbe Treppe hinauf. Vor der Wohnungstür standen zwei Kartons. »Ich wollte dich fragen, ob ich das bei dir unterstellen kann?« Er ging hinauf und hob die Kartons an. »Wollen wir nicht reingehen?«

Marlene gab sich einen Ruck, folgte ihm und öffnete die Wohnung. Vielleicht war er dieser Buddelkastenfreund? Sie suchte in ihrem Gedächtnis nach dem Namen.

»Ist Lilia nicht da?« Er schob die Tür mit dem Rücken zu, stellte die Kisten im Flur ab und holte eine Flasche Rotwein aus der Manteltasche.

»Sie ist bei ihrem Papa«, erwiderte Marlene. »Gibt's was zu feiern?« Sie zeigte auf den Wein.

»Mein Ausreiseantrag ist genehmigt worden.« Er holte einen Korkenzieher aus dem Besteckfach, machte die Flasche auf, nahm zwei Gläser aus dem Schrank und füllte sie. »Morgen sechs Uhr fünfzehn habe ich mich am Grenzübergang Chausseestraße einzufinden.« Er reichte Marlene, die im Türrahmen stehen geblieben war, eines der beiden Gläser. »Plötzlich wollen die mich ganz schnell loswerden. Wenn ich es nicht besser wüsste, würde ich denken, dass mein Alter dahintersteckt, aber so weit reicht sein Arm dann doch nicht.«

Marlene hatte Mühe, seinen Informationen zu folgen. Sie stießen miteinander an. Nach dem ersten Schluck verzog sie das Gesicht.

Er roch irritiert am Wein, kostete, stellte aber nichts Ungewöhnliches fest.

Marlene wusste immer noch nicht, wen sie vor sich hatte. Um Zeit zu gewinnen, fragte sie: »Wie am Grenzübergang einfinden? Du willst in den Westen?«

Er schaute sie perplex an. »Aber das weißt du doch.«

»Und du denkst, die warten drüben auf dich? Und breiten dir den roten Teppich aus?« Dass die DDR-Bürger ihr Land verließen und glaubten, im Westen das Paradies zu finden, gefiel ihr schon lange nicht. Die Ostdeutschen hatten keine Ahnung, mit welchen Problemen sich ihre Generation in einem konservativen Staat herumschlug. In der Bundesrepublik ging es inzwischen um so viel mehr als um Wohlstand und Reisefreiheit, die Gründe, warum die meisten aus der DDR flohen.

»Die Farbe Rot hängt mir zum Halse raus«, erwiderte er getroffen. »Und auf den Teppich kann ich auch verzichten. Ich brauche überhaupt nichts, bloß meine Ruhe.«

»Wie wäre es denn dann mit einem Rentenantrag?«, konterte Marlene.

»Was ist denn mit dir los?« Er sah sie überrascht an. Chris bot ihm gewöhnlich niemals so scharfen Widerstand.

»Im Westen werden Leute, die ihre Ruhe haben wollen, auch nicht gebraucht«, legte Marlene nach.

»Ach, und das weißt du, ja?« Seit wann argumentierte Chris so selbstbewusst? »Eine Stelle als Arzt bekomme ich allemal. Fachkräfte aus der DDR werden im Westen gern genommen.«

Wieder ging sie ihm dazwischen. »Ohne Eintrittskarte?«

Er schaute sie verblüfft an.

»Du glaubst gar nicht, was bei den Medizinern für ein Standesdünkel herrscht. Da spielt es schon eine Rolle, wo einer studiert hat«, sagte Marlene.

Er wich zurück. »Du bist nicht Chris? Du bist ihre Schwester. Aus dem Westen.«

»Und du bist?«

»Georg.«

»Der Buddelkastenfreund«, freute sich Marlene, dass sie richtig getippt hatte und sie nun ganz sicher sein konnte, dass von ihm keine Gefahr ausging.

»Sagt Chris das so?« Georg schluckte seine Gemütsbewegung mit einem großen Schluck Rotwein hinunter und goss nochmals nach.

Sie streckte ihm die Hand entgegen. »Marlene.«

Er nahm sie zögernd. »Ich hätte es mir denken können, diese Frisur passt überhaupt nicht zu Chris. Wo ist sie überhaupt?«

»Grippe.« Marlene nahm ihr Glas, trank aber nicht.

»Grippe? Und wieso ist sie dann nicht zu Hause?« Er ließ sich auf einen Küchenstuhl fallen. »Sag doch mal, wo sie ist.«

Marlene blieb stehen, roch, um nicht antworten zu müssen, am Wein. »Was für Zeug ist das eigentlich?«

Plötzlich dämmerte es ihm. »Nee, Leute, das ist jetzt nicht euer Ernst. Etwa mit deinem Pass? Ihr seid völlig verrückt!«

»Ach, wir sind verrückt, ja? Aber du willst aus deinem Land weglaufen. Du kannst doch hier was bewirken. Ich dachte, ihr wollt endlich Veränderung?«

Georg stand auf. »Ich mach dir mal einen Vorschlag, Marlene. Chris bleibt drüben. Du bleibst hier und veränderst die DDR. Und wenn hier alles schick verändert ist, tauschen wir wieder. Und sie lebten glücklich bis ans Ende der Welt.« Georg war vollkommen aus der Fassung.

Marlene war es nun auch. »Bis ans Ende ihrer Tage, heißt das.«

Georg nickte und ging zur Tür. »Grüß Chris bitte von mir. Und Lilia natürlich.« Sein Ton war wieder sanft. Wehmut schwang mit.

Marlene nickte. »Klar, das mach ich.«

Niemals hätte Georg für möglich gehalten, dass Chris den Mut zu so einer Sache hätte. Plötzlich war sie ihm fremd – so fremd wie ihre Schwester, die hier die Stellung hielt.

Marlene lehnte sich gegen die Tür. Sie spürte, wie sich die Grenzen von Chris' und ihrem Leben ineinanderschoben. Eine große Trauer überkam sie. Es war, als würde auch sie einen Menschen verlieren.

ACHTZEHNTES KAPITEL

*Marlene lernt einen Braunkohleofen zu heizen.
Lilia will Ohrenkneifer genannt werden. Wer anderen
eine Grube gräbt, fällt selbst hinein.*

Während der Schallplattenspieler lief, stapelte Marlene Kohlebriketts in eine Holzkiste neben dem Kachelofen. Sie hatte das Feuer in Gang gebracht und die Wohnung war angenehm warm. Manfred Krug besang den Frühling und Marlene trällerte mit. Sie fühlte sich wohl in Chris' ausgebeulter Trainingshose, die sie zu ihrem eigenen Männerunterhemd trug. Ohnehin verachtete Marlene Kleider und Wäsche, die Frauen auf ihre Sexualität reduzierten. Eine ihrer unzähligen Kampfansagen gegen die Erziehung zu weiblichem Wohlverhalten zu Hause. Auch wenn sie zugeben musste, dass sie froh war, bald aus der Verbannung erlöst zu werden. Manfred Krug jazzte. Marlene mochte den Schauspieler, der die DDR verlassen hatte und inzwischen im Westen als »Liebling Kreuzberg« und *Tatort*-Kommissar bekannt war.

Sie entschloss sich, noch zwei Eimer Kohlen zu holen. Es machte ihr Spaß. Trällernd sprang sie die Treppe hinunter, direkt in Lilias und Alexanders Arme.

Lilia hatte sich immer und immer wieder jedes Wort und jede Geste ihrer Mutter bei der kurzen Begegnung an Rosas Krankenbett ins Gedächtnis geholt. Als der Vater dann berichtete, dass Chris zwar im Palast gewesen war, aber auf keinen Fall tanzen wollte, und dass sie sogar perfekt Englisch gesprochen hatte, wusste Lilia, dass etwas nicht stimmen konnte. Und je länger sie sich mit den Vorkommnissen beschäftigte, desto schneller wollte sie nach Hause, um herauszufinden, was los war. Also überredete sie ihren Vater, sie doch schon am Samstagmittag nach Hause zu bringen. Sie müsse dringend vor der Premiere noch etwas mit Mama besprechen – von Fachfrau zu Fachfrau sozusagen. Alexander glaubte, dass die Tochter Heimweh hatte, und gab ihrer Bitte nach. Er wollte Chris vorschlagen, nach Lilias Premiere gemeinsam Eis essen zu gehen. So krank hatte seine Ex in der Besprechung nicht gewirkt und ihr Auftritt vor dem englischen Choreografen hatte ihn fasziniert.

Wieso kam aus der Wohnung laute Musik? Lilia verstand die Welt nicht mehr. Und wieso sprang ihre Mutter in einem Herrenachselshirt durchs Haus. Entweder lag oben in ihrem Bett ein Mann oder ihre Mama hatte so etwas durchgemacht wie von der Raupe zum Schmetterling. Nur umgekehrt.

Alexander war genauso perplex und blickte fragend von seiner Ex-Frau zur Tochter. Lilia hob die Schultern.

»Training, damit ich nicht einroste.« Marlene schwang die beiden Eimer und hustete demonstrativ. »Warum seid ihr überhaupt schon da? Wir wollten uns doch erst zur Premiere treffen!«

»Unsere Tochter möchte die letzten Stunden vor dem großen Auftritt mit dir verbringen«, sagte Alexander. Er war verwirrt, vor allem wegen des forschen Tonfalls, den er so von Chris nicht kannte.

»Ja, Kind, da hast du mich jetzt aber auf dem falschen Fuß erwischt.«

Die Blicke von Vater und Tochter wanderten auf ihre Füße. Marlene trug Chris' bunte Hauslatschen, in denen sie nun ihre Zehen festkrallte.

»Ich geh' dann mal rein.« Lilia nahm dem Vater die Reisetasche ab und lief die Treppe hinauf. Marlene und Alexander standen sich gegenüber. Verdammt, der Mann gefiel ihr.

»Beeindruckend, dein Auftritt vor Williams«, sagte Alexander. »Seit wann sprichst du eigentlich so gut Englisch?«

Um nicht antworten zu müssen, drückte ihm Marlene die Kohleneimer in die Hand. »Vollmachen. Den Keller abschließen. Schlüssel mitbringen«, befahl sie, hustete und ging nach oben.

In der Küche wurde Marlene von Lilia erwartet. »Mama? Was sagst du mir nicht?«

»Nichts, eh, ich meine, ich sage dir alles.« Marlene ging aus Lilias strengem Blick und wusch sich über der Spüle die Hände. Was sollte sie jetzt machen? Über eine Begegnung mit Lilia hatte sie mit ihrer Schwester keine Abmachungen getroffen. Außerdem hätte Chris schon längst zurück sein müssen. Wo blieb sie nur?

Alexander kam mit den Kohlen, stellte die Eimer vor der Wohnzimmertür ab. »Ich dachte, wir feiern nachher beim Eis?« Marlene und er schauten sich an.

»Ja, gute Idee!« Marlene seufzte innerlich, dass sie das wohl nicht erleben würde, sondern ihre Schwester.

»Also tschüss, ihr beiden. Bis nachher dann.« Beim Hinausgehen drehte sich Alexander noch mal zu Marlene um. »Übrigens siehst du toll aus, trotz deiner Leiden.« Er zeigte auf ihre veränderte Frisur. Doch bevor Marlene etwas erwidern konnte, schob Lilia ihren Vater aus der Wohnung und schloss die Tür. Sie konnte jetzt kein Flirten gebrauchen.

Dann stellte sie sich vor dem Garderobenspiegel im Flur in Position. »Guck mal, Mama, wie weit ich mein Bein strecken kann.« Lilia überdehnte ihre Beine und wartete auf Protest.

»Donnerwetter!«, sagte Marlene und wollte ins Wohnzimmer gehen. Doch Lilia hielt sie zurück. »Und wenn ich das Plié mache, möchte ich eigentlich meine Knie noch viel weiter nach hinten strecken.« Das war vollkommen falsch und gegen jedes Körpergefühl. Das erkannte sogar Marlene. »Ich glaube nicht, dass das gut ist.«

Lilias Mutter hätte viel heftiger reagiert: Spinnst du? Was machst du denn nach drei Jahren Ballettausbildung für'n Quatsch? Doch diese Frau sagte: »Mach es am besten so, wie es dir deine Ballettlehrerin beigebracht hat.«

Lilia dachte nach. Noch ein Versuch. Sie schwang ihre Arme in großen Kreisbewegungen. »Soll ich die Battements so machen oder lieber so?« Jede Tänzerin wusste, dass diese Figur sich nur auf die Beine bezog.

Doch Marlene hustete als Zeichen, die Vorführung zu beenden. Sie musste das Kind irgendwie beschäftigen. »Könntest du mir vielleicht einen Tee kochen, Häschen?«, bat sie und ging ins Wohnzimmer. Dort ließ sich Marlene in den Korbstuhl fallen. Lilia hoppelte ihr wie ein Häschen nach. »Wieso sagst du heute Häschen zu mir? Du sagst doch sonst immer ...«, sie suchte nach dem absurdesten Kosenamen, der ihr einfiel, »... Ohrenkneifer.«

Marlene manövrierte durch die Herausforderungen. »Ich dachte, Häschen ist netter. Aber bitte, ich kann es ja machen wie immer. Ohrenkneifer, würdest du mir bitte einen Tee kochen.«

»Ich darf nicht das Gas anmachen, das hast du mir selbst verboten«, zog Lilia die Schnur um Marlenes Hals enger.

»Ich dachte, weil ich doch krank bin. Aber eigentlich reicht mir ein Glas Wasser.«

Lilia verschwand in die Küche. Marlene entspannte sich für den kurzen Augenblick und überlegte fieberhaft, was zu tun wäre, wenn Chris jetzt nicht endlich kam. Doch ehe sie eine Lösung gefunden hatte, war Lilia auch schon wieder zurück, ein Glas Wasser in der Hand.

Marlene nahm es ihr ab. »Danke, mein Ohrenkneiferlein.«

»Ohrenkneifer«, korrigierte Lilia streng und baute sich vor Marlene auf.

Auge traf Auge.

In die Stille hinein fragte Lilia unnachgiebig: »Wer – bist – du?«

Marlene gab auf. »Deine Tante aus dem Westen.«

Lilia schnappte nach Luft. »Du spinnst.«

»Dies war der Beginn einer großen Freundschaft«, erzählte Lilia neben mir im Flugzeug. Wir hatten nun schon über viertausend Kilometer zurückgelegt, und ich bewunderte meine junge Reisebegleiterin, die nicht müde wurde, ihre Familiengeschichte zu erzählen. Wir knabberten Snacks, tranken Wasser oder zur Abwechslung mal ein Glas Wein.

»Meine Tante ist für mich der wichtigste Mensch geworden, neben meiner Mama natürlich. Marlene hat dafür gesorgt, dass wir den Westen verstanden und uns nach dem Fall der Mauer besser als viele andere im neuen Leben, im neuen Land zurechtfinden konnten.«

»Sind die beiden Schwestern denn absolut gleich?«, fragte ich interessiert.

»Äußerlich ja, aber in ihrer Art sind sie unterschiedlich. Meine Mama ist die Zweitgeborene. Sie ist stiller und introvertierter als ihre Schwester. Und als sie an dem Tag meiner Premiere nicht rechtzeitig nach Hause kam«, erzählte Lilia weiter, »und der vereinbarte Zeitpunkt nun schon über zwei Stunden vorbei war, wurden wir beide sehr nervös und beschlossen, die Maskerade erst mal aufrechtzuerhalten. Marlene würde mich als meine Mutter zur Premiere in den Palast begleiten. Sie schwor mich ein, dass ich niemandem etwas erzählen durfte, auch Papa nicht. Obwohl ich zum ersten Mal in meinem Leben real mit der bewachten Grenze konfrontiert war, begriff ich die Gefahr sofort. Ich würde erst wieder zur Ruhe kommen, wenn Mama wohlbehalten zurück war. Marlene ging es genauso. Wir standen unter Anspannung. Keine gute Voraussetzung für eine Premiere.«

Marlenes und Lilias Gefühl, dass etwas passiert sein könnte, traf ins Schwarze. Chris war bei der Einreise in die Hauptstadt der DDR festgehalten und in einen fensterlosen Raum geführt worden. Dort stand sie nun seit geraumer Zeit und schaute auf den Tisch, auf dem ihr weniges Gepäck und die Tüte aus dem Ballettshop lagen. Es gab keinen Stuhl, auf den sie sich hätte setzen können. Eine Überwachungskamera blinkte unablässig.

Entsetzen hatte Chris ergriffen. Was, wenn man sie wegen versuchter Republikflucht verhaftete und ins Gefängnis steckte? Was sollte dann aus Lilia werden?

Ein Beamter kam. »Guten Tag! Zollkontrolle der DDR. Haben Sie Druckerzeugnisse dabei? Wertgegenstände? Bargeld?«

»35 Mark West«, stotterte Chris.

»35 D-Mark«, korrigierte der Beamte. »Wie viel Mark der DDR?«

Mit fliegenden Fingern schüttete Chris die Geldbörse auf den Tisch. Kleingeld und ein Zehnmarkschein fielen heraus.

Der Zollbeamte untersuchte Chris' Handtasche. »Was ist der Grund Ihrer Einreise?«

»Touristisch, also Museen – vielleicht gehe ich auch auf den Fernsehturm«, wiederholte Chris, was sie mit Marlene geprobt hatte.

Aus der Einkaufstüte fielen die Ballettsachen auf den Tisch.

»Für wen sind diese Kindersachen?«

Chris suchte fieberhaft nach einer logischen Erklärung, wofür sie ein Kindertutu brauchte, wenn sie nur die Stadt besichtigen wollte. »Meine Freundin hat ein Kind.« Sie hatte keine bessere Idee.

»Sie haben eine Freundin in der Hauptstadt der DDR? Wie ist der Name?«

Chris sah die Überwachungskamera leuchten. In ihrer Panik konnte sie nur die Wahrheit sagen. »Chris. Also Christine Steffen.«

Eine Zollbeamtin kam. Ihr Kollege verließ den Raum. Es war eine eingespielte Prozedur, und die Regie führte wahrscheinlich die Überwachungszentrale, deren Kamera in der Ecke des Raumes unaufhörlich blinkte.

»Leibesvisitation«, sagte die Beamtin ohne jede Emotion. »Ziehen Sie sich aus und legen Sie Ihre Sachen dort ab.«

Marlene brachte Lilia bis zum Bühneneingang. »Auf in den Kampf, Ohrenkneiferlein.« Lilia nickte schweren Herzens und ging die wenigen Stufen hinauf zur Tür. Dort blieb sie noch einmal stehen und winkte ihrer Tante. Marlene schickte einen ermutigenden Gruß zurück, lief dann die wenigen Meter zur Friedrichstraße und schaute nervös in Richtung Tränenpalast. Immer wieder ging sie die Möglichkeiten durch, was schiefgelaufen sein könnte. Der Schlimmste aller Gedanken war, dass Chris bei der Passkontrolle die Nerven verloren hatte. Marlene schauderte es. Sie verfluchte sich, wie hatte sie nur so naiv sein können, mit ihrer Schwester die Identität zu tauschen. Natürlich glichen sie sich wie ein Ei dem anderen. Dennoch waren sie unterschiedlich, verfügten über andere Erfahrungen, über eine andere Art, sich in der Welt zu bewegen. Leichtfertig war sie über diese Tatsache hinweggegangen. Wann wirst du endlich erwachsen, Marlene, stöhnte sie im Selbstgespräch und nahm sich fest vor, sollte Chris wohlbehalten zurückkehren, würde sie niemals mehr eine solche Dummheit begehen. Sie wollte künftig nachdenken, bevor sie handelte, würde sich die Folgen bewusst machen, sich nicht wie ein unbekümmertes Kind verhalten. Denn sie war kein Kind mehr.

Aus der Seitengasse der Bühne sah Lilia, dass ihr Vater bereits auf seinem Platz saß. Marlene kam und setzte sich neben ihn. Sie erkannte ihre Tante an der Kleidung, die sie gemeinsam aus Chris' Kleiderschrank ausgesucht hatten.

Lilia wurde es schwindelig. Was, wenn ihre Mama niemals mehr zurückkam? Vielleicht wollte sie im Westen bleiben, in dem Land, von dem Lilia nur wusste, dass man dort alles kaufen konnte, wovon sie im Osten träumten. Oder Mama hatte entschieden, bei ihrem Vater zu leben, der gar nicht tot war, wie die Großeltern immer behauptet hatten. Tief im Innern wusste Lilia natürlich, dass ihre Mutter sie niemals im Stich lassen würde. Doch in diesem Augenblick wurde sie von einer unbändigen Angst gepackt.

Die Kinderrevue begann mit einem Tanz der Unterwasserwelt. Lilia war nervös und bemühte sich, im Rhythmus zu bleiben. Marlene konnte nur an Chris denken. Sie sah, wie sich Lilia vorn auf der Bühne mühte, und litt Höllenqualen. Alexander flüsterte: »Was ist denn mit unserer Tochter los?«

Marlene hob mutlos die Schultern.

Er blickte immer mal wieder kurz zu ihr rüber und überlegte, ob sie beide nicht doch noch eine Chance hätten. Die Frau, die neben ihm saß, öffnete sein Herz, und er konnte sich plötzlich selbst nicht mehr verstehen, warum er die Beziehung so leichtfertig aufs Spiel gesetzt hatte.

Chris hatte die demütigende Leibesvisitation überstanden. Es war nichts bei ihr gefunden worden, das rechtfertigte, sie weiterhin festzuhalten. Die Sache mit der Freundin und den Ballettsachen ließ man durchgehen. Sie durfte einreisen.

Chris rannte die Friedrichstraße hinunter zum Palast und wollte nur noch zurück in die Normalität ihres Lebens. Ohne Rücksicht darauf, dass Eltern bei der Premiere ihrer Kinder hinter der Bühne nichts zu suchen hatten, stürzte sie in die Seitengasse und erlebte von dort die letzten Minuten der Unterwasser-Nummer. Lilia brachte den Auftritt mit Ach und Krach zu Ende. Die Garderobieren standen schon für den schnellen Kostümwechsel bereit. Als die Kinder von der Bühne kamen, entdeckte Lilia ihre Mutter sofort und fiel ihr erleichtert um den Hals. Chris hielt sie fest. »Alles gut, alles gut!«, flüsterte sie.

Die Leiterin des Kinderballetts kam und herrschte sie an. »Was machst du denn hier? Deine Tochter ist schon unkonzentriert genug.« Chris schob Lilia zum Kostümwechsel.

Bei der nächsten Nummer bemerkten Marlene und Alexander im Zuschauerraum, dass Lilia auf einmal viel gelöster und ganz dabei war. Alexander lächelte stolz. Die Unbeschwertheit des Kindes übertrug sich auf Marlene. Sie beruhigte sich und konnte die Vorstellung genießen. Nachdem die Musik verklungen war, gab es einen riesigen Applaus. Alexander stand auf und jubelte seiner Tochter zu und auch Marlene klatschte stolz.

Hinter der Bühne gratulierte Chris. »Toll gemacht, meine Lilia-Maus!«

»Ich weiß alles«, flüsterte die Tochter ihrer Mutter ins Ohr.

Alexander fasste Marlene ganz selbstverständlich am Arm und ging mit ihr zur Seitentür, die hinter die Bühne führte. »Wo ist denn unser Sternchen?« Sie suchten beide zwischen den quirlenden Kindern – alle im gleichen Kostüm – nach Lilia. Da sahen sie Chris. Geistesgegenwärtig sprang Marlene hinter ein Dekorationsteil, wo sie mit der Leiterin des Kinderballetts zusammenstieß. »Kannst stolz sein auf deine Tochter, Chris.« Sie musterte Marlenes Kleidung. »Ich hätte schwören können ... Hast du dich umgezogen?« Marlene winkte ab. Die Leiterin des Kinderballetts schüttelte den Kopf und ging weiter.

Verblüfft stand Alexander zwischen den Kindern. Vor ihm die strahlende Chris mit Lilia – die doch eben noch ohne Lilia an seiner Seite gewesen war. Alexander drehte sich um, entdeckte das Dekorationsteil und trat instinktiv dahinter. Ehe er etwas sagen konnte, legte ihm Marlene die Hand auf den Mund.

»Psst!«, zischte sie. »Klappe halten!«

NEUNZEHNTES KAPITEL

Verräterischer Nagellack. In der Mokka-Milch-Eisbar.
Ein Pfeil trifft Chris aus dem Hinterhalt.

Rosa blätterte in einer Illustrierten. Ihre Bettnachbarin war am Vortag entlassen worden und sie hatte das Zimmer übers Wochenende für sich allein. Ein angenehmer Luxus, bevor am Montag die Chemotherapie beginnen sollte.

Immer wieder glitten ihre Gedanken zu Lilia und deren Premiere. Hoffentlich ging es Chris wieder besser. Rosa ließ die letzte Begegnung Revue passieren. Warum nur war die Tochter ihr so fremd vorgekommen?

Plötzlich flog die Tür auf. Chris und Lilia kamen. Rosa richtete sich auf, erfreut über den unverhofften Besuch. »Hallo, ihr beiden! Wie war die Premiere?«

»Es war so schön«, schwärmte Lilia überschwänglich. »Es hat so Spaß gemacht.«

Rosa gratulierte ihrer Enkelin.

Chris küsste ihre Mutter auf die Stirn. »Wie geht es dir, Mutti?«

»Jetzt, wo ich euch sehe, schon viel besser.« Chris war ihr wieder vertraut, trotz der neuen Frisur, stellte Rosa erleichtert fest.

»Ich hatte so großes Lampenfieber«, erklärte Lilia mit Inbrunst, und Chris, die wusste, dass ihre Tochter nichts lieber machen würde, als über das Programm, seine Höhepunkte und Finessen zu erzählen, sagte: »Ich bin gleich wieder da.«

»Geht klar, Mamuschka!«, sagte Lilia überdreht. »Guck mal, Oma, so geht der Höhepunkt von meinem Solo.« Sie ging in Position. »Und ich hatte Angst, dass ich mich gleich vertanze. Aber dann habe ich gedacht: Konzentration, Lilia! Du schaffst das.« Lilia führte ein paar Tanzschritte vor und ließ sich nach einer Drehung übermütig aufs Bett fallen.

Im Besucher-WC außerhalb der Station wartete Marlene auf ihre Schwester. Die Zwillinge, die die Mutter immer noch vor jeder Aufregung schützen wollten, tauschten eilig ihre Kleidung. Nun ging Marlene als Chris ins Krankenzimmer. Sie holte sich einen Stuhl an Rosas Bett, hörte dem Ende von Lilias Bericht zu und lobte: »Ja, das hat sie wirklich toll gemacht. Wie geht es dir, Mama?«

Rosa war irritiert, weil ihre Tochter die Frage zweimal stellte. Marlene nahm die Hand ihrer Mutter und bat: »Werde wieder richtig gesund, Mama, bitte!«

Rosa nickte überrascht. Noch nie hatte Chris sie »Mama« genannt. Ihr Blick fiel auf die Hand der Tochter, die die ihre so zärtlich hielt. Plötzlich war Rosa irritiert. Der Nagellack, den ihre Tochter trug, war silbergrau. Vorhin war er doch noch rötlich gewesen. Oder war es das Licht?

Rosas Blut fing an zu pochen. Bloß nicht ohnmächtig werden, befahl sie sich. Marlene bemerkte, dass die Mutter blass geworden war, und entschied: »Du musst dich ausruhen. Wir kommen morgen wieder.«

Rosa, der die Kraft fehlte, ihre Tochter mit dem silbergrauen Nagellack zu fragen, wo sich die Tochter mit dem rötlichen Nagellack gerade aufhielt, hielt Marlenes Hand, als wollte sie sie gar nicht mehr loslassen. Marlene spürte, wie durcheinander Rosa auf einmal war, und musste aufpassen, nicht loszuheulen. Sie war dankbar, als Lilia mit Nachdruck versprach, dass sie morgen wiederkommen würden, und erklärte, dass die Oma sich jetzt ausruhen müsse.

Als sich die Tür hinter der Tochter und Lilia schloss, ließ sich Rosa in die Kissen sinken. Konnte es sein, dass sich ihre Töchter gefunden hatten? Sie dachte daran, wie sich Chris vor einiger Zeit nach ihrer Geburt erkundigt hatte und ein paar Tage später nach ihrem Vater. Plötzlich fiel Rosa ein, dass sie den Haupteingang der Klinik sehen konnte. Barfuß lief sie zum Fenster. Die Straße war am Sonntagnachmittag fast menschenleer. Da stand Alexander an seinem Auto, einen Augenblick später fiel Lilia in seinen Arm. Und dann kamen sie Hand in Hand – Christine und Marlene – und stiegen zu Alexander und Lilia ins Auto.

Rosas Herz zog sich zusammen.

Die kleine Chris schrie im Arm ihrer Mutter. Rosa knöpfte sich die Bluse zu. »Ich kann sie nicht mehr stillen.« Sie saß auf der Bettcouch und weinte gemeinsam mit ihrer Tochter.

Elisabeth nahm Rosa das Baby ab. »Ja, was machen wir denn nun? Da müssen wir dir ein bisschen Fencheltee kochen, später hat deine Mutti bestimmt wieder etwas für dich«, versuchte Elisabeth zuversichtlich zu bleiben und schaukelte Chris im Arm. Es war schrecklich. Seit zwei Tagen hatten sie nichts von Roland und der kleinen Marlene gehört und an der Grenze standen die Kampftruppen.

»Ich schaffe es nicht mehr«, schluchzte Rosa und wurde wieder von einem Weinkrampf geschüttelt.

»Dann stellen wir auf Fläschchen um. Das ist doch kein Problem«, tröstete Elisabeth. »Dann kann dich auch die Omi füttern. Deine Mutti kann sich etwas ausruhen und du wirst satt, meine kleine Maus.«

Unten ging die Tür. Richard kam von den Behörden. Rosa sprang auf und rannte die schmale Treppe hinunter. Sie musste wissen, was er erreicht hatte. Der Vater wischte sich von der Sommerhitze draußen den Schweiß von der Stirn und holte sich ein Glas Wasser aus der Küche. »Die Situation ist zum Zerreißen gespannt. Keiner weiß, wie die Amerikaner auf die Sicherung unserer Staatsgrenzen reagieren werden«, fasste er das Gespräch mit einem Mitarbeiter des Ministeriums für Staatssicherheit zusammen. Richards Ton wurde hart. »Es geht um das Überleben unseres Staates. Und die Genossen haben mir zu verstehen gegeben, dass deine Beziehung zu einem Westdeutschen ein Vertrauensbruch ist. Ich konnte ihnen klarmachen, dass unsere Familie kein Sicherheitsrisiko darstellt. Sie erwarten, dass wir uns absolut ruhig verhalten.« Er war verzweifelt.

»Ruhig? Was heißt denn das?« Rosa folgte ihm ins Wohnzimmer, wo er sich einen Wodka eingoss. »Rosa, Kind«, flüsterte Richard. »Ich habe meine Vergangenheit als Kommunist und Spanienkämpfer in die Waagschale geworfen, damit sie dich in Ruhe lassen.« Er hatte seine Tochter vor falschen Anschuldigungen bewahrt. Hatte gebettelt, dass sie ihr Studium fortsetzen konnte. Richard war tief betroffen. Das Credo seines Kampfes gegen den

Faschismus war stets mit der Vision einer Gemeinschaft freier, gleichberechtigter und einander zugewandter Menschen verbunden gewesen. Er hatte an eine Gesellschaft geglaubt, die jedem Einzelnen Raum geben würde. Dafür hatte er sein Leben eingesetzt. Doch immer mehr musste er begreifen: Sie alle waren nur Marionetten im Spiel der Mächte.

Zur gleichen Zeit hörte Roland in Bamberg stündlich die Nachrichten vom Bau der Mauer. Westberlin und Westdeutschland waren von Ostberlin und der DDR abgeriegelt worden. In der Einliegerwohnung im Souterrain der Villa lag die kleine Marlene auf seinem Bett und schrie herzzerreißend. Adele kam mit einem Fläschchen und beruhigte das Kind. Dabei schaute sie besorgt zu ihrem Sohn, der nicht vom Radio wich, seit er nach Hause gekommen war. Roland hoffte darauf, dass sich die Amerikaner endlich einschalten und mit Waffengewalt dem Treiben des DDR-Regimes ein Ende setzen würden. Dann wollte er sofort zu Rosa und Christine fahren und sie holen. Er hatte recht behalten. Die politischen Verhältnisse zerstörten ihre Familie. Jetzt hat Rosa den Beweis, dachte Roland verzweifelt. Warum nur hatte er sie nicht überzeugen können? Warum hatte sie nicht auf ihn gehört?

Chris, Marlene, Alexander und Lilia saßen in der überfüllten Mokka-Milch-Eisbar neben dem Kino International auf der Karl-Marx-Allee. Sie feierten Premiere, Wiedersehen und

Kennenlernen in einem. Alexander war zwischen den beiden Frauen der Hahn im Korb. Alle lauschten Chris' Bericht über ihren Besuch in Bamberg. Um sie herum war reichlich Lärm, so dass sie frei und offen reden konnten. Nachdem Chris mit heiler Haut nach Hause zurückgekehrt war, sahen die Schwestern keinen Grund mehr, sich vor der Öffentlichkeit zu verbergen. Verwandtschaft im Westen, der Kontakt nach »drüben«, wie es hieß, war schon längst nicht mehr verboten. »Jetzt verstehe ich, warum sich Vater nicht in die DDR traut. Er hat unserer Mutter ein Kind gestohlen«, sagte Marlene aufgebracht.

»Ich glaube, dass er schrecklich leidet«, ergriff Chris die Partei ihres Vaters. Doch Marlene blieb unerbittlich. Sie wurde von dem Wunsch gepackt, Bamberg zu verlassen, neu zu beginnen und endlich der Mensch zu werden, der in ihr geschlummert hatte.

Lilia schmiegte sich glücklich in den Arm ihrer Mutter. Auf dem Stuhl neben dem Bett lagen die Sachen aus dem Ballettshop.

»Danke für die schönen Geschenke, Mamuschka. Du musst mir unbedingt noch erzählen, wie es im Westen aussieht.«

»Das mache ich. Schlaf schön, mein Mäuschen!«

»Wenn Oma wieder richtig gesund ist, dann sagen wir es allen.«

»Ja, so machen wir es«, versprach Chris ihrer Tochter, dann löschte sie das Licht.

Lilia war glücklich, dass sich die Angst um die Rückkehr der Mutter in Luft aufgelöst hatte. Sie war glücklich, dass sie eine Tante hatte – noch dazu aus dem Westen! Dieses Gefühl des Glücks war eines, das ein Mensch niemals mehr vergisst, weil sich in ihm die Vollkommenheit seines Lebens spiegelt.

Marlene wartete mit einem Glas Rotwein. »Wie konntest du nur auf die Idee kommen, Geschenke mitzubringen?«, schimpfte sie.

»Und du hast mir nicht gesagt, dass bei euch Geschäftsleute von uns auftauchen werden«, gab Chris zurück.

»Ich hatte es vergessen. Als es mir eingefallen ist, habe ich stundenlang versucht, dich anzurufen – man kommt ja nicht durch. Ich werde mich komplett aus der Nummer mit diesen DDR-Leuten zurückziehen. Wenn ich wieder zu Hause bin, mache ich meine Arbeit fertig ... und dann adios!« Marlene tippte sich an die Stirn wie an eine imaginäre Mütze.

»Und was willst du dann machen?«, fragte Chris überrascht.

Marlene gab ihrer Schwester einen übermütigen Kuss. »Ich ziehe zu euch!«

»Nach Ostberlin?« Chris konnte es nicht glauben und bekam recht. Nein, natürlich nicht in die DDR, nach Westberlin.

»Mit meinem Pass kann ich kommen und gehen, wie es uns gefällt«, sagte Marlene.

Chris legte die Brieftasche auf den Tisch.

Marlene reichte Chris ihre Geldbörse. »Ich habe es mir gut gehen lassen und mit Willi sechs Mark siebzig ausgegeben.«

»Mit Willi?«

»Ja, das ist jetzt dein neuer Freund. Er liebt die kleine Meerjungfrau und hat genug Zeit, um auf den Sturz eurer Regierung zu warten.«

Chris schaute ihre Schwester perplex an.

»Falls du seine Geschichte hören willst, er ist Stammgast in deiner Eckkneipe. Er erzählt sie mir, also dir, ganz bestimmt noch mal.«

Sie ließen sich Schulter an Schulter aufs Sofa fallen.

»Bei deinen Leuten war die größte Angst, dass ich nicht mehr zurückfahren will und du für immer hierbleiben musst«, berichtete Chris.

»Mir hat's in deinem Leben gefallen.« Marlene nippte am Rotwein, an den allerdings würde sie sich niemals gewöhnen. »Ich muss dir noch was sagen. Dein Buddelkastenfreund war da.«

»Georg?«, fragte Chris überrascht.

Marlene nickte. »Er hat mich erkannt und bedauert, dass du nicht da warst.« Sie konnte ihre Schwester nicht anschauen. »Es ist nämlich so. Er musste heute früh ausreisen.«

Diese Nachricht traf Chris wie ein Pfeil aus dem Hinterhalt. Sie hatte dem Freund von ihren Erfahrungen berichten wollen. Sie hatte ihn doch warnen wollen.

ZWANZIGSTES KAPITEL

Rosa taucht ins Leben zurück. Ein Brief wird zum Corpus Delicti. Marlene muss beichten.

Das Blaulicht eines Krankenwagens reflektierte an der Zimmerwand. Es war schon weit nach Mitternacht. Rosa konnte nicht schlafen. Sie dachte an ihre Töchter, die ihr einen Schritt voraus waren. Was wussten sie über die alte Geschichte? Was hatte Roland Marlene erzählt? Was musste Chris bloß denken, der sie ein Leben lang ein Märchen über den toten Vater aufgetischt hatte. Sie dachte an die ersten Wochen allein mit Christine.

Damals war Rosa wie gelähmt, hoffnungslos. Wie sollte sie denn ohne ihre kleine Marlene leben? Der Tod wäre ein Ausweg gewesen, aber da war Christine. Von der einen Seite zog die Dunkelheit, von der anderen das Leben. Vielleicht hätte sie Roland nachgeben sollen? Sie hatten sich doch geliebt. Ein paar Kompromisse und irgendwann ... Nein, sie spürte, wie sich Widerstand regte. Nein! Sie wäre in Bamberg zugrunde gegangen. Ohne Berufsabschluss, ohne eigenes Geld, als Ehefrau, Mutter und Schwiegertochter in einer fremden Welt. Und andererseits waren da Christine und Marlene, ihre Mädchen. Wochenlang grübelte sie, weinte, hoffte. Irgendwann versiegten die Tränen. Und in ihrem Elend wuchs eine neue Stärke, eine kostbare Klarheit kehrte zurück: Rolands Tat durfte sie nicht in den Abgrund ziehen. Sie würde ihr Studium fortsetzen. Sie musste leben – für Christine. Sie musste für dieses kleine Wesen, das ebenso ein Opfer war wie sie selbst, ein Leben aufbauen. Sie musste es auch für die Eltern tun, die an Lebensfreude verloren, weil sie die Tochter und das Enkelkind so leiden sahen. Sie musste! Sie wollte! Rosa raffte sich auf. Sie würde jetzt mit Christine in den Park gehen, so wie das eine gute Mutter tat. Richard hatte den Zwillingswagen längst weggeschafft und einen Kinderwagen aus Korb gekauft. Dahinein legte Rosa ihre Tochter und ging zum ersten Mal nach Wochen hinaus. Der Herbst fegte die Blätter von den Bäumen. Die Sonne schien schon winterschwach.

Sonntagmorgen. Ein Kissen flog auf Chris und Marlene, die die Nacht gemeinsam auf der Ausziehcouch verbracht hatten. Ein Hagel von Plüschtieren folgte. Marlene war als Erste wach und warf einen Teddy mit Schwung zurück, sprang auf, um Lilia durch die Wohnung zu verfolgen. Es ist schön, Marlene hierzuhaben, dachte Chris. Sie hatten in der Nacht von einem Trick Gebrauch gemacht. Marlene war kurz vor Mitternacht ausgereist und nach Mitternacht über einen anderen Grenzübergang wieder eingereist.

Es klingelte. Chris zog sich die Decke über den Kopf. »Wenn man einmal ausschlafen kann.«

Lilia rannte zur Tür, attackiert von Plüschtierwurfgeschossen durch Marlene. Das Kind riss die Tür auf. Dort stand Rosa. Plüschtiere kamen geflogen und fielen zu Boden. Marlene bremste scharf, als sie die Mutter sah.

»Wer ist denn da?«, rief Chris und sprang aus dem Bett.

Rosa hatte nicht wissen können, dass sie auch Marlene treffen würde. Sie hatte Chris die Wahrheit sagen wollen und nun saß sie am Küchentisch mit ihren beiden Mädchen, dazwischen Lilia. Alle hielten sich an einem Glas heißem Tee fest, als müssten sie sich schützen vor der Kälte, die aus Rosas Geschichte strömte. »Im Halbschlaf habe ich gespürt, dass etwas nicht stimmte«, erzählte Rosa von jener Nacht, als Roland mit Marlene das Haus verließ. »Aber ich konnte einfach nicht aufwachen. Es war wie in einem Albtraum. Das Zuschlagen einer Autotür riss mich endlich hoch. Ich lief zu eurem Körbchen. Doch dort warst nur du.« Rosa schaute Chris an. »Ich rannte die Treppe hinunter, hinaus auf die Straße und sah noch die Rücklichter von Rolands Wagen.«

Rosa nahm einen zerknitterten Briefumschlag aus ihrer Manteltasche, den sie am Morgen aus Pankow geholt hatte.

»Auf dem Schreibtisch lag dieser Brief.« Rosa faltete das vergilbte Papier auseinander und legte es auf den Tisch. Marlene zog den Brief zu sich heran und begann vorzulesen.

»Liebe Rosa,
ich liebe Dich und die Kinder und will ohne Euch nicht leben. In der DDR kann ich das nicht. Daher bitte ich Dich

inständig, mit unserer anderen Tochter nachzukommen. Ich weiß, dass auch Du mich liebst und ohne die Kinder nicht leben kannst. Bitte, zögere nicht, die politischen Verhältnisse sind ungut und wir sollten keine Zeit verlieren.
In Liebe, Dein Roland.«

Rosa blickte zu Chris. »Nachdem du aufgewacht bist, hast du geschrien. Ich konnte dich gar nicht beruhigen. Deine Großmutter trug dich herum und hat dir vorgesungen. Es hat eine Ewigkeit gedauert, bis du endlich aufgehört hast zu weinen, Christine. In meiner Erinnerung sind es Monate gewesen.«

Rosa faltete den Brief wieder zusammen. Alle sahen besorgt, wie ihre Hände zitterten. Lilia schlang die Arme um ihre Großmutter.

»Wir wollten dich schonen, bis du richtig gesund bist«, sagte Chris und schaute ratlos zu Marlene. »Hast du dich an die Behörden gewandt, dass Vater mich zurückgeben muss?«, wollte die Schwester wissen.

»Natürlich. Aber die politische Situation war nach dem Mauerbau zum Zerreißen gespannt. Am Checkpoint Charly fuhren amerikanische Panzer auf. Die Menschen fürchteten einen neuen Weltkrieg. Das Schicksal unserer Familie spielte überhaupt keine Rolle.«

»Vater hat mir erzählt, dass er dir einen Fluchthelfer organisiert hat«, sagte Chris leise.

»Du hast Roland kennengelernt?«, fragte Rosa bestürzt.

Chris senkte den Blick.

»Wann war er denn hier?«

»Chris war gerade bei ihm«, gestand Marlene.

Rosa schaute ihre Töchter an. »Wie, ihr habt …?« Sie schlug die Hand vor den Mund. »Seid ihr denn von allen guten Geistern verlassen?«

»Was ist ein Fluchthelfer?«, wollte Lilia neugierig wissen.

Rosa stieg die Treppe zum Hörsaal im zweiten Stock hinauf. Nach den Wochen qualvoller Orientierungslosigkeit setzte sie ihr Studium an der Humboldt-Universität fort. Um die kleine Chris kümmerte sich Elisabeth. Die Großmutter weigerte sich, über eine Kinderkrippe überhaupt nur nachzudenken. Ihre Enkelin sollte alle erdenkliche Nestwärme bekommen.

Vor dem Hörsaal standen Rosas Kommilitonen, junge Frauen und Männer, in Gespräche vertieft. Die meisten rauchten. Manche nickten ihr freundlich zu. Doch niemand wagte, nach Rosas Befinden zu fragen. Sie hatten Gerüchte gehört und waren verunsichert. Rosa spürte die Beklommenheit und ging weiter in den Hörsaal. Dort suchte sie sich einen Platz, von dem aus sie das Podium gut sehen konnte. Nach der langen Pause fühlte sie sich einsam und verloren. Noch immer hatte sie die Hoffnung auf Marlene nicht aufgegeben. Täglich träumte sie davon, dass ein Babykorb vor ihrer Haustür stünde, weil Roland einen Weg gefunden hatte, ihre Tochter zurückzubringen. Gleich nach dem Aufwachen lief sie zur Tür. Doch auf der Schwelle lag immer nur die Tageszeitung, die vom Aufbau des Sozialismus kündete, der nun, hinter der geschlossenen Grenze, mit neuer Tatkraft vorangehen konnte.

Ein Student setzte sich neben Rosa. Sie wollte einen Platz weiterrücken. Es gab an diesem Morgen keinen Grund, so eng zusammenzusitzen. Doch er sprach sie leise an. »Sind Sie Rosa Steffen?«

Sie nickte und fühlte sich gestört.

»Ich soll Sie grüßen – von Roland«, sagte er konspirativ.

Sofort war Rosa hellwach.

»Wir bringen Sie und Ihre Tochter Sonntagnacht nach Westberlin. Nur die wichtigsten Papiere mitnehmen. Kein unnötiges Gepäck. Von dort fliegen Sie dann weiter nach Westdeutschland.«

Sie spürte ihren Körper beben. Kalte Wut stieg in ihr auf.

»Ziehen Sie bequeme Kleidung an. Der Fluchtweg geht durch die Kanalisation. Aber keine Sorge«, der Student versuchte witzig zu sein, »Sie müssen nicht schwimmen.«

Rosa begriff. Dies war das Wunder, auf das sie gehofft hatte. Sie sollte mit Chris im Arm durch die Abwasserschächte unter der geteilten Stadt in den Westen fliehen. Wie konnte Roland ihr solch einen unwürdigen und gefährlichen Vorschlag machen?

»Ich will mein Kind zurück, sagen Sie das Roland!«, zischte sie den Fremden an und überlegte fieberhaft, ob sie den Mann augenblicklich der Öffentlichkeit preisgeben sollte. »Wie heißen Sie?«, fragte sie scharf.

Einige der Studierenden wurden aufmerksam.

»Seien Sie nicht dumm und erregen Aufsehen. Das geht für uns beide schief«, sagte der falsche Student, stand lächelnd auf, nickte ihr zu und verließ den Hörsaal.

Marlene und Chris, die Mutter in der Mitte, betraten das Foyer der Charité. Vor dem Fahrstuhl blieben sie stehen. »Ihr dürft nie wieder eure Ausweise tauschen. Hört ihr! Niemals!«, bat Rosa ihre Töchter leise, aber eindringlich.

Die beiden versprachen es, überzeugt, dass es jetzt, da sich die Familiengeschichte ans Licht grub, auch nicht mehr nötig sein würde.

»Dass ich dich wiederhabe, Marlene.« Rosa strich ihrer verlorenen Tochter zärtlich über die Wange. Chris sah den Blick und wusste, von nun an würde sie die Liebe ihrer Mutter teilen müssen.

»Sie haben sich bestimmt sehr geliebt«, bemerkte Chris nachdenklich und sah Marlenes skeptisches Gesicht.

»Dafür hat sich Vater aber sehr schnell ein neues Leben zusammengebastelt mit Doris und meiner gefälschten Geburtsurkunde«, entgegnete sie. Über ihnen ratterte im Fünfminutentakt die S-Bahn vorbei. Die Schwestern saßen im grauen Licht des Selbstbedienungsrestaurants am Bahnhof Friedrichstraße und tranken mit zwei Strohhalmen Orangenbrause aus einer Flasche.

»Warum hat Mutti nicht um mich gekämpft? Warum hat sie keinen Antrag auf Familienzusammenführung gestellt? Ab Mitte der Siebzigerjahre sind die politischen Verhältnisse bei euch ein bisschen lockerer geworden. Da hätte sie es tun können«, beklagte sich Marlene.

Chris schaute ihre Schwester überrascht an. »Ja, und dann? Wärst du zu uns in den Osten gekommen?«

Marlene hob die Schultern. »Oder du zu uns in den Westen.«

»Und Mutti? Ich hätte sie doch nicht im Stich gelassen.« Chris spürte, wie verfahren alles war. »Außerdem hätte ich mein Ballett niemals aufgegeben.«

»Nicht mal für ein Leben im Westen?«, fragte Marlene ungläubig.

Chris dachte nach. »Nein!«

Marlene seufzte mit schlechtem Gewissen. »Ich muss dir was sagen. Also ...«, Marlene suchte nach Worten, »... ich war im Palast.«

»Was? Nein! Wieso denn das?« Chris ahnte Furchtbares.

»Diese Gaby hat mich aus dem Bett geklingelt. Ich hatte gar keine Chance. Deine Kollegin hat mich mitgeschleppt. Weil … na ja … also … der englische Starchoreograf ist eingeritten und es gab ein riesiges Willkommensspektakel.« Marlene sah in das Gesicht ihrer Schwester und fügte schnell hinzu: »Du tanzt in der neuen Revue übrigens solo. Also vielleicht.«

Chris blieb skeptisch, denn sie merkte, dass die Beichte noch nicht beendet war. Und dann kam das dicke Ende.

Marlene druckste herum. »Ich hab natürlich nicht mitgetanzt, konnte ich ja nicht, deshalb hat der Typ mich … also uns … rausgeschmissen.«

Als Chris am ersten Montagmorgen nach ihrer Reise den Palast betrat, kam ihr das Haus, das sie nun schon seit über zehn Jahren kannte, verändert vor. Grauer, steriler, sogar kleiner. In den wenigen Tagen hatte sich ihr Horizont vergrößert. Auch die Kolleginnen schienen Chris anders anzuschauen.

Die Dreiviertelstunde klassisches Balletttraining brachte Chris hinter sich. Ab und an sah sie im Spiegel Bettina, die die Übungen fehlerfrei absolvierte.

In der Probe danach stand Chris zum ersten Mal Steven Williams gegenüber. Der Starchoreograf übersah sie geflissentlich und wandte sich nur Bettina zu, die in diesem Bild als Solistin eingesetzt war. Chris hatte einen der hinteren Plätze in der Gruppe und ergab sich zähneknirschend ihrem Schicksal.

In der Mittagspause klopfte sie an die Tür der Ballettdirektorin. An den Wänden des kleinen Raums hingen die Besetzungspläne für das aktuelle Programm mit den entsprechenden Positionen. Dazwischen waren Fotos aus vergangenen Revuen angeheftet und Autogrammpostkarten von Stars aus aller Welt. Bücher, hauptsächlich Tänzerbiografien, füllten das Regal neben dem Fenster.

Die Ballettdirektorin saß an ihrem übervollen Schreibtisch und war mit den Probenplänen für die bevorstehende Woche beschäftigt. Chris blieb an der Tür stehen und machte sich durch ein Räuspern bemerkbar.

»Ach, Christine. Sind Sie wieder fit?«, wurde sie von Regina Feldmann begrüßt.

»Es tut mir leid, dass ich ausgefallen bin«, stammelte Chris, »und ich möchte mich auch für das, was ich bei der Inszenierungsbesprechung gesagt habe, entschuldigen.« Es folgte eine kurze Pause. »Aber bitte geben Sie mir meine Position zurück.«

»Für den krankheitsbedingten Ausfall müssen Sie sich bei mir nicht entschuldigen.« Die Ballettdirektorin schaute ihre Tänzerin nachdenklich an.

Chris wurde es siedend heiß. »Ich war wirklich – geschwächt.«

»Geschwächt?« Die Stimme der Ballettdirektorin klang überrascht. Chris war ihr alles andere als schwach vorgekommen.

»Durcheinander. Aus der Bahn geworfen«, versuchte Chris Marlenes Verhalten, von dem sie keine Ahnung hatte, einzukreisen.

Regine Feldmann erhob sich vom Schreibtisch und ging ein paar Schritte. »Es wäre schade, wenn Sie nicht auf einer Soloposition tanzen, aber ich werde nach dem Vorfall nicht bei Mr. Williams durchdringen. Sie müssen sich mit ihm arrangieren.«

»Ich habe jahrelang trainiert und hart gearbeitet. Und dann bin ich einmal nicht auf der Höhe, da kann doch kein Fremder kommen und alles kaputtmachen«, erwiderte Chris aufgeregt, ihr gefiel ganz und gar nicht, dass die Ballettdirektorin, zu der sie aufschaute, behauptete, ihre Forderungen nicht mehr durchsetzen zu können.

»Wie Sie sehen, Christine, ändern sich die Zeiten. Unser Inszenierungskollektiv ist wild entschlossen, sich auf internationalem Parkett zu behaupten. Als wenn wir das nicht schon vorher getan haben.«

Chris sah, dass Regina Feldmann verletzt war. Möglicherweise fühlte auch sie sich an den Rand geschoben.

»Die Proben haben ja erst begonnen, da wird sich noch manches verändern. Zeigen Sie im laufenden Programm in Ihrem Fächersolo, was Sie draufhaben. Wann immer möglich, bekommen Sie selbstverständlich meine Fürsprache.« Regina Feldmann setzte sich wieder. Die Audienz schien beendet.

Als Chris gehen wollte, schaute die Ballettdirektorin nochmals auf. »Ich war übrigens überrascht, wie gut Sie Englisch sprechen.«

»Die Ereignisse hatten sich überschlagen, vor allem für meine Mutter«, fasste Lilia jene aufregenden Tage zusammen. In der Kabine war es inzwischen hell geworden. Der glutrote Horizont glitt neben uns dahin.

»Chris musste ihr Leben, das in den Tagen ihrer Reise weitere Risse erfahren hatte, neu ordnen. Meine Tante Marlene war nach Bamberg zurückgefahren. Sie wollte die EDV so schnell wie möglich zum

Laufen bringen und dann nach Westberlin ziehen, um näher bei uns zu sein.

Meine Mutter trauerte um ihren Freund Georg. Auch für mich war es ein Schock. Ich konnte mir nicht vorstellen, dass ich ihn niemals wiedersehen würde. Mama erklärte mir, dass einem Menschen, der die DDR verlassen hatte, die Einreise in unser Land für alle Zeiten verboten war.

Auch Rosa und die Urgroßeltern waren betroffen. ›Dann ist ja bald niemand mehr hier‹, rief Elisabeth, als sie davon erfuhr. Für sie und Urgroßvater war es ein unfassbarer Schmerz, dass die Menschen nicht mehr in dem Land leben wollten, für das sie so viel geopfert hatten.«

BUCH 3

AUFBRUCH

Wenn zwei elektronische Teilchen miteinander verschränkt sind, besteht zwischen ihnen eine absolute Beziehung. Selbst wenn sie Lichtjahre entfernt voneinander auftreten, kommunizieren sie ohne Zeitverlust miteinander und reagieren unmittelbar auf das, was mit ihrem Partnerteilchen geschieht.

Gesetz in der Quantenmechanik

Zwillingsbeziehungen sind immer ehrlich. Ein Mensch kann sich selbst belügen, aber nicht sein Ebenbild.

Manchmal führt das Zusammentreffen mit dem Zwilling dazu, sich endlich den Dingen zu stellen, denen man niemals begegnen wollte. Aber um den nächsten Schritt zu gehen, ist die Konfrontation unvermeidlich.

Fast jeder hat Sehnsucht nach seinem Zwilling. Wenn es ihn in seinem Leben nicht real gibt, existiert er dennoch in seiner Fantasie – als Spiegel des gemeinsamen Potenzials.

EINUNDZWANZIGSTES KAPITEL

Sich-bewusst-Werden schafft auch Angst. Chris verändert sich. Marlene macht sich auf den Weg. Die Zukunft liegt im Nebel.

In jenem Spätsommer 1989, in dem sich die DDR-Führung auf den 40. Jahrestag ihrer Republik vorbereitete, gab es nur noch wenige, die den Staat bedingungslos verteidigten. Der Sozialismus war am Ende – wirtschaftlich, politisch und menschlich. Die Sehnsucht nach Freiheit und Unabhängigkeit wuchs. Doch der Verstand mahnte: »Vorsicht! Dieses System steht kurz vor dem Zusammenbruch. Aber die Regierenden werden nicht so einfach aufgeben.«

Die einen verdrängten die politische Endzeitstimmung, andere packten ihre Sachen und fuhren auf Zeltplätze nach Ungarn, um in der Nähe der Grenze zu Österreich auf eine Fluchtmöglichkeit zu warten, wieder andere gingen nach Prag oder Warschau und baten in den Botschaften der Bundesrepublik um Asyl.

Eine revolutionäre Situation war entstanden: »Die oben« konnten nicht mehr so weiterregieren und »die unten« wollten nicht mehr so weiterleben. Und doch herrschte noch die Ruhe vor dem Sturm. Alles schien seinen gewohnten »sozialistischen Gang« zu gehen, wie man damals sagte. Im Palast richtete sich der Fokus auf die nächste Premiere und die übervollen Arbeitstage banden alle Kräfte.

Chris arbeitete hart. Aber ihr bewährter Spagat zwischen Training, Vorstellung, Privatleben mit Kind funktionierte nicht mehr störungsfrei, seit sie ihre Familiengeschichte verarbeiten musste.

Bettina Wilke war es gelungen, ihre Position im Palast auszubauen. Bei den Proben zeigte sie ihr außergewöhnliches Talent. Außerdem hatte sie mit Steven Williams eine Liason begonnen. Und Gaby Sommer war, wie sie angekündigt hatte, sofort nach dem Mutterschutz wiedergekommen. Sie hatte wieder ihre Soloposition bekommen und tanzte die Miracula, die Herrscherin des Dschungels. Fairerweise wollte sich Chris mit der erfahrenen Kollegin und Freundin, die zudem gerade Mutter geworden war, nicht in einen Konkurrenzkampf begeben.

Weil Chris nur halb gefordert war, begann sie die Choreografien und die Leistungen der anderen kritischer zu betrachten. Das machte sie einerseits unsicherer, andererseits entdeckte sie tänzerische Qualitäten an sich selbst, die sie bei anderen vermisste, und probierte sie auf der Bühne aus. Im laufenden Programm bewies sich Chris jeden Abend in ihrem Fächersolo. Sie verfeinerte ihren Auftritt und steigerte sich von Vorstellung zu Vorstellung. Das blieb der Ballettdirektorin und dem englischen Choreografen nicht verborgen.

In Bamberg brodelte es. Der Belegschaft der Wenninger & Co. KG drohten Entlassungen. Grund dafür war die Auslagerung von Teilen der Produktion in die DDR. Roland und Wilhelm konnten keine Rücksicht nehmen.

Marlene schämte sich. Damals war sie nach Ostberlin gefahren und hatte, ohne über Konsequenzen nachzudenken, die Verhandlungen mit den Außenhändlern geführt. Dabei hatte sie ihre Schwester gefunden und ein Familiengeheimnis aufgedeckt. Dennoch trug auch sie die Verantwortung für die Zukunftssorgen der Mitarbeiter im Unternehmen.

»Du kannst uns doch mit den Computern nicht alleinlassen«, sagte Doris besorgt. Sie konnte sich nicht vorstellen, die Tochter zu verlieren. Marlene hatte wochenlang vierzehn Stunden täglich gearbeitet, die EDV zum Laufen gebracht und damit ihren Auftrag absolviert.

»Ich arbeite euch noch jemanden ein, der sich um die Technik kümmert. Und im Zweifel gibt es ja das Telefon«, erwiderte Marlene, die an jenem Sekretär lehnte, in dem bis vor wenigen Monaten ihre gefälschte Geburtsurkunde gelegen hatte.

Wie immer, wenn es etwas Wichtiges zu besprechen gab, war die Familie in der Bibliothek zusammengekommen.

»Das ist doch Masochismus, nach Westberlin zu ziehen. Immer die Mauer vor Augen.« Roland lief nervös auf und ab, eine Zigarette in der Hand.

»Hinter der diese Stalinisten ihre Leute einsperren«, ergänzte der Großvater mit dem für ihn typischen Sarkasmus. »Aber es hat Marlene ja schon immer in die linke Ecke gezogen. Jetzt sind es die Chaoten in Kreuzberg, die mit ihrem Leben nichts anzufangen wissen.« Wilhelms Schlagabtausch mit der Enkelin hatte im Laufe der vergangenen Monate an Leichtigkeit und Humor eingebüßt. Unzufrieden hockte er neben Adele im Sessel.

»Ich habe keine Ahnung von deinem Leben, Großvater, weil du nichts darüber erzählst, außer von deinen Heldentaten, wie du das Werk durch den Krieg gebracht hast und danach zu einem der wichtigsten Arbeitgeber in der Region aufgestiegen bist.« Marlene blickte ihren Großvater an. »Erst hast du mit den Nazis gekungelt und dich dann an die Amerikaner rangeschmissen.«

»Marlene!«, mahnte Adele.

Doch die Enkelin machte reinen Tisch. »Ich weiß nicht, warum ausgerechnet du den moralischen Zeigefinger hebst«, sagte sie zu ihrem Großvater. »Meine Generation hat jedenfalls keine Lust mehr auf euer Scheißspiel.«

Aufgeregt drückte Roland seine Zigarette aus. »Du willst dich doch nur deinen Verpflichtungen entziehen, Fräulein.«

Marlene streifte ihren Vater mit einem kurzen Blick. Er kam ihr wie ein Fremder vor. Dann reichte sie Wilhelm drei schmale Ordner, die sie die ganze Zeit in der Hand gehalten hatte. »Ich habe übrigens noch Abrechnungen der Jahre 1943 bis 1945 gefunden. Daraus geht hervor, dass du Zwangsarbeiter beschäftigt hast.« Als Marlene bei ihrer Arbeit die Unterlagen entdeckt hatte, war sie erschüttert gewesen. Etwas in ihr war zerbrochen. Sie musste sich nicht mehr für ihre Familie verantwortlich fühlen.

Wilhelm fuhr aus der Haut. »Du hast doch keine Ahnung. Damals war Krieg, wir hatten gar keine Wahl«, donnerte er.

Adele griff nach der Hand ihres Mannes. »Willi, reg dich bitte nicht so auf. Das Mädchen hat den Starrsinn ihrer Mutter geerbt.« Sie wandte sich an Marlene. »Deine Schwester ist wenigstens dankbar.«

»Dann tauscht uns doch aus«, schmetterte Marlene, lief hinaus und schlug die Tür hinter sich zu.

Sie macht sich frei, dachte Roland und erinnerte sich an den Sommer 1958, als er seine Sachen gepackt hatte, um zum Studium nach Westberlin zu gehen. Adele hatte geweint, dass der einzige Sohn, der ihr geblieben war, das Haus verließ. Wilhelm hatte Roland gönnerhaft die Freiheit gegeben, dabei aber die Warnung ausgesprochen, dass sich der »Herr Sohn« nicht für alle Zeiten um die Verantwortung für das Familienunternehmen drücken könne.

Erst mal nichts wie weg, hatte Roland gedacht, und kommt Zeit, kommt Rat. Zehn Semester waren eine lange Zeit. Er würde Tatsachen schaffen, ein erfolgreiches Physikdiplom, eine Forschungsstelle mit einem guten Gehalt und einer Dissertation. Roland fuhr mit seiner Ente, einem Citroën 2CV, ein Geschenk der Eltern zum Geburtstag, durch Bayern. In Hof überquerte er die damals noch geöffnete Grenze, dann ging die Fahrt weiter durch die DDR und nach Westberlin. In Dahlem bezog er ein möbliertes Zimmer, ganz in der Nähe der Freien Universität. Die Wirtin, Witwe eines Wehrmachtsoffiziers, klärte ihn über seine Rechte und Pflichten auf. Sie erwarte pünktliche Zahlung der Miete, sparsamen Umgang mit Wasser und Strom, keine Besuche, vor allem keine Damenbesuche. Roland war alles recht, wenn er nur endlich sein Leben leben konnte – frei von der Trauer seiner Mutter um die gefallenen Brüder, frei von den Forderungen seines Vaters, frei von dem kleinbürgerlichen

Mief. Frei von den Enttäuschungen eines verlorenen Krieges. Frei vom Nachhall einer faschistischen Diktatur, die von einem demokratischen Rechtsstaat abgelöst worden war, aber immer noch mentaler Rohstoff der Gesellschaft war. Wie hätte es auch anders sein können? Hitlerdeutschland lag erst dreizehn Jahre zurück. Roland war ein Schulkind gewesen, als die Amerikaner in Bamberg einmarschierten. Der Junge hatte die Ängste und die Vorurteile der Erwachsenen erlebt. Er hatte gesehen, wie die Mutter das Hitlerbild verbrannte und die Schränke nach allem durchsuchte, was sie hätte verdächtig machen können. Wenige Tage nach Kriegsende war der Vater von einem amerikanischen Offizier abgeholt worden und nur Stunden später zurückgekehrt. Die Amerikaner waren daran interessiert, dass das Metall verarbeitende Werk die Produktion schnell wieder aufnahm. Ein wirtschaftlicher Neustart sollte her. Deutschland als Industriestandort vor allem ein Bollwerk gegen die Sowjetunion werden. So war die Wenninger & Co. KG auch nach dem Krieg einer der wichtigsten Arbeitgeber in der Region geblieben. Und Wilhelm, ein achtbares Mitglied der bayerischen Elite, in die neue Christlich-Soziale Union eingetreten. Von alldem wollte sich Roland lösen, damals, in jenem Spätsommer 1958.

Nun, einunddreißig Jahre später, sah Doris vom Fenster ihres Schlafzimmers aus, wie Marlene ihr Gepäck im Polo verstaute. Doris wandte sich zu Roland um. Er lag bereits im Bett, hinter einer Zeitung verschanzt.

»Fahr nach Berlin, Roland, mach Frieden mit deinen Töchtern und Rosa!«

Roland blätterte die nächste Seite auf.

Doris zog den Morgenmantel aus und legte sich zu ihrem Mann. Sie griff nach dem Buch, das auf dem Nachttisch lag, schlug es aber nicht auf. »Wovor hast du eigentlich mehr Angst, vor deiner Familie drüben oder dass sie dich in Ostberlin verhaften könnten?«

Roland ließ sich nicht provozieren. »Christine bekommt in den nächsten Wochen ein Auto.« Er ließ keinen Zweifel daran, dass er alles im Griff hatte. Vor allem seine Gefühle.

Zwischen Rosensträuchern war eine Kaffeetafel aufgebaut worden. Adele liebte es, Gäste im Garten der Villa zu empfangen und zu bewirten. An diesem warmen Herbstnachmittag Ende September 1961 war das Ehepaar Althaus, alteingesessene Textilunternehmer in Würzburg, mit Tochter Doris zu Gast.

Doris beugte sich über einen Kinderwagen, der im Schatten der alten Linde stand. Blaue Augen schauten sie an. Die kleine Hand umfasste ihren Zeigefinger und hielt ihn fest. In diesem Augenblick war es Doris, als ob das Kind, das sie nicht hatte zur Welt bringen dürfen, zu ihr zurückkehrte. Sie schaute zu Roland, der im Gespräch mit ihrem Vater war. Sie kannten sich nur flüchtig von Familienfesten, damals waren sie noch Kinder gewesen. Doris hatte dem fünf Jahre Jüngeren wenig Beachtung geschenkt. Inzwischen war Roland ein attraktiver Mann geworden. Die Eltern hatten angedeutet, dass er eine unglückliche Liebesbeziehung in Berlin erlebt hatte. Seine Verlobte hätte sich von ihm und dem Kind getrennt. Jetzt müsse er seine Tochter ohne die Mutter großziehen. Die Althausens wünschten sich, dass Doris, die mit ihren achtundzwanzig Jahren schon als »spätes Mädchen« galt, so schnell wie möglich »unter die Haube kam« und »im letzten Moment ordentlich versorgt sein würde«.

Der Riss, der durch Doris' Leben ging, war längst nicht verheilt. In Roland sah sie einen Leidensgefährten. Sie waren einander ebenbürtig in der Erfahrung von Niederlage und Schmerz, hatten beide geliebt, waren enttäuscht und verletzt worden. Sie kannten die Tücken romantischer Verliebtheit und würden ohne Illusion in die Ehe gehen. Möglicherweise ein fruchtbarer Boden für Zuneigung und Vertrauen.

Roland wusste, dass seine Eltern dieses Familientreffen arrangiert hatten, um ihn auf Doris aufmerksam zu machen. Er sollte so schnell wie möglich eine Familie gründen und das Problem mit dem Kind aus der Welt schaffen. Gerede um die Tochter ihres unverheirateten Sohnes konnten sich die Wenningers nicht leisten. Bisher war es ihnen gelungen, Rolands Rückkehr unter der Decke zu halten. Trotz der geschlossenen Grenze fühlten sie sich nicht sicher. Tatsache war, dass ihr Sohn einer Mutter das Kind geraubt hatte. Womöglich stand plötzlich die Kriminalpolizei vor der Tür. Oder ein Abgesandter der Staatssicherheit der DDR. Über das Vorgehen des ostdeutschen Geheimdienstes hörte man immer wieder haarsträubende Geschichten.

Auch Roland wusste, dass er seine Eltern, aber vor allem sich selbst am besten beruhigen konnte, wenn Marlene eine rechtmäßige Mutter bekam. Sosehr er Rosa geliebt hatte, jetzt musste er ihre Spuren verwischen. Nebel sollte sich über die Vergangenheit und seine Tat legen. Der Mauerbau hat mir recht gegeben, redete er sich ein. Monatelang habe ich Rosa zu überzeugen versucht. Doch ihr war die Treue zu ihrem Staat wichtiger als die Liebe zu mir. Dafür muss sie jetzt bezahlen. Wenn Roland sich bei diesen Gedanken ertappte, wies er sie erschrocken von sich. Nein, so durfte er nicht über die Mutter seiner Töchter denken. Er hatte Rosa für sehr viel Geld einen Fluchthelfer geschickt. Natürlich hatte er geahnt, dass sie darauf nicht eingehen würde. Aber er wollte alles, wirklich alles versucht haben. Nun war es höchste Zeit, für Marlenes Zukunft zu sorgen. Die Tochter sollte in einer intakten Familie aufwachsen, eine Mutter haben und einen Geburtsort in Westdeutschland. Er musste einen harten Schnitt machen.

»Kannst du dich noch an Doris Althaus erinnern?«, hörte er die Stimme seiner Mutter hinter sich. Roland drehte sich um. Doris, zierliche Gestalt, das dunkelblonde Haar hochgesteckt, stand neben ihr und lächelte. Roland deutete eine Verbeugung an. »Selbstverständlich!« Als er sie das letzte Mal gesehen hatte, war sie einen Kopf größer gewesen als er.

»Entschuldigt mich bitte«, sagte Adele, »ich muss der Kleinen das Fläschchen geben.« Sie schob den Kinderwagen zum Haus.

»Du hast Physik studiert?«, begann Doris das Gespräch. »Ich sage jetzt einfach mal du, weil ich die Ältere bin.« Sie lachte ungezwungen.

»In Berlin war die politische Situation unerträglich geworden. Ich habe das Studium abgebrochen, außerdem will mich mein Vater in der Firma haben«, log Roland.

»Wir können zufrieden sein, dass wir hier fast nichts von den politischen Spannungen mitbekommen«, gab ihm Doris recht.

»In der Tat.« Roland wollte nichts einfallen, womit er das Gespräch am Laufen halten konnte. Und Doris wollte sich nicht in Belanglosigkeiten flüchten. So standen sie beieinander und schwiegen.

Später gingen sie hinauf ins Kinderzimmer. Doris sagte Roland, wie bezaubernd sie seine Tochter finde und dass sie sich verliebt habe in das kleine Wesen mit den strahlend blauen Augen. Roland dachte, dass es Rosas Augen waren und dass Christine die gleichen hatte. Aber über Marlenes Schwester schwieg er. Doris sollte niemals erfahren, was er getan hatte. Sie sollte die Geschichte von einer untreuen Liebe glauben, die das gemeinsame Kind verraten hatte.

Vierzehn Tage später bestellten sie das standesamtliche Aufgebot. Die kirchliche Trauung folgte danach. Da war die Geburtsurkunde für Marlene bereits umgeschrieben. Es hatte Wilhelm tausend Mark gekostet. Er kannte den Standesbeamten aus seiner Jugendzeit, der tat ihm gern den Gefallen, die Enkelin aus der »Zone zu retten und dem Mädel eine Zukunft im freien Westen zu eröffnen«.

Doris bekam eine gute Mitgift, die in das Firmenvermögen der Wenninger & Co. KG einfloss. Mit der Hochzeit vergrößerte sich der Einfluss beider Familien in der Region. Die Eltern waren zufrieden mit der guten Verbindung.

ZWEIUNDZWANZIGSTES KAPITEL

*Mutter und Tochter sind aus dem gleichen Holz. Chris'
Lieblingsfarbe ist Sonnengelb. Marlene verteidigt ihren Vater.*

Rosa saß auf einer Bank im sommerlichen Monbijoupark, nur eine kurze Wegstrecke von der Charité entfernt, und genoss den warmen Septembernachmittag. Sie trug ein buntes Kopftuch. Am nächsten Tag würde der dritte und hoffentlich letzte Zyklus ihrer Chemotherapie beginnen. Plötzlich entdeckte sie ihre Tochter, die den Weg entlangkam und sich suchend umschaute. Es war Marlene. Rosa erkannte sie am Gang, der anders war als der ihrer Schwester. Voller Freude winkte Rosa der Tochter. Marlene entdeckte die Mutter und lief noch schneller. »Auf der Station haben sie mir gesagt, dass ich dich hier finde«, rief sie schon vom Weitem, atemlos vom schnellen Lauf und vor Freude über das Wiedersehen. »Wie geht es dir, Mama?«

»Ja! Es geht, würde ich sagen.« Sie zog ihre Tochter neben sich auf die Bank. Marlene schaute ihre Mutter besorgt an. »Wirklich?«

»Aber ja. Es könnte alles viel schlimmer sein.« Rosa schenkte ihr ein hoffnungsvolles Lächeln. Marlene konnte gar nicht erwarten, die guten Nachrichten loszuwerden. »Ich wohne jetzt fünfhundert Meter Luftlinie von hier.« Sie zeigte nach Westen. »Und nächste Woche fange ich bei Nixdorf an, als Softwareentwicklerin.«

»Donnerwetter, schnelle Entscheidung!« Rosa griff nach Marlenes Hand. »Wir haben noch gar nicht richtig über dich gesprochen. Lebst du allein oder hast du einen Freund?«

»Single.«

»Aus Überzeugung?«

»Ich bin noch auf dem Selbstfindungstrip, wie Vater sagen würde. – Und du? Hast du einen Mann?«

Rosa suchte nach den richtigen Worten. »Ein paar Avancen und hier und da mal eine Affäre.« Sie lächelte. »Aber ich liebe meine Freiheit.« Sie zögerte, bevor sie weitersprach. »Es war schon so, wie dein Vater im Brief geschrieben hat, wir haben uns sehr geliebt.« Rosa überlegte, wie sie ihrer Tochter erklären konnte, was sie all die Jahre bewegte. Rolands Vertrauensbruch hatte sie zutiefst verletzt, aber manches Mal, wenn es ihr gelang, die Situation aus seiner Perspektive zu betrachten, konnte sie ihn auch verstehen. »Wir hatten unterschiedliche Weltanschauungen. Aber wenn man verliebt ist, will man das nicht wahrhaben.«

»Das hat Vater noch lange nicht das Recht gegeben, uns alle auseinanderzureißen.« Marlene rang mit ihren Gefühlen. Sie war nicht im Reinen mit ihren Vater, doch genauso beschäftigte sie die Frage, warum Rosa nicht wie eine Löwin um sie gekämpft hatte und die Möglichkeit zu fliehen ausgeschlagen hatte. »Du durftest nicht reisen? Konntest dein Kind nicht sehen, den Vater nicht zur Verantwortung ziehen? Ich würde verrückt werden vor Wut, wenn ein Staat mir das antut«, platzte es aus Marlene heraus.

Augenblicklich hatte Rosa das Bedürfnis, etwas klarzustellen. »Ich habe erlebt, wie es dazu gekommen ist, Marlene. Die DDR ist ausgeblutet vor dem Mauerbau. Fachkräfte, Ärzte, Ingenieure sind in den Westen gegangen. Und die Westberliner haben in unseren Läden die subventionierten Produkte billig eingekauft. Der Mauerbau war eine logische Schlussfolgerung.«

»Du verteidigst das Unrecht?« Marlene war verblüfft.

»Ich verteidige nichts. Ich spreche von einer zwangsläufigen historischen Entwicklung.«

»Die mir die Mutter genommen hat und meine Familie zerstört«, argumentierte Marlene dagegen. »Was gibt einem Staat das Recht, seine Menschen einzumauern?«

Rosa schüttelte energisch den Kopf. »Recht. Unrecht. Diese Begriffe existieren doch nicht im luftleeren Raum.«

»Ich weiß, sie stehen immer im Zusammenhang mit der konkreten historischen Situation, in der sie angewendet werden«, erwiderte die Tochter. »Aber ich möchte mit dir keinen politischen Diskurs führen. Ich rede mit meiner Mutter, die ein Unrechtssystem verteidigt«

Rosas Ton wurde schärfer. Plötzlich waren sich beide sehr ähnlich in der Vehemenz ihrer Auseinandersetzung. »Die Eskalation kam von beiden Seiten«, erklärte Rosa. »Erst die Westmark, dann die Ostmark. Der Gründung der BRD im Mai 1949 folgte die Gründung der DDR fünf Monate später. Ich spreche von einer zwangsläufigen politischen Entwicklung.«

»Dein Staat hat eine Mauer gebaut, Mama, weil ihm die Menschen weggelaufen sind. Das ist die Tatsache.«

»Im Übrigen habe ich dir gerade meine Meinung gesagt.« Rosa merkte, dass ihre Kraft nachließ. »Ihr im Westen glaubt, über die Dinge ein gültiges Urteil fällen zu können. Ihr überseht dabei, dass unsere Meinung, unser Blick auf die Welt möglicherweise ein ganz anderer ist als eurer. Das war schon damals so bei deinem Vater und mir.«

»Ach ja?«, erwiderte Marlene, die nicht bereit war einzulenken. »Und was ist mit der Freiheit eurer politischen Entscheidungen? Wie stehst du zum Wahlbetrug eurer Regierung? Welchen Blick muss man haben, um den zu rechtfertigen? Was ist mit den Tausenden Flüchtlingen, die euer Land schon wieder verlassen, weil sie das System satthaben?«, entgegnete die Tochter. Und genauso starrköpfig sagte Rosa: »Sie gehen vor allem aus wirtschaftlichen Gründen. Sie wollen an eurem Wohlstand teilhaben.«

»Sie wollen in Freiheit leben!«, beharrte Marlene.

Rosa seufzte und stand auf. »Lass uns zurückgehen«, bat sie und griff den Arm der Tochter. Augenblicklich tat Marlene die Diskussion leid. Chris hatte sie doch gebeten, die Mutter zu schonen, und was tat sie? Marlene hätte am liebsten jedes Wort zurückgenommen. Schweigend liefen sie zur Charité. Im Foyer trafen sie auf Rosas behandelnden Arzt. »Wie geht es Ihnen, Frau Steffen?«, fragte Dr. Berger, ein Mittfünfziger mit strahlenden Augen unter einer grauen Haarmähne.

»Wenn Sie Ihr Versprechen halten und dies wirklich meine letzte Chemotherapie ist, dann gibt mir das Auftrieb.« Rosas Blick suchte den der Tochter. Scheißpolitik, dachte Marlene und drückte zärtlich den Arm der Mutter.

»Wir hoffen immer und in allen Dingen ist besser hoffen als verzweifeln«, zitierte der Oberarzt Goethe und wandte sich an Marlene. »Ihre Mutter soll sich ausruhen und auf keinen Fall denken, dass ich sie so schnell wieder zurück an die Arbeit lasse.«

Chris und Lilia kamen aus dem Palast. Im Konsum um die Ecke hatten sie noch schnell das Notwendigste eingekauft. In zwei Stunden musste Chris zur Abendvorstellung. Beim Betreten des Hauses jonglierte sie mit den beiden Einkaufsnetzen und ihrer Handtasche, um den Briefkasten zu öffnen. Meistens war er leer. Doch an diesem Tag fand Chris einen amtlich aussehenden Umschlag.

»Was ist das, Mama?«, fragte Lilia neugierig.

»Keine Ahnung.« Sie übergab ihrer Tochter eines der beiden Netze, riss den Umschlag auf und überflog das Schreiben. »Das darf nicht wahr sein.«

»Was denn?« Lilia ging auf Zehenspitzen, um auch einen Blick auf den Brief werfen zu können.

Roland hatte seinen Entschluss zügig in die Tat umgesetzt, Westgeld in die DDR überwiesen und damit einen Mazda für seine Tochter gekauft. Dieser Brief war der offizielle Bescheid, dass ein Wagen im Autohaus abholbereit war. Normalerweise musste man sich im Osten für ein Auto anmelden und wartete dann mindestens acht Jahre darauf oder länger.

Chris fühlte sich überrumpelt, sie brauchte kein Auto. Ihr täglicher Weg vom Palast nach Hause und zurück umfasste ein paar Hundert Meter. Verwirrt rief sie von der Telefonzelle Alexander an.

Bevor sie etwas sagen konnte, schrie Lilia in den Telefonhörer: »Wir haben ein Auto aus dem Westen bekommen!«

Alexander war perplex. »Wie? Woher? Wirklich?«, stieß er hervor.

»Richtig gehört«, sagte Chris, die es mochte, wenn ihr Ex aus der Fassung geriet.

»Ein M-a-z-d-a!«, jubelte Lilia, die wusste, wie ihr Vater seinen Trabant Kombi hegte und pflegte.

Doch wer sollte es vom Autohaus abholen? Chris hatte zwar eine Fahrerlaubnis, wie man dazu in der DDR sagte, doch keinerlei Fahrpraxis.

Alexander half gern. Am spielfreien Montagnachmittag saßen die drei in der S-Bahn und fuhren gemeinsam nach Berlin-Köpenick ins Autohaus. Dort wurden sie äußerst zuvorkommend bedient. Nachdem Chris ihre Unterschrift unter unzählige Papiere gesetzt hatte, stiegen sie in den knallgelben Mazda. Woher wusste der Vater, dass Sonnengelb ihre Lieblingsfarbe war? Für einen kurzen Augenblick war Chris berührt, doch noch mehr war sie entrüstet, dass Roland glaubte, sich auf diese Weise entlasten zu können.

Mit großem Vergnügen chauffierte Alexander das neue Auto durch die Ostberliner Innenstadt. »Ich verkaufe meine Pappe«, schlug er vor und meinte seinen Trabant, dessen Karosserie aus Kunststoff bestand. »Und du verkaufst mir diesen Flitzer hier. Dann haben wir alle was von deinem neuen Lebensglück.«

»Papa, das ist unser Auto«, protestierte Lilia, die auf der Rückbank thronte.

»Was denkt der sich, ohne mich zu fragen«, murmelte Chris, in Gedanken mit ihrem Vater beschäftigt. »Vielleicht brauchen wir was ganz anderes.«

»Aber wir haben doch sonst alles, Mamuschka«, mischte sich Lilia in das Selbstgespräch ihrer Mutter ein.

»Zeit, zum Beispiel. Als ich da war, hatte er keine Zeit«, argumentierte Chris weiter.

»Du hast ihn ja auch mit deinem Besuch überrumpelt«, nahm Alexander den Spender des »edlen« Fahrzeugs in Schutz.

»Bin ich jetzt schuld?«, fragte Chris. »Ich habe das Risiko auf mich genommen. Soll er doch mal herkommen und den Rest der Familie kennenlernen, sich mit Mutti aussprechen. Aber da fehlt ihm der Mumm.«

»Was hat das mit unserem Auto zu tun?«, wollte Lilia von hinten wissen.

»Er will sich von seiner Verantwortung für den Mist, den er damals gebaut hat, freikaufen. Aber ich will, dass wir uns versöhnen, eine Familie werden, und nicht so ein Ding, das einen Haufen Geld gekostet hat und nicht zu mir passt«, empörte sich Chris.

Alexander schaute seine Tochter über den Rückspiegel an. Lilia verdrehte die Augen.

An diesem Nachmittag besuchte Marlene zum ersten Mal ihre Großeltern in Pankow. Elisabeth und Richard hatten von Rosa erfahren, dass Marlene in ihr Leben zurückgekehrt war.

»Das gibt's doch nicht!«, hatte Elisabeth ausgerufen. »Weißt du noch, Richard? Die junge Frau, die mal angerufen hat und sich nach Chris erkundigte. Im ersten Moment habe ich gedacht, dass es Chris ist. Wegen der Stimme! Ich hab's dir sogar erzählt.«

Richard stimmte ihr zu, doch sosehr er sich auf das Kennenlernen mit der Enkelin freute, so groß war auch sein Respekt davor. Zu gut erinnerte er sich noch an jene Nacht, als Roland sie entführt hatte. Wie hatte sich Marlene in Bamberg entwickelt? Wem würden sie begegnen?

Vor der Tür stand eine junge Frau, die Chris wirklich zum Verwechseln ähnlich sah. Sie mussten sich erst daran gewöhnen, dass Marlene ein vollkommen anderer Mensch war. Richards Befürchtungen, dass er sich womöglich nicht mit ihr verstehen würde, zerschlugen sich in der ersten Stunde. Schnell waren sie im intensiven Gespräch. Richard blühte regelrecht auf, dass er endlich wieder einmal die Möglichkeit bekam, über seine Vergangenheit als Spanienkämpfer zu erzählen. »Ich habe den Busch gekannt. Ernst Busch.« Richard und Marlene standen sich im Pankower Wohnzimmer gegenüber. Beide hatte Kognakgläser in der Hand. Elisabeth, die in der Küche das Abendessen zubereitete, hörte ihren Mann singen: »Spaniens Himmel breitet seine Sterne über unsere Schützengräben aus. Und der Morgen leuchtet aus der Ferne. Bald geht es zu neuem Kampf hinaus. Die Heimat ist weit. Doch wir sind bereit. Wir kämpfen und siegen für dich: Freiheit!« Er brach ab. »Kennst du das Spanienkämpferlied von Ernst Busch?«

Marlene schüttelte den Kopf. »Vielleicht habe ich es mal auf einer Demo gehört.«

»Als die Deutschen 1937 Guernica bombardiert haben, war klar, dass der Kampf aussichtslos ist. David gegen Goliath. Trotzdem haben wir nicht kapituliert. Bis zuletzt haben wir gegen Franco und die Faschisten gekämpft. Die deutschen Genossen, die überlebt haben, sind nach Frankreich in die Illegalität gegangen oder nach Moskau«, berichtete Richard über den Krieg gegen die junge Republik Spanien, der dem Zweiten Weltkrieg vorangegangen war, von den internationalen Eliten finanziert und von den deutschen Nationalsozialisten gemeinsam mit dem Diktator Franco geführt. Aus ganz Europa waren die Männer in die internationalen Brigaden gezogen, um die spanische Republik zu verteidigen.

»Richard, langweile doch die Marlene nicht mit den alten Kamellen«, rief Elisabeth aus der Küche.

Richard prostete Marlene verschwörerisch zu. Sie prostete genauso zurück. Beide kippten den Schnaps. Marlene hatte vom Spanienkrieg im Geschichtsunterricht gehört, nebenbei, als es um den deutschen Faschismus ging. Aber sie hatte niemals für möglich gehalten, dass dieser Krieg etwas mit ihrer Familie zu tun haben könnte.

Richard erzählte weiter. »Ich bin mit zwei Genossen bei Weinbauern in der Champagne untergetaucht. Dort habe ich später dann deine Großmutter kennengelernt. Als die Deutschen in Frankreich einmarschiert sind, haben wir in der Résistance mitgekämpft.«

Marlene war beeindruckt. »Wieso seid ihr nach dem Krieg nicht dortgeblieben? Frankreich ist doch herrlich. Biarritz, Nizza, die Provence.« Sie kannte diese Städte als Touristin.

»Wir sind Berliner. Außerdem waren wir Deutschen ab 1944 in Frankreich unerwünschte Personen«, erklärte Richard seiner Enkelin.

»Aber du warst doch im französischen Widerstand?«

»Widerständler sind über kurz oder lang immer unerwünscht«, mischte sich Elisabeth in das Gespräch ein und begann den Tisch zu decken. »Ich bin nicht gern nach Deutschland zurückgekommen. Während der zwölf Jahre Faschismus war es ein kaltes Land geworden. Du wusstest von niemandem, ob er nicht bis vor Kurzem ein Nazi gewesen war.«

»Elisabeth ist 1933 mit ihren Roten Tänzern nach Paris ausgewandert«, erzählte Richard. »Als die Deutschen dann in der französischen Hauptstadt einmarschiert sind, ist ein Teil der Gruppe in die USA emigriert und ein anderer in den unbesetzten Teil Frankreichs. Das war mein Glück.« Er schaute verliebt zu seiner Frau. »Machen wir eine Flasche Wein auf«, schlug Richard vor. »Komm, Marlene, vielleicht schaff ich's nicht alleine«, sagte er fröhlich.

Elisabeth schüttelte lächelnd den Kopf über die Begeisterung ihres Mannes und holte Weingläser aus einer Vitrine.

»Marlene will mir beibringen, wie so ein Computer funktioniert«, rief Richard aus der Küche. »Vielleicht schreibe ich dann endlich meine Memoiren.«

»Du denkst, dass sie dir der Computer schreibt«, sagte Elisabeth zu Richard, der mit Marlene und der geöffneten Flasche zurückkam. Sie tauschte mit der Enkelin einen amüsierten Blick.

Marlene seufzte. »Der Computer kann störrischer sein als eine Schreibmaschine.«

»Ach was?« Richard schien ehrlich enttäuscht.

»Und wenn du vergisst zu sichern, ist alles, was du geschrieben hast, weg«, erklärte Marlene.

»Sichern! – Sichern hat uns das Leben gerettet, was, Elisabeth?«

»Und es hat Leben gekostet«, erwiderte die Großmutter bitter.

Die beiden Alten dachte an ihren Staat, die DDR, der einen aufgeblähten Sicherheitsapparat aufgebaut hatte, mit der Begründung, das Land vor dem Klassenfeind im In- und Ausland schützen zu müssen. Wenn du nicht für uns bist, dann bist du gegen uns. Damals als Widerstandskämpfer mussten sie sich gegen einen realen Feind sichern. Es ging um das nackte Leben und um das Überleben ihrer Gruppe im Kampf gegen den Faschismus.

Marlene sah den Blick zwischen den Großeltern. Ein altes Paar, das gemeinsam einen langen, zum Teil lebensbedrohlichen Weg gegangen war. Zwei Lebensgeschichten aus Wahrheit und Irrtum, dachte sie voller Respekt.

Es klingelte. Elisabeth ging zur Tür.

»Omimi!«, hörte Marlene ihre Nichte jubeln. »Mama hat ein Auto von ihrem Papa geschenkt bekommen.«

»Deine Schwester ist gerade da«, begrüßte Elisabeth Chris. »Sie hat uns angerufen und ist dann gleich gekommen.« Die Großmutter warf nur einen flüchtigen Blick auf den neuen Wagen. »Opa hat eine begeisterte Zuhörerin gefunden.«

Marlene und Richard kamen. Die Schwestern begrüßten sich mit einer Umarmung. Sie waren später nach der Vorstellung auf ein Glas Wein verabredet.

Richards Gesicht versteinerte sich angesichts des teuren Geschenkes. Er ging zurück ins Haus.

»Wir machen eine Probefahrt mit unserem M-a-z-d-a«, erklärte Lilia begeistert und zog ihre Tante mit sich zum Auto und zu Alexander. Die beiden reichten sich förmlich die Hand. Marlene ging um das Auto. »Sogar die Luxusausführung. Vater legt sich ja richtig ins Zeug.« Seine aufmüpfige Tochter, die nach Kreuzberg gezogen ist, hat er wohl abgeschrieben, dachte sie.

»Kommt ihr rein?«, rief Elisabeth.

»Ich muss in den Palast, Omi. Wir hatten uns nur schnell ein Ziel gesucht, um das Auto zu fahren und euch einen schönen

Nachmittag zu wünschen.« Chris gab Marlene einen Kuss. »Bis nachher!« Sie lief zur Tür, umarmte ihre Großmutter und rief ins Haus: »Tschüss, Opa!«

»Du solltest den Wagen nicht annehmen«, erklärte Richard barsch. Ihm war der Tag verhagelt. »Eine Frechheit. Dieser Mann hat unsere Familie zerstört, meine Tochter tief gekränkt, meine Enkeltöchter auseinandergerissen. Man sollte ihm die Karre vor die Füße werfen.«

»Das wird schwer«, versuchte Marlene die Stimmung wieder zu heben. »Werden wohl ein paar Zentner sein.«

»Du verteidigst diesen Mann doch nicht etwa?«, griff Richard seine Enkelin an.

»Er ist ihr Vater, Richard«, mahnte Elisabeth ihren Mann.

Marlene dachte an Roland und dass er vor fast drei Jahrzehnten hier gesessen hatte. Auf einmal ahnte sie den Zwiespalt, in dem er gewesen sein musste.

DREIUNDZWANZIGSTES KAPITEL

*Zufälle gibt es nicht. Oder doch? Ein spielfreier
Montagnachmittag wird geplant und gerät in Gefahr.*

Die Zeit bis zur Premiere wurde immer knapper. Zwischen dem Ende der täglichen Proben und dem Vorstellungsbeginn gab es kaum noch Pausen. Doch das neue Programm mit vier Bildern, in denen vier unterschiedliche Welten mehr und mehr zum Leben erwachten, begeisterte das Ensemble. Sie wollten alles ausschöpfen, was möglich war, und jede Feinheit herausarbeiten. Sie wussten, welche Verantwortung sie für die Gedanken und Bilder trugen, die sie in ihrem Programm in die Welt gaben. Das Ballett und die Solistinnen waren bis an ihre Grenzen gefordert. Chris bemerkte, wie Gaby zwischen ihrem kleinen Sohn und der Arbeit am Solo hin- und hergerissen war. Ihr ehrgeiziges Ziel, so kurz nach der Entbindung wieder in die alte Form zu kommen, wollte der Kollegin nicht gelingen. Heimlich lernte Chris die Rolle der Miracula mit.

Georg hatte bereits kurze Zeit nach seiner Ausreise aus der DDR eine Arbeit im Westberliner Urban-Krankenhaus gefunden. Gerade kam er von einer Schicht und war auf dem Weg zur U-Bahn. Seine Aufmerksamkeit wurde von der Schaufensterscheibe eines Elektronikgeschäftes angezogen. Dahinter liefen auf unzähligen Fernsehgeräten Bilder von der ungarischen Grenze, wo Hunderte von Menschen den Grenzzaun niederrannten und nach Österreich hinüberliefen. Überrascht blieb er stehen. In den Gesichtern der Flüchtenden sah Georg Panik, Tränen der Freude und das Erstaunen, in der Freiheit zu sein. In diesem Augenblick begriff er, dass seine Situation als Flüchtling bald keine besondere mehr sein würde. Viele Tausende flohen in diesen Tagen aus seiner ehemaligen Heimat und würden in der Bundesrepublik Wohnungen und Arbeit suchen. Georg wurde im wahrsten Sinne des Wortes von seiner Vergangenheit eingeholt.

Plötzlich glaubte er Chris im Spiegel der Schaufensterscheibe zu erkennen. Er drehte sich um. Und tatsächlich, da stand sie. Gedanken rasten durch seinen Kopf. War Chris auch geflüchtet? Vielleicht wegen ihm? Wo war Lilia? Wie würden Chris' Mutter und ihre Großeltern verkraften, dass ihre Tochter die DDR verlassen hatte. »Chris!«, sagte er überglücklich, sie zu sehen.

»Ich bin doch Marlene!« Auch sie war von den Fernsehbildern angezogen worden und zufällig hinter ihm stehen geblieben.

»Ach, natürlich!« Er war enttäuscht, für einen Moment war die Hoffnung groß gewesen.

Sie reichten sich die Hand.

»Der Buddelkastenfreund«, sagte Marlene mit Humor. »Wohnst du auch hier in Kreuzberg?«

»Marienfelde.«

»Immer noch im Auffanglager?« Sie war verwundert, denn in Westberlin gab es freien und bezahlbaren Wohnraum.

Georg hob die Schultern. »Hab noch nichts Geeignetes gefunden.«

»Aber Arbeit hast du schon?«, fragte Marlene misstrauisch und dachte an ihr Gespräch vor einigen Monaten, als sie ihn gewarnt hatte, dass er im Westen bestimmt nicht auf Rosen gebettet sein würde.

»Eine Stelle als Rettungsassistent im Urban-Krankenhaus.« Er machte eine Kopfbewegung in die Richtung, aus der er gerade gekommen war.

»Wollten sie dich nicht als Arzt?«

»Ich muss noch ein paar Unterlagen beibringen. Aber im Rettungswagen lerne ich Westberlin kennen. Es hat alles was für sich«, überspielte Georg, dass er in der fremden Stadt bisher nicht Fuß gefasst hatte.

Kurze Zeit später schaute er sich mit einer Flasche Bier in der Hand in Marlenes großzügiger Dreizimmerwohnung um, die in einem ruhigen Hinterhof gelegen war. Sie hatte ihn spontan zu sich eingeladen. Die Räume waren abgewohnt, der Fußboden zum Teil überholungsbedürftig. Das Bad alt. So kannte er es auch aus Ostberlin. Berlin war eine Stadt gewesen, die nach dem Krieg einfach nur geteilt worden war. Kreuzberg im Westen und Prenzlauer Berg im Osten zum Beispiel waren schon im alten Berlin Arbeiterbezirke gewesen. Beide Stadtteile waren Ende des 19. Jahrhunderts in einer ähnlichen Architektur aufgebaut und im Zweiten Weltkrieg erbarmungslos zerstört worden.

»Das ist ja riesig hier.« Georg stand in der geöffneten Tür zu Marlenes Zimmer und sah, dass es nur provisorisch eingerichtet war. An einem alten Garderobenständer aus Holz hingen Blusen und ein Businessjackett. Ansonsten schien sie aus dem Koffer zu leben.

»Die Wohnung ist ein Glückstreffer«, rief Marlene aus der Küche. Sie hatte Georg bereits von der Begegnung mit der Mutter berichtet und setzte nun ihren Gedanken fort. »Dass Rosa einen Standpunkt vertreten hat, als sie nicht in den Westen wollte, mache ich ihr nicht zum Vorwurf. Aber dass sie sich einfach diesem ideologischen System unterordnet und es auch noch verteidigt.« Marlene wusch Äpfel und Trauben, die sie im Vorbeigehen bei einem türkischen Gemüsehändler gekauft hatten.

»Du weißt nicht, wovon du sprichst, Marlene.« Georg schaute sich weiter um, in den beiden anderen Räumen standen Kartons, einzelne Möbelstücke und eine Leiter.

»Wieso weiß ich nicht, wovon ich spreche?« Marlenes Stimme klang gereizt.

»Weil du die DDR nicht kennst.« Georg kam in die Küche. Marlene legte gerade das Obst in eine Schale. »Ich habe erlebt, wie sich die DDR-Außenhändler vor den Wenningers für jede Devise krummmachen und dafür alle möglichen Kompromisse eingehen. Im Zweifel beuten die sogar ihre eigenen Arbeiter aus.«

Georg hatte keine Lust, eine politische Diskussion zu führen, zu schmerzlich waren für ihn die Erinnerungen an sein früheres Leben. Er wechselte das Thema. »Wie geht's denn Chris?« Marlene hörte, wie sanft seine Stimme klang. »Meine Schwester war natürlich geschockt, als ich ihr sagen musste, dass du ausgereist bist.«

Georg nickte schweren Herzens. »Chris ist gut mit ihrer Familie, sie ist gut mit ihrem Staat – ich verstehe sie nicht, aber ich erwische mich dabei, dass ich sie beneide.«

»Stimmt, irgendwie sieht meine Schwester immer das Positive. Warum wart ihr beiden eigentlich kein Paar?«

Er zögerte. »Zu viel Angst vorm großen Glück.«

Marlene schaute ihn an und zog die Augenbrauen hoch.

Georg versteckte seine Gefühle hinter fröhlicher Ironie. »Ich bin eben eine gespaltene Persönlichkeit.«

»Gespalten sind wir doch alle.« Marlene stellte die Schale mit dem Obst auf den Tisch. »Mein einer Großvater ist Kapitalist, der andere Kommunist. Gespaltene Familie. Unüberbrückbare Gegensätze.« Sie nahm sich ebenfalls ein Bier aus dem Kühlschrank.

»Im Grunde ist alles eine Soße«, erwiderte Georg und setzte sich zu Marlene an den Tisch. »Es geht immer um Geld oder um Macht, meistens um beides, seit die Menschheit existiert. Und damit es nicht langweilig wird«, philosophierte Georg weiter, »bekommt die Show alle paar Hundert Jahre einen neuen Namen. Ist auch ganz praktisch für die Historiker, die es dann fein säuberlich in Bücher schreiben und in Schubladen ablegen.« Sie stießen mit den Flaschen an.

»Und? Wie geht's dir hier?«, fragte Marlene neugierig.

Georg zog sich aus der Affäre, als wüsste er nicht, worauf sie anspielte. »Schön, deine Wohnung.«

»Das meine ich nicht. Wie geht's dir hier im Westen?«

Er zögerte mit der Antwort. »Im Lager zwischen zig Leuten. Eine Arbeit, für die ich überqualifiziert bin. Keine Freunde. Das ist Freiheit. Und mit der möchte ich mich anfreunden.«

»In dieser Stadt musst du locker sein.« Marlene angelte nach einer Metallschachtel, öffnete den Deckel, zog Tabak und Zigarettenpapier hervor. »Ich könnte dir Nachhilfe geben«, flirtete sie und dachte, mein Gott, der Mann muss doch auf die Beine zu bekommen sein.

Georg räusperte sich verlegen. Auch wenn Marlene ihrer Schwester zum Verwechseln ähnlich sah, war sie doch eine ganz andere Frau.

Wenig später saßen sie im Rauch eines Joints. Es war Georgs erste Erfahrung mit Marihuana.

»Wie wär's mit einer WG?« Marlene umfasste den Raum mit einer einladenden Geste. »Das ist mein Zimmer, von den anderen beiden kannst du dir eins aussuchen.«

Georg zog genüsslich. In diesem Moment erschien ihm der Gedanke, mit Chris' Schwester zusammenzuleben, vollkommen normal, ja geradezu zwangsläufig.

»Die einzige Bedingung ist …«, sagte Marlene.

»Pinkeln im Sitzen«, ergänzte Georg.

»Genau«, bestimmte sie. »Du putzt. Ich putze manchmal und finanziell wird alles geteilt.«

»Schade, ich würde dir so gern auf der Tasche liegen«, seufzte Georg und merkte, wie Freude in ihm aufstieg. Plötzlich hatte das Leben wieder einen Ankerpunkt.

»Was?! Du wohnst jetzt mit Georg zusammen«, fragte Chris vollkommen baff.

Marlene nickte, trank den letzten Schluck ihres Gin Tonic und winkte dem Kellner, der nur darauf gewartet zu haben schien, eine weitere Bestellung der Zwillinge aufzunehmen.

»Für mich noch einen.« Marlene zeigte auf ihr Glas. Chris tat es ihr gleich. »Für mich auch.«

Das Café neben der Deutschen Staatsoper Unter den Linden war zu dieser späten Tageszeit und dazu mitten in der Woche kaum besucht. Marlene hatte ihre Schwester nach der Vorstellung abgeholt, um ihr von der Begegnung mit Georg zu berichten. Chris sollte nicht denken, dass sie mit ihrem alten Freund etwas anfangen wollte. Er war alles andere als Marlenes Typ, viel zu verkopft und auf eine bestimmte Art auch ein Snob, der am Leben litt, sein Land verließ, um im Westen neu anzufangen. Aber es war nicht ihre Sache, Georgs Verhalten zu bewerten. Sie ahnte, dass er ihre Schwester liebte. Möglicherweise verband die beiden etwas, das Marlene nicht ermessen konnte. Sie wunderte sich nur, dass Chris und Georg niemals ein Paar gewesen waren. Stattdessen hatte ihre Schwester von Alexander ein Kind und war auch mit ihm nicht mehr zusammen. Dabei war er, so zumindest erschien es Marlene, lebensbejahend und humorvoll. Auf keinen Fall so kompliziert wie Georg.

Als der Kellner außer Hörweite war, erzählte Marlene weiter. »Dein Georg lässt sich gehen, arbeitet als Sanitäter nur so viel, dass es gerade für seinen Lebensunterhalt reicht, bewirbt sich nicht als Arzt. Ich versuche ihn aufzupäppeln.«

»Wie aufzupäppeln?«

Marlene grinste vieldeutig. »Tja, wie man das macht. Aber ich bin eben nicht du.«

Chris versuchte die Situation zu verstehen. Wieso konnten sich Marlene und Georg zufällig treffen? War Westberlin so klein?

Der Kellner kam mit den Getränken. »Lasst es euch schmecken, ihr Hübschen.«

»Danke, Schöner«, erwiderte Marlene, unmissverständlich, was sie von seinem Gehabe hielt. Der Kellner zuckte zusammen und ging.

Marlene stieß an das Glas ihrer Schwester: »Cheers!« Als sie Chris' Gesicht sah, tat es ihr leid, dass sie so dahergeplappert hatte. »Georg liebt dich, Chris«, sagte sie eindringlich.

Die Schwester wehrte ab. Marlene hätte keine Ahnung. Georg und sie waren gute Freunde gewesen. Ja, sie liebten sich, aber anders, als Marlene dachte. »Ich hätte ihn einfach zurückhalten müssen. Aber seine Ausreise kam so Hals über Kopf. Normalerweise dauert das Monate«, sprach Chris aus, was sie seit Wochen quälte.

»Die Zeiten ändern sich gerade. Eurer Regierung steht das Wasser bis zum Hals, da wollen sie wahrscheinlich alle, die anders denken, so schnell wie möglich loswerden.«

Plötzlich schaute Chris die Schwester an.

Die guckte zurück. »Ich kann deine Gedanken lesen, Schwester.«

Chris zog provozierend die Augenbrauen hoch.

»Das geht nicht.«

»Wieso nicht?«

Marlene wehrte leise ab. »Wir haben es Mama versprochen: Nie wieder!«

»Willst du mich verpetzen?«, fragte Chris genauso leise.

»Denk an deine letzte Einreise«, mahnte Marlene und schaute sich nach dem Kellner um, der sich hinter den Tresen zurückgezogen hatte und dort Gläser polierte.

»Ich bin ja jetzt geübt. Montag wäre gut. Da haben wir spielfrei«, gab Chris verschwörerisch zurück.

Marlene schüttelte den Kopf. So leicht würde sie es ihrer Schwester nicht machen.

»Du hast auch einen Wunsch frei«, schlug Chris vor.

Marlene ließ sie zappeln.

»Zwei Wünsche?«, versuchte Chris zu verhandeln. »Na gut, fünf Wünsche!«

Marlene lehnte sich zurück und verschränkte die Arme über der Brust, was Chris als Einverständnis interpretierte.

»Also! Lilia hat bis siebzehn Uhr Balletttraining. Alexander wird sie abholen und nach Hause bringen«, organisierte sich Chris ihren Abend mit Georg. »Du nimmst sie entgegen und kontrollierst als Erstes die Hausarbeiten. Lilia nimmt es damit nicht so genau. Deshalb: Vertrauen ist gut, Kontrolle ist besser. Das Abendbrot stelle ich euch in den Kühlschrank. Um kurz vor sieben darf Lilia noch das Sandmännchen gucken. Kein Westfernsehen! Um acht Uhr muss sie im Bett liegen. Sie braucht ihren Schlaf.«

»Bist du verrückt?« Marlenes Ausruf bezog sich auf die ganze Idee, aber vor allem auf den Arbeitsplan, der ihr so mir nichts, dir nichts übergestülpt wurde. Also entschied sie unerbittlich: »Du kriegst meinen Pass nicht!«

VIERUNDZWANZIGSTES KAPITEL

Die eine Freiheit gibt es nicht. Über eine Grenze zu gehen, verändert alles. Eine Nacht in West- und Ostberlin.

Das klassische Balletttraining war zu Ende. In Vorfreude auf die nächsten Stunden hatte Chris geglänzt. Niemand im Ensemble konnte übersehen, wie sie sich in den letzten Wochen gesteigert hatte. Jetzt wollte Chris so schnell wie möglich unter die Dusche. Doch bevor sie in den Umkleideraum gehen konnte, wurde sie von Regina Feldmann zurückgehalten. »Ich muss Sie sprechen, Christine.«

Erstaunt folgte Chris der Ballettdirektorin ins Büro. Zu jeder anderen Zeit wäre ihr ein Gespräch recht gewesen. Doch ausgerechnet an diesem Tag hatte sie es eilig, verdammt eilig.

Regina Feldmann schloss die Tür hinter Chris und bot ihr einen Platz an. »Wir müssen die Rolle der Miracula umbesetzen. Gaby Sommer hat um Beurlaubung gebeten«, berichtete die Ballettdirektorin nur die halbe Wahrheit. Chris hatte die Tränen der Freundin gesehen und deren Erschöpfung. Gaby hatte sich einfach zu viel vorgenommen.

»Um es kurz zu machen: Ich habe mich dafür eingesetzt, dass Sie vortanzen«, sprach die Ballettdirektorin weiter. »Auch Mr.

Williams hat inzwischen erkannt, was Sie draufhaben.« Regina Feldmann schaute Chris an und erwartete einen Freudenausbruch. Als dieser ausblieb, sagte sie: »Wir wollen Sie in einer halben Stunde sehen. Ich weiß, dass Sie die Rolle kennen, zeigen Sie uns einen Ausschnitt und Ihre Interpretation.«

Es war bald vier. Immer wieder schaute Georg auf die Bahnhofsuhr. Seit einer Stunde war er mit Chris am Bahnhof Friedrichstraße verabredet, auf der Westberliner Seite. Marlene hatte ihm gesagt, dass die Schwester gleich nach dem klassischen Balletttraining losgehen würde. Wo blieb sie nur? Seine Sorge wuchs von Minute zu Minute. Eigentlich hätte er alles dafür tun müssen, die beiden von dieser verrückten Idee abzuhalten. Aber seine Sehnsucht nach Chris hatte wider die Vernunft gewonnen.

Bislang hatte ihm das neue Leben keine Erlösung geschenkt. Er war mit leichtem Gepäck ausgereist, doch an seinem emotionalen Rucksack trug er schwer. Er war Marlene dankbar, dass er nicht mehr im Auffanglager leben musste zwischen anderen Ostdeutschen, die sich die Taschen vollhauten mit Geschichten von ihrer strahlenden Zukunft, von der die meisten genauso weit entfernt waren wie er selbst. Er sah seine Landsleute kritisch, die fortgingen, um am Wohlstand des Westens teilzunehmen, nur die wenigsten von ihnen hatten wirklich politische Gründe für diesen Schritt. Wobei er sich die Frage stellte, ob einen Pass zu besitzen, reisen zu können, über konvertierbare Währung zu verfügen nicht eigentlich politische Gründe waren. Gewichtige noch dazu! Das Recht auf freie Ortswahl, auf Freiheit der Rede, der Versammlung, der Gründung einer Partei – alles in der DDR undenkbar – waren Grundrechte, die Aufklärung und Französische Revolution den Bürgern als unveräußerlich zuerkannt hatten. Jetzt saß Georg im Westteil der Stadt und sehnte sich nach der unendlichen Freiheit des Atlantiks, dem Rauschen des Windes, der ihn vielleicht von all den Gedanken reinigen könnte. Er fragte sich, warum er nicht die erstbeste Gelegenheit genutzt hatte, zu reisen und die Welt zu sehen. Stattdessen war er in der ummauerten Stadt geblieben, von der aus er den Ostberliner Fernsehturm sehen und sich Chris' Haus und ihre Wohnung vorstellen konnte. Er wusste, wann sie sich für die Abendvorstellung fertig machte, wann sie nach Hause kam, wie sie in Lilias Zimmer ging und nachschaute, ob die Tochter schlief. Gab es die Freiheit überhaupt, nach der er sich sehnte? Da endlich sah er Chris.

Sie war im Adrenalinrausch. Das Leben war grandios. Sie flog und nichts würde sie an diesem Tag stoppen können. Chris fiel in Georgs Arm. »Wo warst du denn so lange, ich bin fast verrückt geworden vor Sorge«, flüsterte er.

»Tut mir so leid, ich musste plötzlich vortanzen.« Sie löste sich und schaute ihn glücklich an. »Ich bekomme die Miracula.« Georg hatte durch Marlene von den unglücklichen Verwicklungen im Palast erfahren. »Na, dafür habe ich mir dann doch gerne die Beine in den Bauch gestanden und vor Angst um dich gezittert.« Arm in Arm gingen sie zur U-Bahn Richtung Kreuzberg. Chris berichtete, was es im Ensemble Neues gab, von Williams, seiner originellen Choreografie und dass »Traumvisionen« ein Glanzstück werden würde. »Es tut mir wirklich leid für Gaby. Aber es war einfach eine fixe Idee, so schnell nach der Entbindung wiederzukommen.«

»Das hast du doch damals auch so gemacht«, erwiderte Georg verwundert.

»Ich war achtzehn und hatte keine Ahnung von nichts. Gaby hätte sich ein Jahr ausruhen können, ihren Sohn genießen und dann mal vorsichtig gucken, was geht.«

Georg schaute seine Freundin amüsiert an.

»Ja!«, sagte Chris ausgelassen. »Ich war sehr jung, und da erholt sich der Körper eben viel schneller als mit Anfang dreißig.« Sie waren einander vertraut wie immer.

Die U-Bahn brachte sie zum Moritzplatz. Von dort aus gingen sie die wenigen Hundert Meter bis zum Grenzübergang Heinrich-Heine-Straße. Durch die schwer bewachte Anlage konnte Chris rüber zum Alexanderplatz schauen. Der Ostberliner Fernsehturm war zum Greifen nahe. Noch näher waren die Hochhäuser der Fischerinsel an der Spree.

Georg zeigte über die Mauer in Richtung Süden. »Dort ist deine Wohnung. Wenn wir jetzt loslaufen könnten, wären wir in einer Dreiviertelstunde bei dir.«

Chris schaute überwältigt auf die Grenzanlage. »Mir war gar nicht klar, wie nah das alles ist.«

»Ich habe das auch erst begriffen, als ich hier war«, gestand Georg. »Das Gehirn schaltet die Grenze aus. Wahrscheinlich würde der Mensch sonst verrückt werden. Das ist wie bei einem Erfrierenden. Irgendwann schläft er ein, und dann kommt der Tod. Es ist nicht die Kälte, die das Problem ist. Es ist der Schlaf.«

Sie gingen bis zur Betonmauer, die die Straße, die von Kreuzberg in Westberlin zum Alexanderplatz in Ostberlin führte, in der Mitte teilte.

»Von dieser Seite ist die Mauer also bunt.« Chris strich mit dem Zeigefinger über den rauen Beton, der mit Graffiti besprüht war. Linke politische Parolen wechselten sich ab mit Comicfiguren, Karikaturen oder einfach nur Farbklecksereien. Wenn man die graue schwer bewachte Mauer von Ostberliner Seite aus kannte, dann war dieses Bild anarchistisch und verspielt. Hier war der Kalte Krieg mit Farbe besprüht.

Chris schmiegte sich in Georgs Arm und genoss diesen außergewöhnlichen Moment der Verbundenheit. Er spürte die vertraute Nähe, in die sich jetzt schon der Schmerz schob, dass er sie nicht für immer festhalten konnte.

»Mama!« Lilia stand auf der Straße neben dem Wagen ihres Vaters und rief zum Fenster im dritten Stock hinauf. Sie bemühte sich um ganz besondere Aufmerksamkeit, dass wirklich alle hören sollten, dass sie nach ihrer Mutter rief.

Marlene kam ans Fenster und schaute hinunter zu ihrer Nichte und Alexander.

»Wir wollen noch in die Broilerbar!«, rief Lilia hinauf und betonte noch einmal besonders theatralisch: »Mama!«

Marlene und Alexander sahen sich über die Distanz an. Sie waren neugierig aufeinander.

»Papa bezahlt auch«, ließ Lilia die Nachbarschaft an ihrem Familienglück teilhaben.

Alexander lächelte gewinnend nach oben. Marlene schloss das Fenster und kam wenig später aus dem Haus und gab sich besonders mütterlich-autoritär. Schließlich hatte sie von Chris Verhaltensregeln übertragen bekommen. »Wir haben einen strengen Zeitplan, Lilia. Da können wir nicht einfach in eine Bar gehen.«

»Broilerbar können wir – ist doch Abendbrot«, hielt Lilia dagegen.

Marlene, die keine Ahnung hatte, was eine Broilerbar war, schaute verständnislos zu Alexander, der sie eine Spur leiser aufklärte. »Broiler sind bei uns gegrillte Hähnchen.«

»Und die gibt's hier in einer Bar?«, stellte Marlene amüsiert fest. »Donnerwetter! Da bin ich natürlich mit von der Partie.«

Alexander öffnete die Tür seines Wagens. »Es ist mir eine Ehre.«

Lilia verdrehte die Augen und ermahnte ihren Vater. »Du musst dich ganz normal benehmen, Papa, als wenn das Mama wäre.«

Alexander versprach es, schlug die Tür zu und lief beflissen zur Fahrerseite. Lilia stöhnte über das Theater, das ihr Vater veranstaltete.

Nichts schien hier auf Dauer ausgelegt. Chris schaute sich in Marlenes und Georgs provisorisch eingerichteter Wohnung um. Sie selbst war fest mit ihrem Leben verwachsen, und es gab keinen Grund, etwas zu verändern. Sie wunderte sich über sich selbst. War sie alt? War sie angepasst? Fehlten ihr Abenteuerlust und Freiheitsdrang? Verstanden die anderen das Leben mit beiden Händen zu greifen, während sie brav einem ausgewiesenen Pfad folgte?

Chris trat an den Schreibtisch ihrer Schwester, der eigentlich ein Tapeziertisch war, und betrachtete beeindruckt die Bücher und Unterlagen, zum größten Teil waren es Manuskripte für die Programmierung von Computersoftware. Dazwischen lag das Äffchen. Chris gab ihm einen würdigen Platz auf Marlenes Bett. Dann ging sie in die Küche, wo Georg Köstlichkeiten, die sie noch nie gegessen hatte, auf einem Teller drapierte. Hummus, schwarze Oliven, gefüllte Weinblätter, Fladenbrot, Kebab – erklärte er auf Chris' Nachfrage und schob ihr eine Olive in den Mund. »Was wirst du mit deinem neuen Auto machen?« Er schmunzelte. »Marlene hat mir natürlich alles ausführlich erzählt.«

»Ihr redet also über mich?« Chris nahm sich gleich noch eine Olive, um nicht zu zeigen, dass sie eifersüchtig war. »Wie ist das so mit ihr?«

»Ich habe das Gefühl, dass ich die ganze Zeit in dein Gesicht sehe. Es ist ein bisschen schizophren«, erwiderte Georg ehrlich und schüttelte lächelnd den Kopf, um seiner Freundin ohne Worte zu sagen, dass sie sich keine Gedanken zu machen brauchte. Chris seufzte erleichtert und kam zu dem Thema, das sie besorgte. »Marlene sagt, dass du dich nicht als Arzt bewirbst.«

»Ihr sprecht also auch über mich?«, konterte Georg.

Chris ging zum Tisch und steckte ihm eine Olive in den Mund. »Klar!«

»Irgendwie habe ich keine Lust, mich mit diesem System zu arrangieren, nachdem ich das andere verlassen habe.« Georg wischte sich die Hände an einem Küchentuch ab und griff nach der Flasche mit italienischem Rotwein. »Ein Barolo. Ich habe mir sagen lassen, das soll ein sehr guter Wein sein.«

Er zog den Korken aus der Flasche, roch daran, goss sich einen kleinen Schluck ein und probierte. Dann reichte er ihr das Glas. Chris nippte. Der Wein war ihr egal. Sie wollte jede Minute mit Georg auskosten.

Sie stießen an.

»Ich fasse mal zusammen: Du fährst Rettungswagen, obwohl du Arzt bist, wohnst in einer WG, die kaum eingerichtet ist«, sie deutete um sich, »und bist traurig, obwohl du dein Ziel erreicht hast. Richtig? «

»Es ist nicht meine Stadt, Chris. Es lohnt sich nicht, dass ich mir hier was aufbaue.«

»Es lohnt sich immer, was für sich zu tun, egal wo«, sagte sie zärtlich. Er schüttelte den Kopf. »Ich bin über eine Grenze gegangen. Wenn man über eine Grenze geht, ist dort alles nicht mehr so wie vorher. Das muss ich akzeptieren.«

Sie legte die Hand an seine Wange und spürte plötzlich das Verlangen, ihn zu lieben. Er fing ihre Sehnsucht auf, streichelte die Hand, die sein Gesicht umfing. Sie nahm ihn in den Arm, samt seiner entwurzelten Freiheit, und küsste ihn, um endlich all das Hin und Her der Gedanken, die nichts bewirkten als Schmerz, hinter sich zu lassen. Georg nahm sie hoch und trug sie hinaus aus der Küche, in sein Zimmer, in dem er sich in unzähligen Nächten nach der Möglichkeit einer Heimkehr zu ihr gesehnt hatte.

Im Flur standen Alexanders Stiefeletten aus Krokolederimitat, daneben Lilias und Marlenes Sandalen. In der Küche fand eine Schlacht mit Kampfesgeschrei statt. Nachdem sich die drei die Bäuche vollgeschlagen hatten, lernten sie sich beim »Mensch ärgere Dich nicht« besser kennen. Eine so entspannte Familienrunde erlebte Lilia mit Vater und Mutter nie.

Marlene war voll und ganz in Chris' Rolle geschlüpft, also förmlich in die Haut ihrer Schwester. Sie trug nicht nur deren Klamotten, kümmerte sich um Lilia, als wäre sie ihre Mutter, sie verbrachte auch noch den Abend mit dem Ex ihrer Schwester. Sie würfelten und setzten, schmissen sich raus, krochen übermütig auf dem Fußboden nach dem Würfel. Natürlich ließen die Erwachsenen das Kind gewinnen. Danach übte sich Marlene als resolute Mutter und brachte Lilia, wie sie es Chris versprochen hatte, wenn auch verspätet, ins Bett. Während sie im Kinderzimmer die Fenster schloss und die Kissen aufschüttelte, hoffte sie, dass Alexander jetzt nicht brav nach Hause gehen würde. Als Lilia mit geputzten Zähnen unter der Decke lag und Marlene zurück in die Wohnküche kam, hatte er eine Kerze angezündet und irgendwo eine Flasche Wodka hergezaubert.

»Cheers!«

«Nasdarowje«, prostete Alexander auf Russisch. Sie tranken. Er goss nach und ließ sich neben Marlene aufs Sofa fallen. Vor ihnen auf dem Tisch standen die Wodkagläser. Es wurde still.

Chris und Georg lagen eng umschlungen.

»Warum haben wir das nicht schon viel früher gemacht?« Chris strich ihm über die Brust.

Er nahm sie in den Arm und verkroch sich in ihrem Haar. »Ich hab' immer gedacht, dass ich dir viel zu schwermütig bin.«

»Was?« Chris beugte sich über ihn. »Was für ein Blödsinn.« Sie küsste ihn immer und immer wieder. »Ich muss so oft dran denken, wie du mich auf deinem Roller durch den Park gefahren hast. Stundenlang.«

»Da waren wir aber noch sehr klein.« Er erinnerte sich an die Nachmittage, an denen Chris nicht zum Ballettunterricht musste. Er hatte am Gartentor in Pankow geklingelt. Sekunden später kam sie aus dem Haus gerannt. Elisabeth mahnte stets, dass die Enkelin nicht zu spät wiederkommen sollte, doch das Lächeln der Großmutter erzählte etwas anderes. Sie mochte den Jungen, und sie mochte noch mehr, dass er ihrer Chris so treu war.

Chris dachte daran, wie sicher sie sich in seiner Nähe gefühlt und dass sie sich stets gewundert hatte, wie unermüdlich er mit ihr durch den Bürgerpark rollerte, weiter in den Schlosspark, am Flüsschen Panke entlang, zurück in den Bürgerpark. Dort legten sie sich unter eine Trauerweide und sprachen über ihre Gedanken, oder sie schwiegen und blinzelten in die Sonnensilberfunken, die sich in den Blättern fingen.

»Damals wollte ich dich heiraten«, gestand Chris.

Georg lächelte. Ja, das hatte er auch gewollt.

»Aber du bist mir immer ausgewichen«, setzte sie ihre Erinnerungen fort.

»Ausgewichen? Du hast mir gar keine Gelegenheit gegeben, dass ich dir einen Antrag mache.« Georg spielte den Empörten.

»Tausend Gelegenheiten!«, trumpfte Chris auf. »Im Sommer nach dem Abitur habe ich dich in unseren Bungalow an der Ostsee eingeladen. Wer nicht gekommen ist, warst du.«

»Weil ich keinen Urlaub bekommen habe. Ich war bei der Armee, wenn ich dich erinnern darf.«

»Nein, du hattest eine Freundin.«

»Wer soll denn das gewesen sein?«

»Irgend so eine großartige, sehr kluge Philosophiestudentin.«

Georg tat so, als ob er sich nicht erinnern könnte. »Philosophiestudentin?«

»Allerdings! Und ich weiß sogar, wie sie hieß: Ramona Rabenalt.«

»Es macht mir Angst, dass du besser über mein Leben Bescheid weißt als ich.« Er wollte sich unter der Decke verstecken.

Chris nahm sie ihm weg und fuhr zur Hochform auf. »Genau, und dann gab es noch eine Ulrike, die wollte unbedingt von dir schwanger werden. Und diese wunderschöne Kellnerin aus dem ›Ganymed‹, die dich mit Nasi Goreng aufgepäppelt hat und ...«

»Die sah wirklich verdammt gut aus«, unterbrach Georg ihre Aufzählung.

Prompt boxte ihn Chris. »Du Angeber, du!«

Georg lachte, er hielt sie fest und küsste ihr weitere Erinnerungen von den Lippen. »Und du warst immer mit deinem Tanzen beschäftigt«, sagte er sanft und ohne Vorwurf, »dem Training, der Schule, den Prüfungen, dem Vortanzen. Und kaum hattest du dein Diplom in der Tasche, bist du Alexander in die Arme gefallen.«

»Weil du mich niemals, nicht ein einziges Mal geküsst hast«, beschwerte sich Chris.

»Du mich auch nicht«, hielt Georg dagegen und wusste, dass es tausend verpasste Gelegenheiten gab.

Chris protestierte: »Aber ich wollte.«

»Ich wollte auch.« Er drehte sie auf den Rücken und küsste sie viele Male ... auf den Mund, die Arme, ihr Dekolleté.

Chris erwiderte seine Zärtlichkeiten. »Und als ich nicht mehr mit Alexander zusammen war, hattest du Beate.«

»Und du ein Kind.«

Chris seufzte und dachte daran, wie erschöpft sie gewesen war, als die Beziehung mit Alexander beendet war. Damals hatte sie keinen Raum für Georg. Sie war froh gewesen, dass er als Freund zu ihr hielt und immer für sie und Lilia da war.

Sie lagen nebeneinander und hielten sich an den Händen.

In der anderen Hälfte der Stadt saßen Marlene und Alexander und hielten sich an den Wodkagläsern fest wie an Bojen im stürmischen Meer. Darf ich das wirklich, dachte Marlene. Darf ich mit dem Ex meiner Schwester was anfangen? Vielleicht ist er ja nur so charmant, weil er glaubt, Chris zurückzuerobern. Vielleicht liebt er sie ja noch und er meint gar nicht mich. Vielleicht mache ich mich lächerlich, wenn ich ihm meine Gefühle zeige.

Alexander nahm Marlene das leere Glas aus der Hand, stellte es auf den Tisch und wollte sie küssen.

»Ob das eine gute Idee ist?«, sagte Marlene.

»Wieso denn nicht?« Er kam näher.

»Lilia und Chris – ihr seid doch immer noch eine Familie.«

»Chris und ich, wir sind schon über sieben Jahre auseinander. Da werde ich mich doch wieder verlieben dürfen.«

»In die gleiche Frau? Nicht dass du eigentlich meine Schwester meinst.«

»Du bist nicht die gleiche Frau.«

»Ihr seid alle auf uns reingefallen. Auch du!«, protestierte Marlene.

»Ich bin nicht reingefallen. Ich habe sehr wohl bemerkt, dass Chris sich verändert hat.« Er lächelte. »Deine Stimmlage, da ist viel mehr Kraft dahinter, du fasst dich anders an. Hinter deiner Stirn sind Geheimnisse, die ich gern erfahren würde.«

Marlene atmete hörbar aus. »Bleib am Boden, Junge!«

Sie wusste, Süßholzraspeln bei der ersten Begegnung hatte nur eine geringe Halbwertzeit.

Doch Alexander ließ sich nicht beirren. »Du bist sehr klug, setzt dich durch, hast keine Angst.«

»Woher willst du wissen, dass ich keine Angst habe?«

»Das merkt man doch.« Er schaute sie eindringlich an. »Für mich wiederholt sich hier gerade gar nichts.«

»Da bin ich mir nicht sicher, ob ich das glauben kann«, hielt ihn Marlene auf Abstand. Von wegen, sie hätte keine Angst. Was würde Chris sagen, wenn sie erfuhr, was gerade geschah? Doch noch viel mehr hatte sie Angst, sich einem Mann anzuvertrauen, womöglich ihre Unabhängigkeit in Gefahr zu bringen, und am meisten Angst hatte sie, enttäuscht zu werden.

Alexander gab auf und goss die Gläser wieder voll. Sie prosteten sich zu. Marlene nahm ihm das Glas aus der Hand und küsste ihn. Einfach so. Sie war zu neugierig. Alexander brauchte einen Augenblick. Dann erwiderte er ihr Begehren. Dieser erste Kuss war einfach perfekt.

»Ich frage mich, wie es umgekehrt gewesen wäre, wenn Vater mich in den Westen mitgenommen hätte.« Chris und Georg saßen nur halb bekleidet am Küchentisch und ließen sich endlich das Essen schmecken, während sich ihre nackten Beine berührten. Es war bald Mitternacht.

»Dann hätten wir uns nicht kennengelernt«, antwortete Georg mit vollem Mund.

»Dann wäre Marlene Tänzerin geworden, vielleicht. Und ich die Erbin eines Familienunternehmens.«

»Reizt dich das etwa?« Georg spießte ein Stück eingelegten Oktopus auf seine Gabel und ließ Chris davon kosten.

»Mmh, irgendwie – wie Gummi.« Sie kaute. »Es ist verrückt, aber ich glaube, Marlene beneidet mich um meine Freiheit.«

»Du tanzt, machst, was du willst und hast sogar ein Kind.«

»Marlene kommt nach unseren Eltern. Es zieht sie zu den Naturwissenschaften.«

»Und du kommst nach dir selbst.«

»Nee, nach meiner Omi. Sie hat dafür gesorgt, dass ich Ballettunterricht nehme.«

Chris wischte mit einer Scheibe Brot das Öl vom Teller. »Warum hast du bloß nicht mit mir gesprochen, bevor du diesen Scheißausreiseantrag gestellt hast?«

Georg stand auf, nahm Chris bei der Hand, zog sie hoch und mit sich zurück ins Zimmer, das noch angefüllt war von ihrer Liebe. Keine Fragen mehr. Kein Zweifeln. Die fremde Stadt, der Grenzübertritt waren wie ein endloser Raum, in dem die Gefühle sich potenzierten und in dem sie flogen wie Chagalls Liebespaar über der Stadt.

Die Nacht wich dem ersten Morgengrauen. Auf dem Bahnhof Zoologischer Garten lag die aktuelle Ausgabe einer Boulevardzeitung zur Selbstbedienung in der Box. »Jetzt wird's eng für Erich. Zehntausende Ostdeutsche protestieren wieder gegen die SED-Bonzen«, stand mit großen Lettern auf dem Titelblatt. Gemeint waren die Montagsdemonstrationen in der DDR, die Woche für Woche in immer mehr Städten stattfanden.

Georg hielt Chris umschlungen. Sie warteten auf die S-Bahn. Die gemeinsamen Stunden waren viel zu kurz gewesen. Sie hatten kaum geschlafen, waren immer wieder aufgewacht und hatten sich geliebt. Jetzt war jede Bewegung, jeder Schritt, als risse es sie auseinander. Zwei Körper, die in dieser Nacht zu einem verschmolzen waren und die nichts anderes wollten, als verbunden zu bleiben. Verbunden, bis sie sich von selbst lösten.

»Wir dürfen nie mehr so ein Risiko eingehen.« Georg zog sie noch enger an sich. »Ich will nicht, dass dir was passiert.«

»Natürlich sehen wir uns«, widersprach Chris. »Ich komme, sooft es geht.«

»Nein, Chris! Nein!« Seine Stimme klang unglücklich. »Du hast deinen Vater gefunden, du hast eine Schwester. Jetzt sogar eine Hauptrolle im neuen Programm. Leb dein Leben!«

»Du hast etwas vergessen«, sagte sie voller Zuversicht. »Ich habe Marlenes Pass.«

Plötzlich bemerkte Chris einen Mann. »Da fotografiert uns jemand.«

Georg drehte sich um. »Was soll denn das?« Er ließ sie los und rannte zu dem Fotografen, um ihm die Kamera zu entreißen. Doch der Mann drängte ihn weg und lief los. Georg folgte ihm. In diesem Augenblick kam die S-Bahn.

»Georg!«, schrie Chris und sah sich suchend um. Wenn sie pünktlich zur Probe im Palast sein wollte, durfte sie die Bahn nicht verpassen. Chris hatte diese eiserne Disziplin verinnerlicht, dass sie auch jetzt nicht auf die Idee kam, die Bahn davonfahren zu lassen. Sie stieg ein und hoffte, dass Georg noch rechtzeitig zurückkäme, dass sie die letzten Minuten der Fahrt zur Friedrichstraße gemeinsam verbringen könnten. Doch die Türen schlossen sich. Die Bahn rollte an. Sie presste ihr Gesicht gegen die Scheibe.

Beim Grenzübertritt war Chris in einem emotionalen Ausnahmezustand. Deshalb bemerkte sie nicht, wie gründlich sie registriert wurde. Vom Tränenpalast rannte sie die Friedrichstraße entlang, bog in die Oranienburger ein. Als sie wenige Minuten später die Wohnungstür aufschloss, schlug ihr eine unheimliche

Stille entgegen. Es war gleich halb neun. Chris stürzte ins Zimmer ihrer Tochter. »Du hast verschlafen!«

Sie zog die Vorhänge zur Seite, helles Tageslicht flutete herein. Lilia fuhr auf. »Wieso? Was? Wer?«, stammelte sie schlaftrunken.

»Ich bin's. Mama.« Chris holte sie aus dem Bett und zog ihr das Nachthemd aus. Routiniert folgten Unterhemd und Pullover.

»Welche Mama?« Lilia kam nur langsam zu sich. Es muss am vergangenen Abend spät geworden sein, dachte Chris.

Plötzlich kam Alexander ins Kinderzimmer, ebenfalls übernächtigt. »Tschuldigung, wir haben verschlafen.« Sein schlechtes Gewissen war unübersehbar. »Komm, Spatz, ich fahr dich schnell zur Schule«, sagte er zu seiner Tochter.

»Du hast hier übernachtet?« Chris war empört.

»Wir waren Broiler essen und haben ›Mensch ärgere Dich nicht‹ gespielt«, berichtete Lilia, während sie von ihrer Mutter in die Küche geschoben wurde. Dort packte Chris in aller Eile Zwieback und einen Apfel in die Brottasche, half ihrer Tochter mit der Schulmappe und beschwor sie eindringlich: »Und kein Wort in der Schule, hörst du?«

Lilia leckte Zeige- und Mittelfinger an zum Schwur. Dann schlang sie zärtlich die Arme um ihre Mutter. »Ehrenwort, Mamuschka.«

Alexander hatte seine Lederjacke über das zerknitterte Hemd gezogen. Chris warf ihm einen vernichtenden Blick zu, den er reumütig erwiderte. Er hatte nicht vorgehabt, hierzubleiben und neben Marlene einzuschlafen.

Eilig ging Chris ins Zimmer, wo die Schwester im zerwühlten Bett lag. »Guten Morgen!« Sie zog ärgerlich die Jalousie hoch.

Marlene legte sich die Decke übers Gesicht und protestierte. »Spinnst du?«

»Ich habe dir gesagt, dass ihr um sieben Uhr aufstehen müsst. Lilia kommt zu spät zur Schule.«

»Tut mir leid.« Marlene setzte sich auf. »Und, war's schön mit Georg?«

»Wir sind am Grenzübergang fotografiert worden«, sagte Chris statt einer Antwort. Sie legte ihrer Schwester Pass und Brieftasche aufs Bett und öffnete den Kleiderschrank, um nach frischen Sachen zu suchen.

»Wie jetzt?« Marlene konnte die Information nicht sofort verarbeiten.

»Als wir uns umarmt haben zum Abschied, an der S-Bahn, war da so ein merkwürdiger Typ mit Kamera.« Chris war außer sich.

Marlene blieb gelassen. »Meinst du, der Arm der Stasi reicht bis nach Westberlin?«

»Keine Ahnung. Ich habe richtig Schiss. Jetzt können wir nie mehr tauschen und ich werde Georg nicht wiedersehen.« Chris war den Tränen nahe.

Marlene stand auf und hielt ihre Schwester fest. »Moment mal! Ruhig Blut! Ich wohne mit Georg zusammen, er kann doch mein Freund sein.«

»Untersteh dich!«

»Rein theoretisch. Und jetzt bin ich bei dir und besuche dich. Wo ist das Problem?«

»Rein theoretisch kannst du dir nehmen, was du willst.«

»Wie meinst du denn das?«

»Du wohnst mit Georg zusammen, schläfst mal kurz mit Alexander. Und meine Tochter erkennt mich nicht mehr.«

»Also, um das klarzustellen. Ich habe nicht mit ihm geschlafen. Aber ich könnte es, weil du ihn nämlich nicht mehr willst. Richtig?«

Chris war fertig umgezogen. Ein Blick auf die Armbanduhr sagte ihr, dass sie sich beeilen musste.

Marlene wollte sie so nicht gehen lassen. »Schwester! Niemand kann uns beweisen, wer wer ist!«

»Aber sie wissen inzwischen bestimmt, dass wir zwei sind.«

»Na und! Trotzdem können sie nichts beweisen. Es sei denn, sie lassen mich vortanzen.«

Endlich lächelte Chris. »Ich muss los. Tschüss!« Sie griff ihre Tasche mit den Trainingssachen.

Marlene hielt sie zurück. »Also, mit Georg hat's endlich gefunkt?«

Chris umarmte Marlene. »Ja!«

»Na Gott sei Dank!« Marlene ging zurück ins Bett und schaute versonnen zum Fenster, wo ein Stück blauer Himmel zu sehen war. »Wie wär's mit Kaffee, Marlene, für die gute Tat«, sprach sie mit sich selbst. »Immerhin hast du zwei Liebenden zu ihrem Glück verholfen.« Sie griff nach ihrem Pass und küsste ihn. Erst durch ihre Schwester wurde ihr der unermessliche Wert dieses Dokumentes bewusst.

FÜNFUNDZWANZIGSTES KAPITEL

Es gut zu meinen, ist nicht immer eine gute Idee. Chris zerschlägt Porzellan. Wieder einmal verändert ein Brief alles.

Marlene und Alexander waren verliebt. Für Marlene war es kein Problem, in den Osten zu kommen. Als Westdeutsche konnte sie das, wann immer sie Zeit und Lust hatte. Chris und Georg sahen sich dagegen nicht mehr. Nachdem die beiden in Westberlin fotografiert worden waren, wagte sich Chris nicht mehr über die Grenze. Marlene transportierte Liebesbriefe von Ost nach West und von West nach Ost. Chris litt und versuchte sich mit ihrer Arbeit abzulenken. In sehr kurzer Zeit musste sie sich das Solo erarbeiten. Diesmal ging es nicht um einen Tanz von wenigen Minuten, sondern darum, eine Figur zu formen und ihr Leben einzuhauchen. An vielen Abenden probte sie nach der Vorstellung noch allein. Vor den Spiegeln im leeren Ballettsaal brachte sie all ihren Schmerz und ihre Sehnsucht zum Ausdruck. Dafür war die Miracula perfekt geeignet. Die Herrscherin über das Reich des Dschungels begegnet einem Mann und gibt sich ihm hin, bevor ihre Rivalin mit klirrenden Waffen und Kampfgeschrei auftaucht. Dann muss Miracula den Mann aufgeben.

Ein Gleichnis für Chris' Situation, in der sie Georg nicht sehen durfte, weil die Gewalt ihres Staates übermächtig war.

Die Proben im Palast liefen auf Hochtouren. Das Ensemble war voll beschäftigt und bemerkte nur nebenbei, wie es in den Straßen brodelte und sich immer mehr Menschen montags zu Demonstrationen zusammenfanden. Doch je mehr Polizei und Staatssicherheit die Aufbegehrenden zurückzudrängen versuchten, Repressalien ausübten, Verhaftungen vornahmen, vor körperlicher Gewalt nicht zurückschreckten, desto mehr wurde die Protestbewegung Teil jener Zeit. Das unterdrückte Volk begehrte auf. Die Bürgerbewegung Neues Forum gründete sich und ein Thesenblatt wurde unter der Hand verbreitet. Die Kirchen hielten Gottesdienste für die Inhaftierten ab und öffneten den Raum für Diskussion. Nie davor oder danach waren sie so gefüllt wie damals, als es darum ging, ein freiheitliches und tolerantes Land zu erschaffen.

In der Kabine roch es nach frischem Kaffee. Die Stewardessen begannen mit der Vorbereitung des Frühstücks.

»Ich war gern mit meinem Vater und meiner Tante zusammen. Bei ihnen hatte ich das Gefühl, dass die Welt in Ordnung war. Im Gegensatz zu meiner Mutter lebten wir drei wie im siebten Himmel«, erzählte mir Lilia. »Meine Tante wollte ihre Schwester an ihrem Glück teilhaben lassen, wenigstens ein bisschen, und kam auf eine Idee. Ich hatte ihr erzählt, dass das Ensemble jede Gelegenheit nutzte, um sich von Musicalproduktionen aus dem Ausland inspirieren zu lassen. Also kaufte

Marlene kurzerhand einen Videorekorder, die neuesten Tanzfilme, und um die Überraschung komplett zu machen, sollte Alexander das Gerät heimlich anschließen.«

An diesem Nachmittag kam Chris früher als erwartet nach Hause. Beim Hineingehen in die Wohnung hörte sie ihre Tochter über »A Chorus Line« sprechen und wie Marlene die englische Aussprache korrigierte. Als Chris in ihr Zimmer trat, staunte sie nicht schlecht, neben Lilia und Marlene auch noch Alexander anzutreffen. Er kniete zwischen Kabeln, Steckern, einer Bedienungsanleitung und hantierte hinter ihrem Regal. Auf der Couch lagen VHS-Kassetten.

Dass die beiden ganz selbstverständlich ihr Leben okkupierten, verletzte Chris. »Ihr könntet wenigstens mal Bescheid sagen, wenn ihr kommt und meine Wohnung auf den Kopf stellt.« Chris baute sich im Türrahmen auf. Fast synchron wandten sich die Blicke der drei nach ihr um. Marlene und Lilia verständigten sich wortlos. Die Überraschung drohte zu platzen. Schnell griff Marlene nach einer Videokassette. »›A Chorus Line‹, brandneu. Ich habe auch noch ›Saturday Night Fever‹, ›Flashdance‹ und ›All That Jazz‹ für euch.«

»Mama, und du darfst bestimmen, was wir zuerst gucken«, nahm Lilia den euphorischen Tonfall ihrer Tante auf. Sie war sicher, dass sich die Laune der Mutter sofort bessern würde, angesichts der begehrten Tanzfilme.

Doch die war gar nicht begeistert. »Für euch ist das hier alles selbstverständlich, was?«

Alexander, der kurz davor war, das Gerät zum Laufen zu bringen, meinte: »Chrissi, entspann dich. Nur einen Moment noch.«

»Du hältst dich raus«, fuhr sie ihn an.

»Was ist dir denn über die Leber gelaufen?«, fragte Marlene verwundert.

»Du kommst hier an wie ... wie ... wie die gute Fee, die ihr Füllhorn ausschüttet«, gab Chris ihren Gefühlen Ausdruck.

»Die gute Fee mit dem Füllhorn«, konterte Marlene. »Uiuiui, man merkt doch gleich, dass du am Theater bist.«

Chris machte ihrer aufgestauten Frustration Luft. »Die tolle Tante aus dem Westen, die kommen und gehen kann, wie sie will, weil sie nämlich einen Pass hat.«

»Ich kann nichts dafür, dass du in einem Staat lebst, der seine Menschen einmauert.« Marlene ordnete getroffen die Kassetten auf der Couch.

»Dein Gequatsche, das geht mir so auf die Nerven«, griff Chris ihre Schwester weiter an.

»Dann mach doch endlich mal deine Klappe auf und wehr dich. Falls du es noch nicht gemerkt haben solltest, in deinem Land wird inzwischen jeden Montag demonstriert. Soweit ich weiß, hast du da spielfrei. Geh doch mal hin, anstatt mich anzuschreien.«

Das traf Chris. »Pass mal auf, im Gegensatz zu dir habe ich ein Leben, das mir Spaß macht.«

Das traf wiederum Marlene. »Ja, genau wie in diesen Filmen mit Marika Rökk und Johannes Heesters. The show must go on ...«, spielte sie auf die UFA-Filme der Nazizeit an, in denen mitten im Zweiten Weltkrieg die heile Welt besungen wurde, während über Deutschland und halb Europa die Bomben fielen und Millionen Menschen in Konzentrationslagern ermordet wurden. »Wir tanzen und tanzen, und wenn die ganze Welt zusammenbricht«, setzte Marlene das nach, was ihr schon eine Weile durch den Kopf ging.

»Du bist doch bloß neidisch, weil du keine Berufung hast.« Chris war so gereizt, dass sie zubiss.

»Mama!« Lilia war entsetzt.

»Ist ja schön, dass du mal sagst, was du wirklich über mich denkst.« Marlene stand auf und suchte nach ihrer Jacke und der Tasche.

»Ich habe in zwei Wochen Premiere und brauche meine Konzentration.« Chris konnte selbst nicht glauben, was sie da sagte. Aber sie fühlte eine so grenzenlose Ohnmacht, dass sie sich genau den Menschen gegenüber schlecht benahm, die sie am meisten liebte.

»Deine Konzentration lasse ich dir gern.« Marlene ging zur Tür.

»Tante Marlene!« Lilia wollte sie zurückhalten.

Alexander, der den Rekorder inzwischen angeschlossen hatte, stand auf. »Marlene wollte dir lediglich eine Freude machen und du drehst durch.« Er zog die Schuhe an, küsste Lilia auf die Stirn: »Tut mir leid, Mäuschen«, und lief Marlene hinterher.

»Papa!« Lilia war verzagt. Sie hatten sich doch alles so schön ausgemalt.

Chris trat gegen den leeren Karton, ließ sich in einen Sessel fallen und starrte ins Leere. Lilia kam mit einem Brief. »Hat Tante Marlene mitgebracht, von Georg.«

Liebe Chris,
wir beide haben keine gemeinsame Zukunft. Es ist zu gefährlich. Der Gedanke, dass Dir irgendetwas passiert, wenn wir uns sehen wollen, ist unerträglich für mich. Um meiner

Ausreise aus der DDR einen Sinn zu geben, werde ich als Arzt dort arbeiten, wo ich wirklich gebraucht werde. Ich bitte Dich: Lebe Dein Leben und zweifle nicht daran.
In Liebe Dein Georg

Nachdem er wochenlang in Westberlin nach einer Stelle als Orthopäde gesucht und keine gefunden hatte, die seiner Qualifikation entsprach, hatte Georg sich auf eine Anzeige der Organisation »Ärzte ohne Grenzen« beworben. Innerhalb weniger Tage bekam er das Angebot, in einem Krankenhaus in Kalkutta als Allgemeinmediziner zu arbeiten. Georg sagte sofort zu, denn er musste seine vollkommen absurde Situation beenden. Er lebte mit Marlene zusammen, die der Frau, die er sein ganzes Leben lang liebte und begehrte, zum Verwechseln ähnlich war. Aber ein Wiedersehen mit Chris war ihm nicht möglich. Nach den gemeinsamen Stunden war dies für ihn nicht mehr auszuhalten. Daher brach Georg seine Zelte endgültig ab und floh weitere Tausende Kilometer vor dem Regime der DDR.

Wie vor fast dreißig Jahren Roland einen Brief geschrieben hatte, der die Liebenden für immer trennte, so tat dies nun auch Georg.

»Endlich wieder zu Hause, Rosa-Kind.« Elisabeth half ihrer Tochter aufs Bett. Richard kam mit dem Koffer. »Jetzt geht's bergauf.« Der Vater schnaufte von der ungewohnten Anstrengung. »Ich hab's gerade geübt.«

»Danke, Papa!« Rosa war es unangenehm, dass sich ihre alten Eltern so um sie kümmern mussten. Umgekehrt wäre es richtig gewesen. Doch die beiden waren rührend besorgt und freuten sich, dass ihre Tochter die Therapie endlich abschließen konnte.

»Tee? Oder ein Schnäpschen?«, fragte der Vater verschmitzt.

»Richard!« Nach über vierzig Ehejahren nahm Elisabeth die Scherze ihres Mannes immer noch für bare Münze.

»Ein Schnaps wäre gut«, stimmte Rosa ihrem Vater zu. »Aber ich bin auf warmes Wasser umgestiegen.«

»Wird sofort erledigt.« Richard verließ das Zimmer.

»Fast drei Jahrzehnte spielen wir Theater, und dann ist alles so einfach.« Rosa schaute sich nach der langen Zeit im Krankenhaus in ihrem Zimmer um. Wie in einem Kokon hatte sie sich hier vor der inneren Not vergraben. Vielleicht hatte sich der Schmerz seinen Ausweg in der Krankheit gesucht. Und zur gleichen Zeit entdeckte Marlene ein merkwürdiges Konto und fand ihre Schwester. Mit der Wahrheit war nicht zu verhandeln, die kam, wenn die Zeit reif war, dachte Rosa und sagte: »Ich weiß nicht, wie ich Chris und Marlene meine Entscheidung von damals erklären soll.«

Elisabeth schob der Tochter ein Kissen unter den Kopf und deckte sie mit einer Wolldecke zu.

»Aber unterm Strich«, versuchte Rosa den Schrecken zu lindern, »hatten wir es doch alle gut. Marlene bei ihrem Vater und Chris und ich hier. Es hätte schlimmer kommen können.« Nein, dachte sie, es ist schlimm gekommen: Ich habe Krebs und vielleicht werde ich daran sterben. Unsere Töchter sind inzwischen erwachsen. Sie gemeinsam aufwachsen zu sehen, haben Roland und ich verpasst. Und auch die Mädchen hatten keine Chance, sich nahe zu sein.

Als hätte Elisabeth die Gedanken ihrer Tochter erraten, sagte sie vorsichtig: »Vielleicht hättest du damals mit Roland rübergehen sollen und deine Familie retten.«

»Mutti!« Rosa setzte sich erschrocken auf.

»Ich weiß. Aber dieses Land, so wie es sich entwickelt hat, ist Verrat an dem Ideal, wofür Männer wie dein Vater gestorben wären. Der Sozialismus ist missraten, Rosa, und das macht mich unendlich traurig.«

SECHSUNDZWANZIGSTES KAPITEL

Jetzt soll endlich gefeiert werden. Westgeld ist nur bedrucktes Papier. Ein Haufen Porzellan wird zerschlagen.

Die Schwestern litten jede für sich. Schrecklich war dieser Streit gewesen. Chris und Marlene sehnten sich nach Versöhnung. Wieder zeigte sich ihre unsichtbare Verbundenheit. Kurz vor Mitternacht saß Chris müde von der Vorstellung in ihrer Küche und nippte an einem Glas Rotwein. Marlene konnte nicht einschlafen und stand noch einmal auf. Plötzlich griffen beide Schwestern nach einem Blatt Papier, einem Stift und begannen zu schreiben.

»Sei nicht böse mit mir«, schrieb Marlene. »Ich bin wirklich sehr gern du. Mir gefällt es bei euch. Auch wenn euer Regime schrecklich ist. Aber es gibt etwas im Osten ... ich kann es gar nicht näher benennen, das macht mir Spaß. Ihr habt so was Leichtes, Unkompliziertes. Das kenne ich bei uns nicht. Deshalb kann ich leider nicht aufhören, dein Leben zu okkupieren. Vor allem auch, weil du mir fehlst!«

Chris schrieb: »Sei mir nicht böse, ich war wirklich ganz schön zickig. Aber ich bin traurig wegen Georg. Jetzt ist er weg. Und ich kann es nicht glauben, dass ich ihn wahrscheinlich niemals wiedersehen werde. Jedenfalls vielen Dank für den Videorekorder. Inzwischen haben Lilia und ich alle Filme angeschaut. Aber das wird sie dir erzählen, wenn ihr euch am Wochenende bei Alexander seht.«

Erleichtert ging Chris in die Endproben. Sie wusste, dass diese Revue ein Meilenstein in ihrer Laufbahn werden würde.

Erleichtert plante Marlene die Premiere ihrer Schwester. Sie wollte diesen Abend zu einem Ereignis machen. Die Mutter war wieder zu Hause und auf dem besten Wege, gesund zu werden. Ein Grund zu feiern.

»Dass dieses Mal die ganze Familie Karten für die Premiere hat, ist wunderbar.« Elisabeth drückte glücklich Marlenes Arm und schielte zu Richard, der mit sich nicht im Reinen war. »Da braucht man eine Enkelin im Westen, dass mal die ganze Familie in den Palast gehen kann.«

»Du weißt doch, wie knapp die Karten sind, Richard«, versuchte Elisabeth ihren Mann aufzurichten.

»Das ist was Grundsätzliches, dass wir uns wegen dem Westgeld krummmachen und unsere eigenen Leute benachteiligt sind.«

»Opa! Westgeld ist auch nur bedrucktes Papier«, versuchte Marlene fröhlich, seine schlechte Laune zu zerstreuen.

Richard rang sich ein halbherziges Lächeln ab und ging Programmhefte kaufen.

»Westgeld ist nur bedrucktes Papier?« Lilia schüttelte entrüstet den Kopf. »Das ist ja die Höhe!« Das Kind hüpfte aufgeregt um die Erwachsenen herum. »Ich hab' schon richtig Lampenfieber.«

»Aber du tanzt doch heute gar nicht, Ohrenkneiferchen.« Marlene fing ihre Nichte auf und gab ihr einen Kuss auf die Stirn.

»Mir geht es genauso wie Lilia.« Rosa strahlte in die Runde. »Das letzte Mal waren wir alle gemeinsam in Chris' Abschlussvorstellung auf der Ballettschule. Das ist nun schon fast zehn Jahre her.«

Marlene sah die Freude ihrer Mutter. »So lange?«

Rosa nickte. »Seitdem muss deine Schwester zusehen, dass sie mal ab und an eine Karte für uns bekommt.«

Marlene schüttelte ungläubig den Kopf. Lilia zog ihre Tante zu einem Plakat, auf dem Chris als Miracula zu sehen war.

Rosa wandte sich an Elisabeth. »Kannst du dich noch erinnern, Mutti, als Chris die Entscheidung getroffen hat, Tänzerin zu werden?« Elisabeth nickte schmunzelnd. Natürlich konnte sie sich an jenen Winterabend 1971 erinnern.

Die Familie war daran gewöhnt, dass Rosa nie vor sieben von der Arbeit nach Hause kam. Montags wurde es noch später. An diesem Tag hatten die Genossen der SED ihre Parteiversammlungen oder das Parteilehrjahr, bei dem sie sich mit der aktuellen Politik auseinandersetzen oder Lektionen in Marxismus-Leninismus über sich ergehen lassen mussten. Elisabeth, die seit der Geburt der Zwillinge freiberuflich arbeitete, drückte sich vor den Zusammenkünften, sooft sie konnte. Es gab immer eine

Übersetzung, die schnell fertig werden musste, und damit einen Grund, der ihr Fernbleiben entschuldigte. Um sich selbst nicht bei einer Lüge zu ertappen, arbeitete Elisabeth an den Montagabenden dann besonders lange.

Die Schreibmaschine klackerte, als Rosa müde und hungrig ins Haus trat. »Guten Abend, Mutti«, rief sie ins Wohnzimmer. Dort saß Elisabeth am Esstisch unter der Stehlampe und arbeitete. »Ich leg' mich gleich hin.«

»Ich habe dir dein Abendbrot ins Zimmer gestellt, Rosa-Kind. Vater ist noch im Rundfunk. Chrissi ist im Bett, sie wartet auf dich«, rief ihr Elisabeth zu. »Es gibt wichtige Neuigkeiten, die sie unbedingt mit dir besprechen möchte.«

»Ist es was Schlimmes?«, rief Rosa aus dem kleinen Gäste-WC, wo sie sich die Hände wusch.

»Deine Tochter will sich an der Staatlichen Ballettschule bewerben.«

»Ach du liebe Güte.« Rosa kam ins Wohnzimmer. »Findest du das eine gute Idee, dass sie mit zehn Jahren eine solche Entscheidung treffen muss? Ich meine, als Tänzerin, der Leistungsdruck und irgendwann mit dreißig ist Schluss.«

»Leistungsdruck gibt's doch überall. Guck dich mal an«, entgegnete Elisabeth. Sie hatte ihrer Enkelin versprochen, bei der Mutter ein gutes Wort einzulegen.

Rosa seufzte. »Wir haben heute erfahren, dass NARVA ein Kombinat wird. Ich soll mich zum Leiter der Produktion qualifizieren.«

Elisabeth nahm die Brille ab und schaute ihre Tochter an.

Rosa versuchte ein Lächeln. »Sie werden mich so lange agitieren, bis ich ›Ja‹ sage, also habe ich gleich zugesagt. Außerdem sind wir ein fast reiner Frauenbetrieb, da gehört auch eine Frau in die Betriebsleitung.«

Sie hat keine Chance und keine Argumente gehabt, sich zu weigern, dachte Elisabeth. Dass die Arbeit über ihre Kraft gehen könnte, gilt nicht. Laut sagte sie: »Na siehst du, und deine Tochter möchte Ballett studieren«, und dachte: Ein Beruf, in dem sich Chris jenseits jeder Ideologie ausleben kann. Das ist doch was!

Rosa ging die Treppe hinauf und klopfte an die Zimmertür ihrer Tochter.

»Da bist du ja endlich.« Chris sprang aus dem Bett und fiel ihrer Mutter um den Hals.

»Oma hat mir schon erzählt, was los ist.« Rosa setzte sich auf die Bettkante.

Lilia sprudelte los: »Und ich will es unbedingt.«

Rosa schaute ihr Kind an – hochgeschossen, schlank, langes blondes Haar – und überlegte, ob sie ihrem Vater ähnlich war.

»Unbedingt, unbedingt!«, betonte Chris. »Weil ich ja alles weiß, was dagegen spricht, aber ich will es trotzdem!«

Rosa strich der Tochter liebevoll eine Haarsträhne von der Stirn. »Na, dann muss ich wohl auch zustimmen, was?«

Chris nickte. Rosa ebenfalls. Diese Entscheidung würde das Leben ihrer Tochter ausrichten. Und niemand konnte wissen, ob die erwachsene Chris als Tänzerin glücklich werden würde.

Sie ist glücklich geworden, dachte Rosa, während sie ihre Tochter tanzen sah. Chris füllte als Priesterin des Dschungels die ganze Bühne aus. Zwischen Lianen und Orchideen gab sie sich dem Zauber der Schöpfung hin. Das Bühnenbild war opulent, die Kostüme aufsehenerregend und die Choreografien außergewöhnlich. Die Zeilen des Gedichtes von Rilke, die zu Beginn der Vorstellung von einer klangvollen Männerstimme in den dunklen Zuschauerraum gesprochen worden waren, bestachen durch ihre Hintergründigkeit. Auf der Bühne entfaltete sich ein Reigen poetischer Bilder, die das Publikum in eine Zauberwelt entführten.

Am Ende gab es minutenlang stehenden Applaus. Marlene sah die strahlenden Augen ihrer Familie und freute sich, dass sie auf die Idee gekommen war, den Abend zu organisieren. Wie leicht es doch war, Menschen glücklich zu machen. Diesmal verstand sie auch, was eine solche Aufführung für die Zuschauer im Saal bedeutete. Dem begrenzten Alltag entfliehen. Verzaubert werden. Hoffnung schöpfen. Ihre Schwester hatte diesen Beruf erwählt. Sie selbst wollte sich auch etwas suchen, was sie so ausfüllte, nahm sich Marlene fest vor.

Zur Feier des Tages ging die ganze Familie gemeinsam mit Alexander ins exklusive Restaurant »Ganymed«, das direkt gegenüber vom Palast neben dem Brecht-Theater »Berliner Ensemble« lag und wohin die Außenhändler Marlene hatten ausführen wollen. Dort hatte Marlene einen Tisch bestellt. Es war der letzte gemeinsame Abend für eine lange Zeit, denn am nächsten Vormittag würden Chris und Alexander mit dem Ensemble nach Leningrad auf Gastspielreise fliegen.

Chris, noch ganz im Adrenalinrausch der begeistert bejubelten Premiere, hob das Glas. »Danke, dass ihr alle da seid. Danke,

Marlene, für den schönen Abend.« Was für eine herrlich unkonventionelle Familie wir doch sind, dachte sie.

Marlene ging es ähnlich. Wer hätte das vor ein paar Monaten für möglich gehalten? Sie war erleichtert, dass die Familie ihre Beziehung mit Alexander akzeptierte. »Damit es nachher keine Diskussionen gibt, ihr seid meine Gäste«, verkündete Marlene, als der Kellner die Speisekarten verteilte.

»Kommt überhaupt nicht infrage«, widersprach Richard sofort. »Du hast dich schon um die Karten gekümmert. Die Zeche zahle ich.«

»Opa, ich weiß doch sowieso nicht, was ich mit dem Ostgeld machen soll, das ich bei jeder Einreise umtauschen muss«, sagte Marlene unbedarft und hob fröhlich ihr Glas. »Danke eurem Außenhandelsministerium. Sie haben mir den Weg frei gemacht, dass ich nach meiner Schwester suchen und sie auch finden konnte und wir jetzt alle hier sitzen.« Chris und Marlene stießen übermütig an. Lilia fiel ein, dass die Gläser klirrten.

Rosa und Elisabeth blieben verhalten, denn sie sahen Richards Gesicht. Marlene wurde aufmerksam. »Opa, wirtschaftlich sind unsere beiden Länder schon längst wiedervereint.«

»Ach was!«, tat er die Bemerkung ab.

»Aber ja, die Außenhändler waren ganz versessen darauf, mit uns zusammenzuarbeiten«, erwiderte Marlene.

»Die Wenningers und Konsorten müssen pleitegehen, damit das Wesen des Kapitalismus offensichtlich wird«, sagte Richard unwirsch. »Eure soziale Marktwirtschaft vernebelt die Realität des kapitalistischen Systems.«

Das traf Marlene. Mit zäher Mühe hatte sie über Jahre Wilhelm standgehalten und mit ihren Argumenten dagegengehalten.

Nun sollte sie gegen Richard kämpfen? Beschwichtigend legte Alexander ihr die Hand auf den Arm. Sie machte sich los. Er wollte nicht in einen sich anbahnenden Familienstreit hineingeraten, entschuldigte sich, stand auf und ging vor die Tür des Restaurants. Draußen zündete er sich eine Zigarette an.

»Müssen wir ausgerechnet jetzt eine politische Diskussion führen, Vater?«, bat Rosa, die sah, dass Chris blass geworden war.

»Warum nicht jetzt?«, beharrte Richard. »Mich macht es wütend, wenn ich höre, dass wir den Westen beim Überleben unterstützen. Wozu all die Abschottung über Jahrzehnte, wenn wir an den wirklich wichtigen Stellen nachgeben?«

»Ich finde euch blöd«, schaltete sich Lilia ein. »Warum sprecht ihr über solche langweiligen Sachen und streitet euch?«

»Wir streiten nicht, Lilia. Opa und ich, wir sehen die Dinge nur ein bisschen anders.«

»Marlene!« Chris schaute ihre Schwester an. »Hör doch mal auf.«

»Ja, was? Die Wenningers müssen hart arbeiten, um die Zukunft des Unternehmens und seiner Mitarbeiter zu sichern. Deshalb machen wir mit euch Geschäfte.« Sie wandte sich an Richard. »Und deine DDR, Opa, würde ohne unsere Devisen schon längst zusammengebrochen sein.«

Richard warf die Serviette neben seine Speisekarte und ging. Elisabeth rief ihrem Mann nach. »Richard! Das kannst du doch nicht machen.« Als er stur das Restaurant verließ, schaute sie entschuldigend in die Runde und folgte ihm. Lilia lief ihren Großeltern nach.

Zurück blieben Chris, Marlene und Rosa. »Auch wenn du recht hast, Marlene, aber so ein Urteil stellt das ganze Leben deines Großvaters infrage, all den Kampf und all die Kompromisse, die wir gemacht haben«, erklärte Rosa ihrer Tochter.

Marlene schüttelte getroffen den Kopf. »Er urteilt doch auch über meine Familie.«

»Warum verdirbst du die Stimmung«, ging Chris ihre Schwester an. Immerhin war es ihr großer Abend.

»Kinder! Bitte!« Rosa nahm die Hände ihrer Töchter. »Wir müssen uns einfach Zeit geben, um einander zu verstehen.«

Sie schaute ihre Zwillinge an. Chris war ihr vertraut. Marlene, gerade in solchen Momenten, immer wieder fremd.

Marlene hatte sich in Alexanders Arm zusammengerollt. Das Licht der Straßenlaterne tauchte den Raum in ein Halbdunkel, sodass sie ihre Gesichter nur schemenhaft erkennen konnten.

»Du bist für deine Familie eine Fremde, Marlene«, sagte er. »Ihr dürft euch da nichts vormachen. Auch wenn ihr Zwillinge seid, seid ihr auf unterschiedlichen Planeten aufgewachsen.«

Er küsste ihre Stirn, wie um ihre Gedanken zu besänftigen.

»Ich bin doch nicht ihr Feind. Wirklich nicht. Mein Großvater will die Realität nicht wahrhaben und ihr spielt einfach eure Shows weiter wie das Orchester auf der untergehenden Titanic.«

Alexander lachte. »Warum nicht! Daran ist nichts Schlechtes.« Er nahm sie fester in den Arm. »Ärgere dich nicht. Deine Mutter hat recht, ihr müsst euch Zeit geben.«

Marlene war verletzt und dachte, dass der Wunsch, alles nachzuholen und zusammenzuwachsen, womöglich Illusion war. Bereits in der kurzen Zeit, in der sie mit Georg zusammengelebt hatte, war ihr aufgefallen, wie unterschiedlich sie auf die Welt blickten. Wenn sie sich nicht streiten wollten, hatten sie ihr Gespräch abgebrochen und jeder war in seinem Zimmer verschwunden. Mit Alexander schien alles einfacher. Er war unkompliziert, wollte vor allem leben und lieben. An seiner Seite konnte Marlene sich als Frau entdecken. Er begehrte sie und respektierte ihre Gedanken. Ich möchte ihn nicht verlieren, dachte sie und wusste gleichzeitig, dass dies geschehen könnte, wenn sie nicht Frieden mit Chris und ihrer Familie schloss. Im Zweifel würde ihre Beziehung unterliegen. Das stimmte sie traurig. Und am liebsten wäre sie sofort rübergefahren, hinter die Mauer, wo sie ihre Wunden hätte lecken können, wohin die anderen nicht kamen. Doch es war schon weit nach Mitternacht.

Alexander hielt Marlene im Arm. Auch er dachte, dass er sie nicht verlieren wollte. Er hatte Marlene über einen verrückten Umweg des Lebens gefunden. Das Gift der politischen Differenzen durfte ihre Beziehung nicht zerstören. Alexander hatte nie ein Held sein wollen. Das Saxofon war ihm Ankerpunkt und treuer Gefährte. Doch nun kam die Zeit, in der mehr von ihm gefordert wurde, als eine Partie sauber vom Blatt zu spielen oder genial zu improvisieren. Jetzt ging es um seine Liebe, die er schützen musste. Ihm wurde plötzlich bewusst, in welcher Verstrickung sie sich alle befanden, wenn sie es zuließen.

Kurz nach dreizehn Uhr hob die Sondermaschine vom Flughafen Schönefeld ab. Das Ensemble verließ die Heimat, um am Leningrader Musicaltheater mit einem Programm der besten Tänze aus den letzten Jahren zu gastieren, dazu kamen noch Sänger und Artisten, eine Art Geburtstagsgabe für das sowjetische Bruderland. In dieser Stunde ahnte niemand, welche Veränderungen sie bei ihrer Rückkehr erwarten würden.

Ein prächtiger Ausblick auf die Newa, den breiten Fluss, der sich durch Leningrad schlängelte, bot sich Chris, als sie auf den Balkon ihres Hotelzimmers trat. 1984, kurz vor der Eröffnung des neuen Friedrichstadt-Palastes, war das Ensemble schon einmal hier gewesen. Damals hatten alle die Reise genossen. In den freien Stunden waren sie auf eigene Faust durch die Stadt gebummelt, waren in die Galerien und Museen gegangen, hatten sich das Eis schmecken lassen, unzählige Fotos geschossen und Freundschaften mit den Einheimischen geschlossen. Chris hatte jenen Besuch in der Stadt in allerbester Erinnerung. Doch vieles hatte sich seitdem verändert, Gorbatschows Politik der Öffnung das Land destabilisiert. Während in den Instituten, Betrieben, den Wohngebieten, in den Parteiversammlungen über einen neuen Sozialismus debattiert wurde, organisierten sich auf Leningrads Straßen die ersten kriminellen Banden. Den Mitgliedern des Ensembles wurde nahegelegt, im Hotel zu bleiben. Für die kurze Wegstrecke zum Musicaltheater standen Busse bereit.

SIEBENUNDZWANZIGSTES KAPITEL

Marlene steht in einem Kellerloch. Chris ist auf sich selbst geworfen. Der Teufel lacht im Licht eines Streichholzes.

Am 7. Oktober 1989, dem 40. Geburtstag der Republik, ließen es sich Erich Honecker und die Funktionäre des Staatsapparates nicht nehmen, mit Gästen aus aller Welt im Palast der Republik zu feiern. Doch in fast allen Städten der DDR wurde demonstriert. Hundertschaften der Polizei standen bereit. Für die Oppositionellen waren Gefängnisse vorbereitet worden.

Marlene wollte diesen besonderen Tag in Bildern festhalten. Mit ihrer Fotokamera machte sie sich am frühen Abend auf den Weg nach Ostberlin. Vom Grenzübergang lief sie zur Straße Unter den Linden und dort weiter bis zur Spree. Gegenüber vom Berliner Dom stand der Palast der Republik. Schon von Weitem sah Marlene Hunderte Demonstranten. Die Stimmung war extrem angespannt. Sprechchöre riefen: »Demokratie – jetzt oder nie!« Die Polizei hatte das Areal abgeriegelt und drängte die Protestierenden vom Veranstaltungsort weg. Marlene schloss sich dem Demonstrationszug an, sie lief mit

Richtung Prenzlauer Berg bis zur Gethsemanekirche, wo sich weitere Tausende versammelt hatten. Die Macht der Straße, der Wille der Menschen, der Diktatur ein Ende zu setzen, berührte Marlene. Sie selbst war oft auf Protestveranstaltungen gewesen, hatte gegen die Stationierung von Pershings und gegen Endlager von Atommüll demonstriert und kannte die Atmosphäre des Widerstands gegen Regierung und Politik. Doch in ihrer Welt waren es angemeldete Veranstaltungen, die nur dann gefährlich wurden, wenn die Demonstranten ihre Wut gegen das System mit Gewalt an der Polizei ausließen. Hier in Ostberlin waren Proteste verboten, und es kostete Mut, sich gegen die Staatsmacht zu stellen, die bereit war, Kritiker brutal zum Verstummen zu bringen.

Marlene hörte Hundegebell. Die Menge rief: »Keine Gewalt!« In der Nähe der Kirche fuhren Wasserwerfer auf. Mit brutaler Gewalt begann die Polizei, mit ihren Stöcken in die demonstrierende Menge hineinzuschlagen. Marlene wollte rückwärts ausweichen. Doch es war zu spät. Sie konnte nicht mehr entkommen und wurde mit anderen Demonstranten auf einen Lastwagen getrieben.

Kurze Zeit später fanden sie sich in einem Kellergewölbe wieder. Schulter an Schulter, Beine gespreizt, die Hände gegen die Wand gedrückt, einer neben dem anderen im endlosen dunklen Tunnel. Uniformierte prügelten jeden, der ihnen ins Auge fiel. Stöhnen. Schreie. Weinen. Wimmern.

»Ich bin Bürgerin der Bundesrepublik«, wagte Marlene, laut zu rufen. »Ich möchte sofort jemanden aus der Ständigen Vertretung sprechen.« Die Polizisten beachteten sie nicht. Die junge Frau neben ihr fasste Mut und bat darum, zur Toilette gehen zu dürfen. Statt einer Antwort wurde sie geschlagen. Marlene wollte ihr helfen. Doch auch sie traf der Knüppel.

»Danke«, flüsterte die Frau später.

Marlene verlor jedes Zeitgefühl. Spürte, wie die Kälte in ihren Körper kroch. Das Grau des Kellers vernebelte ihre Augen, ihre Kraft ließ nach, sie wollte sich auf den Boden sinken lassen. Da wurde sie am Kragen ihrer Jacke gepackt, aus der Reihe gezogen und den Flur entlang in einen Kellerraum gestoßen. »Setzen! Hände unter die Oberschenkel!«, brüllte der Uniformierte und wies auf einen Holzschemel, der vor einem Tisch stand. Nach einiger Zeit kam ein Mann in Zivil und legte Marlenes Kamera auf den Tisch, ihre Handtasche, dazu ihren Pass. Er setzte sich ihr gegenüber, schlug eine Akte auf und blätterte darin. Bleierne Stille, in der sie nur das Rascheln des Papiers hörte. Marlene sank erschöpft in sich zusammen.

Endlich schaute er auf. »Wie soll ich Sie nennen? Marlene Wenninger oder Christine Steffen?«

Marlene war sofort hellwach.

»Sie und Ihre Schwester haben gegen die Gesetze unseres Staates verstoßen«, setzte der Mann seine Worte mit Bedacht.

»Ich bin Bürgerin der Bundesrepublik Deutschland. Ich möchte die Ständige Vertretung sprechen.« Marlene merkte, wie ihre Stimme zu versagen drohte.

»Sie haben wiederholt mit Ihrer Schwester die Identität getauscht.«

»Ich verlange, einen Anwalt der Bundesrepublik zu sprechen.« Marlene versuchte ihrer Stimme einen festen Klang zu geben.

»Und dieser Anwalt wird erfahren, dass wir Sie aus einer gefährlichen Situation herausgelöst und in Schutz genommen haben.«

Sein Blick nahm Marlene in die Zange. »Die Verletzung der Staatsgrenze der DDR wird mit einer hohen Gefängnisstrafe geahndet.«

»Ich will sofort einen Anwalt sprechen.«

»Wir reden hier nicht von Ihnen, Fräulein Wenninger. Wir reden von Ihrer Zwillingsschwester. Christine Steffen ist alleinerziehende Mutter.«

Stille. Marlene war schockiert.

»Wenn wir Ihre Schwester wegen Vergehen gegen die Staatsgrenze der DDR verhaften, was wird dann aus dem Kind?« Er ließ seine Worte wirken. Nach einer Pause beantwortete er sich die Frage selbst. »Das Mädchen käme unter staatliche Aufsicht in ein Heim. – Bis zu seiner Volljährigkeit. Danach ist ein Mensch gezeichnet.«

Marlenes Gedanken rasten. Sie überlegte fieberhaft, was sie tun könnte, um Chris und Lilia zu schützen.

Der Beamte schien ihre Gedanken zu erraten. »Sie haben es in der Hand, was aus Christine Steffen und der Tochter wird.«

Wieso habe ich es in der Hand? Ich tue alles, was er will, dachte Marlene.

Der Mann zog ein Blatt Papier aus der Akte und schob es Marlene zu. »Sie arbeiten als Softwareentwicklerin?«

Marlene schwieg. Doch ihr Gegenüber kannte selbstverständlich die Antwort. Er schraubte langsam und akribisch einen Füllfederhalter auf, dann legte er ihn auf das Schriftstück. »Erweisen Sie sich kooperativ.«

Marlene rührte sich nicht.

»Soweit uns bekannt ist, heißt Ihre Nichte Lilia. Ein schöner Name übrigens.«

Im Morgengrauen stieg Marlene aus der S-Bahn und ging durch den Bahnhof Zoologischer Garten. Der Fußboden glänzte feucht. Es roch nach Putzmittel. In einem Tabakladen stapelten sich die Tageszeitungen. Die Schlagzeilen beschäftigten sich mit den Demonstrationen in Ostberlin, berichteten von den brutalen Verhaftungen. Gorbatschow, der noch in der Nacht die Geburtstagsfeier seines Amtskollegen Honecker verlassen hatte und zurück nach Moskau geflogen war, wurde zitiert: »Wer zu spät kommt, den bestraft das Leben!«

Marlene verkroch sich unter der heißen Dusche und später im Bett, aus dem sie niemals mehr aufstehen wollte.

Auch in Leningrad verließ Chris ihr Zimmer nur, um zu den Vorstellungen zu gehen oder im Restaurant etwas zu essen. Endlich hätte sie mal wieder ausschlafen können oder die Annehmlichkeiten des Hotels genießen wie Sauna und Bar. Doch stattdessen zählte sie die Tage bis zum Ende des Gastspiels. Wenn sie freihatte, saß sie am Fenster ihres Zimmers, schaute auf den Fluss und dachte über den Vorwurf der Schwester nach, dass sie sich in den Tanz flüchtete, keine Fragen stellte, sich fernhielt vom Umbruch in ihrem Land. Es stimmte. Bei den Kommunalwahlen im Mai zum Beispiel hatte sie, ohne nachzudenken, ihren Wahlzettel gefaltet und in die Urne geworfen. Sie hatte überhaupt nicht in Erwägung gezogen, dass sie etwas in ihrem Land verändern könnte, etwas verändern musste. Chris ging in der Welt des Friedrichstadt-Palastes auf. Das Training, die Proben und die Notwendigkeit, jeden Abend Höchstleistungen zu bringen, füllten sie so sehr aus, dass sie die Realität nur nebenbei wahrnahm. Die Menschen, die jetzt auf die Straße gingen und nach Freiheit riefen, taten dies auch für sie.

Das Ensemble erfuhr es beim Frühstück im Hotel. Erich Honecker musste zurücktreten. Die Ereignisse um den 40. Jahrestag und Gorbatschows Kritik an der DDR-Staatsführung hatten dafür gesorgt. Egon Krenz, ehemals Vorsitzender der kommunistischen Jugendorganisation FDJ, übernahm die Funktion des Staatsoberhauptes. Der alte Funktionär war durch einen Jüngeren ersetzt worden, nicht mehr und nicht weniger, dachten die einen. Andere erkannten die Zeichen der Zeit. Die Lawine der Veränderung war losgerollt, langsam noch. Aber sie rollte.

Aus dem Augenwinkel beobachtete Marlene, wie sich die Computerarbeitsplätze nach und nach leerten. Die Firma Nixdorf war im zweiten Hinterhof eines Backsteingebäudes in Moabit untergebracht und erstreckte sich über eine Etage. Benjamin legte Marlene den Generalschlüssel auf den Tisch. »Wenn du heute länger machen willst, musst du morgen die Erste sein.«

»Geht klar.« Marlene tat, als ob sie an einem Problem tüftelte, und hob nur kurz die Hand. Die Schritte ihres Kollegen verhallten. Endlich war sie allein. Eilig ging sie zu einem Regal, zog zwei Ordner heraus, die sie sich dort bereitgelegt hatte, und löste die Klemmen. Plötzlich klappte die Tür. Benjamin kam zurück. Marlene und er schauten sich überrascht an. Beide fühlten sich ertappt.

»Fluppen vergessen!«, sagte der Kollege und ging zu seinem Schreibtisch.

»Mann, da kriegt man ja 'nen Herzkasper«, gab sich Marlene locker.

»Stimmt, ich sollte aufhören.« Er fand wohl nichts an ihrem Verhalten. Oder doch? Er schaute sie an – Marlene schaute zurück. Sie dachte an Chris und Lilia und merkte, wie ihr die Röte ins Gesicht schoss. Benjamin flirtete: »Ist aber nett, dass du dich um meine Gesundheit sorgst.« Er wollte noch etwas sagen, aber Marlenes abweisende Haltung ließ ihn verstummen. »Na dann! Mach nicht mehr so lange.«

Diesmal beobachtete Marlene vom Fenster aus, wie er über den Hof ging und im Durchgang verschwand. Sie wischte sich ihre vor Angst feuchten Händen an den Hosenbeinen ab, zog eine Minikamera aus der Gesäßtasche ihrer Jeans und begann Blatt für Blatt abzufotografieren.

In Leningrad tanzte Chris ihr Fächersolo. Wie schon in der Show zu Hause war es auch in diesem Programm ein Höhepunkt. Das Publikum jubelte ihr zu. Während sich Chris verbeugte, war sie mit den Gedanken bei ihrer Schwester. Etwas stimmte nicht. Das fühlte sie deutlich. Nach der Vorstellung ging Chris zur Rezeption und bat um eine Verbindung nach Westberlin. Telefonate ins Ausland waren sehr teuer und vor allem nicht erwünscht. Doch der Rezeptionist drückte ein Auge zu und wies Chris in eine Kabine, wo ein Telefonapparat stand. Mit klopfendem Herzen lauschte sie dem Rufzeichen. Irgendwann brach die Leitung zusammen. Ein zweiter Anruf ging nicht mehr durch. Sie suchte nach Alexander und fand ihn mit anderen Musikern an der Bar. Er habe es in den Tagen einmal geschafft, mit Marlene zu telefonieren. Sie sei nicht besonders gut drauf gewesen. Aber ansonsten sei ihm nichts aufgefallen, beruhigte er Chris.

Trotzdem konnte sie nicht einschlafen. In der Dunkelheit ihres Zimmers sah Chris immer wieder, wie sie mit Georg fotografiert worden war. Nein! Der Arm der Staatssicherheit reichte nicht bis nach Westberlin, versuchte sie sich gut zuzureden. Marlene war dort sicher. Aber warum nur wurde Chris von dem Gefühl gequält, dass ihre Schwester in Gefahr war?

Zur gleichen Zeit saß Marlene auf einer Parkbank am Rande einer schäbigen Grünanlage und beobachtete die wenigen Passanten, die um diese Zeit noch unterwegs waren. Hundehalter, die mit ihren Lieblingen Gassi gingen. Ein paar jugendliche Junkies. Türkinnen mit Kopftuch, die in Eile Kinderwagen nach Hause schoben. Der Kurier ließ auf sich warten. Marlenes Gefühle wechselten zwischen der Scham, dass sie dem Druck nachgegeben hatte, der Hoffnung, dass Chris und Lilia sicher waren, der Wut auf die Frechheit des Mannes, der sich verspätete, und auf das ganze System, dem er diente. Plötzlich hörte sie eine Stimme. »Können Sie mir sagen, wie ich von hier zur Herrmannstraße komme?«

Marlene fuhr aus ihren Gedanken auf. Der Mann war hinter ihr stehen geblieben.

»Herrmannstraße mit einem r oder mit zwei?«, wandte sie sich mit der Frage, die ihr als Erkennungszeichen aufgetragen worden war, zu dem Fremden um.

Der Kurier setzte sich neben sie. Marlene übergab ihm die Minikamera. Diskret ließ er sie in seiner Jackentasche verschwinden. Marlene stand auf und wollte gehen.

»Wir melden uns wieder.« Er zündete sich eine Zigarette an. Abrupt drehte sie sich um. »Das war nicht abgesprochen.«
Im Licht des Streichholzes lächelte er sie an. Dann erlosch die Flamme.

»Da sind sie! Mamuschka und Papa!« Lilia lief ihren Eltern entgegen, die mit der großen Gruppe von Tänzerinnen und Tänzern, Musikern und Akrobaten die Halle des Flughafens Schönefeld betraten. Chris fing ihre Tochter auf und drückte sie fest an sich. So viele Wochen waren sie getrennt gewesen. Rosa und Elisabeth kamen hinterher.

»Habt ihr was von Marlene gehört?«, fragte Chris sofort nach der Begrüßung.

Rosa schüttelte den Kopf. »Nun kommt erst einmal an, ruht euch von der Reise aus, und dann überlegen wir weiter.«

»Nimmst du Lilia?«, bat Chris Alexander. »Ich fahre mit Mutti und Omi nach Pankow, und wenn ich Marlene nicht erreiche, dann schicke ich ein Telegramm nach Bamberg.«

Lilia seufzte. Sie wäre lieber bei ihrer Mutter geblieben. Doch die Sache mit ihrer Tante war wichtig. Sie sah die Sorge im Gesicht der Mutter und auch die Urgroßeltern waren in der letzten Zeit sehr unruhig gewesen und hatten mit der Oma immer wieder über Marlene gesprochen.

Nach unzähligen vergeblichen Versuchen legte Chris den Telefonhörer auf und ließ sich niedergeschlagen aufs Sofa fallen. Es war inzwischen spät geworden, Elisabeth und Richard schliefen bereits. Rosa stellte zwei Tassen Tee auf den Tisch und setzte sich zu ihrer Tochter. Die alte Standuhr schlug elf Mal. Seit sie denken konnte, war Chris der Klang vertraut. Er war ihr Heimat und Geborgenheit. In den Nachhall hinein fragte sie leise: »Warum hast du mir eigentlich nie gesagt, was passiert ist, wer mein Vater ist und dass ich eine Schwester habe?«

Rosa zögerte mit einer Antwort. Dann sagte sie: »Weil ich dich nicht traurig machen wollte.« Nein, das war nur die halbe Wahrheit, dachte Rosa, sie hatte der Tochter den Vertrauensbruch des Vaters verschweigen wollen. Ihr die Schwere der Auseinandersetzungen nicht aufbürden, über die große Verletzung hinweggehen wollen.

»Aber ich war traurig, Mutti!«

Sie schwiegen und lauschten dem Pendel der Standuhr.

»Physik war unsere Leidenschaft«, fing Rosa an zu erzählen. »Roland und ich, wir hatten Träume von einem Leben als Wissenschaftler für eine bessere Welt. Nie wieder Krieg. Nie wieder Faschismus. Am Ende bin ich Produktionsleiterin im Glühlampenwerk geworden, und Roland leitet das Familienunternehmen, vor dessen Schatten er damals nach Berlin geflohen war.«

Chris schluckte. »Du hattest es nicht in der Hand. Und wenn sie in der Nacht nicht die Mauer gebaut hätten …«

»Hätte! Wäre! Wenn!« Rosa schüttelte traurig den Kopf. »Du musst mich nicht trösten, Kind.« Sie dachte an die Worte ihrer Mutter: »Der Sozialismus ist missraten.«

ACHTUNDZWANZIGSTES KAPITEL

Dornröschenschlaf findet hinter Dornen statt. In Bamberg trifft ein Telegramm ein. Ein Schmierzettel verändert die Welt.

Überall im großen Malsaal lagen Transparente und Pappschilder. Aus allen Abteilungen des Friedrichstadt-Palastes waren Mitarbeiter gekommen, um sie zu beschriften. Sie wollten am 4. November 1989 bei der Protestkundgebung der Kunst- und Kulturschaffenden auf dem Alexanderplatz dabei sein. Während sie Losungen erfanden, diskutierten sie über Meinungsfreiheit, über Rechtsstaatlichkeit, freie Wahlen. Plötzlich erwachten Gedanken, die in einem Dornröschenschlaf gelegen hatten. Sie hatten sich alle angepasst. An gesellschaftliche Verhältnisse, die sie nicht ändern konnten. Die bedrohlich waren und die sie kleinhielten, in denen sie sich einrichten mussten, eingerichtet hatten. Gut eingerichtet! Gelitten hatten. Nicht anders konnten. Den vergifteten Apfel akzeptierten – so gingen die Gedanken hin und her. Jetzt wollten sie endlich ihre Meinung sagen und gehört werden. Der Schlüssel zu ihrer Freiheit lag im aufrichtigen Gespräch, endlich alles sagen zu dürfen. Runde Tische mussten her, an denen auf Augenhöhe diskutiert werden konnte und die Vergangenheit abgeladen, betrachtet werden, wie man ein Erbe betrachtet, sich erinnert und auswählt, was Bestand haben soll in einer neuen Zeit.

In der *Tagesschau* sahen Doris und Roland den Bericht über die Demonstration auf dem Alexanderplatz. Vier Millionen Menschen waren gekommen. Über den Köpfen der Menge schwebte ein Transparent des Friedrichstadt-Palastes. Doris ging näher, um besser sehen zu können. »Da ist Christine. Roland, da ist Chris«, rief sie.

Es klingelte. Wenig später kam Adele mit einem Telegramm. Sie hatte es schon geöffnet. »Christine hat geschrieben.«

Roland stand auf und nahm es seiner Mutter aus der Hand.

»Wir erreichen Marlene nicht und machen uns große Sorgen. Gruß Chris.«

Auch in Kreuzberg lag ein geöffnetes Telegramm auf dem Fußboden.

»Bitte, melde Dich. Wir machen uns große Sorgen. Chris und Alexander.«

Marlene hatte sich im Unternehmen krankgemeldet. Auch das Telefon ließ sie klingeln. Aus Angst. Ich bin in die Fänge der Staatssicherheit geraten, sie werden mich überall finden – dachte sie. Ich sollte nach Hause fahren und Vater um Hilfe bitten. Doch sie hatte keine Kraft. Ab und an schleppte sie sich in die Küche, um Tee zu kochen. Dann kroch sie zurück ins Bett. In den ersten Tagen hatte sie viel geweint. Inzwischen waren die

Tränen versiegt. Geblieben waren ein Druck auf der Brust und das Gefühl von Hoffnungslosigkeit.

Die Klingel schrillte. Marlene erstarrte. Sie würde nicht öffnen. Es klingelte mehrmals hintereinander. Ängstlich schlich sie zur Tür und lauschte. Draußen war das Scharren von Schuhen zu hören. Männerschuhe. Marlene wurden die Knie weich. Plötzlich ertönte die Klingel wieder, diesmal direkt an ihrem Ohr. Sie zuckte zurück und stieß an den Garderobenständer. Es polterte. Stille. Der andere vor der Tür war genauso reglos wie sie. Dann ein feines Klopfen. »Marlene, ich bin es. Mach auf«, hörte sie die Stimme ihres Vaters. Sie stürzte zur Tür und drehte den Schlüssel im Schloss herum.

Roland hielt seine Tochter, die schluchzend an seiner Brust lag, und dachte daran, wie lange er diese Nähe nicht mehr erlebt hatte. Er roch ihr Haar und spürte ihren Körper unter seinen Händen beben. Da kamen auch ihm die Tränen. Die Liebe, die er sich verboten hatte zu fühlen, weil der Alltag, die Auseinandersetzungen mit Marlene seine Zuneigung überlagert hatten, floss zurück in sein Herz.

Als sie ihm erzählt hatte, was passiert war, packte Roland verzweifelte Wut. Er musste etwas tun, um seine Töchter zu schützen.

»Ich habe solche Angst, Papa«, schluchzte Marlene. »Wenn das in der Firma herauskommt …« Roland wiegte die Tochter tröstend im Arm. Feinschmitt und Schäfer fielen ihm ein. Er musste die beiden um Hilfe bitten. Niemand durfte Marlene oder Christine jemals wieder bedrohen. Sollte seine eigene Tat von damals in den Fokus der DDR-Ermittlungsbehörden rücken, dann würde er sich stellen. Es war der Moment aufzuräumen. Und zwar gründlich. Er löste sich von ihr, ging zu seinem Gepäck, nahm die Brieftasche heraus und fand die Visitenkarte. Dann wählte er die Nummer in Ostberlin, vielleicht hatte er Glück und erwischte noch jemanden im Büro. Er kam problemlos durch. »Wenninger hier, der Junior«, stellte er sich vor. »Wir müssen uns treffen. Dringend. Ich bin in Berlin.«

Feinschmitt legte auf. »Roland Wenninger will uns sprechen«, sagte er zu Schäfer, mit dem er sich das Büro teilte.

Schäfer blickte überrascht von seiner Arbeit auf. »Läuft was nicht?« In diesen unruhigen Tagen blieben die beiden Außenhändler immer lange im Ministerium.

»Er klang aufgeregt«, erwiderte Feinschmitt besorgt. Inzwischen waren sie von den illegalen Grenzübertritten der Zwillingsschwester in Kenntnis gesetzt worden. Wirklich ein Ding. Da waren sie damals in Bamberg wohl auf die Falsche hereingefallen. Wenn Feinschmitt an das Gespräch und ihre charmante Hilflosigkeit zurückdachte, musste er schmunzeln. Die junge Frau hatte ihm gefallen. Die Vorstellung, dass der Bericht, den sie nach dem Treffen einreichen mussten, womöglich zur Entlarvung beigetragen hatte, behagte ihm nicht. Ihr Auftrag war es, Devisen zu verdienen und mit den Westdeutschen Geschäfte zu machen. Womöglich hatte ihnen Mielkes Staatssicherheit dazwischengefunkt. Ärgerlich.

In diesem Moment wurde das Interesse der beiden Außenhändler vom laufenden Fernseher angezogen. Seit dem Abdanken des alten Regierungschefs und den rasanten Veränderungen im Land gab es täglich eine Pressekonferenz. An diesem Abend verkündete das Politbüromitglied Günter Schabowski eine neue Ausreiseregelung. »… die es jedem Bürger der DDR möglich macht, über Grenzübergangspunkte der DDR auszureisen«, hörten sie den Politiker sagen. Prompt kam die Nachfrage eines Journalisten. »Ab wann tritt das in Kraft?«

Schabowski schaute auf seinen Schmierzettel. »Das tritt nach meiner Kenntnis … ist das sofort, unverzüglich.«

Feinschmitt und Schäfer starrten auf den Bildschirm und wussten sofort: Ihr Staat war am Ende.

Wie jeden Abend saß Chris vor dem Spiegel in der Maske und ließ sich schminken. Bettina Wilke kam in den Raum gestürzt. »Wir können alle ausreisen. Ab heute. Sofort!« Die Maskenbildnerin hielt in ihrer Bewegung inne. Chris drehte sich zu Bettina um. Die nickte strahlend. »Wenn das stimmt, fahre ich nach England«, jubelte sie. Niemand konnte ihre Nachricht so recht glauben. Die Maskenbildnerin wollten wissen, was denn genau gesagt worden sei und ob das denn auch für Tagesreisen nach Westberlin gelte. Bettina hob die Schultern. »Keine Ahnung, Leute, die Westnachrichten sprechen jedenfalls von uneingeschränkter Reisefreiheit.«

Die Durchsage der Inspizientin über den Lautsprecher mahnte zur Eile: »Es ist jetzt neunzehn Uhr fünfundzwanzig. In fünf Minuten beginnt die Vorstellung. Alle Gewerke auf ihre Plätze. Das Orchester bitte einsitzen. Und das Ballett auf die Position zum Prolog.« Sofort konzentrierten sich alle auf den Vorstellungsbeginn. Zu unglaubwürdig klang die Ankündigung ihrer Reisefreiheit. Der Zuschauerraum war bis zum letzten Platz gefüllt, hier hatte noch niemand von der Pressekonferenz, die gerade stattgefunden hatte, erfahren. Das Programm lief durch wie an allen Abenden zuvor.

In der Pause kam Alexander zu Chris und berichtete, dass er durch die Fenster der Kantine gesehen habe, dass ein Menschenstrom in Richtung des Grenzüberganges Chausseestraße unterwegs sei. Manche hätten ihre Koffer dabei. Chris schaute ihn skeptisch an. Er nickte und konnte es selbst nicht glauben.

Im Hinterhof der Kreuzberger Wohnung merkten Roland und Marlene von alldem nichts. Sie saßen Schulter an Schulter in eine Decke gehüllt auf der Matratze. »Im Rückspiegel sah ich deine Mutter im Nachthemd auf der Straße stehen. Du hast sofort zu schreien begonnen«, berichtete Roland zum ersten Mal ehrlich über jene Nacht, als er Marlene von Rosa weggerissen hatte. »Ich wusste, dass ich anhalten muss. Doch ich fuhr weiter, bis zum Grenzübergang Bornholmer Straße. Ohne Probleme ließen sie mich nach Westberlin durch. Du hast geschrien und geschrien. Ich habe gehofft, dass du bald müde wirst und einschläfst. Kurz vor der Auffahrt auf die Transitautobahn Richtung München habe ich endlich angehalten. Plötzlich konnte ich wieder klar denken. Ich wollte so schnell wie möglich zurück zu deiner Mutter und Christine. Also wendete ich den Wagen. Du bist sofort ruhig geworden und kurz darauf eingeschlafen.« Roland hätte gern nach Marlenes Hand gegriffen, doch er wagte es nicht. »Als ich wieder an der Bornholmer Straße ankam, war dort eine Autoschlange. Ich hielt an und ging nach vorn, wollte wissen, was los war. Dort gab es gewöhnlich keine Staus in der Nacht. Und dann sah ich, wie die Kampftruppen auf der Ostberliner Seite Stacheldraht ausrollten. ›Sie machen die Grenze dicht‹, hörte ich Passanten. Einer imitierte mit Fistelstimme den Staatsratsvorsitzenden Ulbricht: ›Niemand hat die Absicht, eine Mauer zu bauen.‹ Ich war entsetzt.«

»Hast du gefragt, ob sie dir als Westdeutsche erlauben durchzufahren?« Marlene sah ihren Vater an.

Roland zögerte, dann schüttelte er den Kopf. »Ich war völlig durcheinander, hatte auch Angst, dass sie mich nicht mehr aus der DDR rauslassen würden. Außerdem wollte ich nicht beide Kinder verlieren. Du warst bei mir und …« Roland brach ab.

Marlene verstand nicht gleich, was er meinte. »Aber du hättest zurück nach Pankow fahren können?«, hakte sie nach.

Roland nickte fast unmerklich.

Marlene begriff. Ihr Vater hätte eine Wahl gehabt. Aber er wollte nicht in der DDR leben und er wollte sie nicht mehr zurückgeben. »Du hast Gott gespielt, Vater, und entschieden, wer wo leben darf«, fasste sie erschüttert zusammen.

»Sie schließen die Mauer auf«, jubelte Lilia, die von Chris aus dem Bett geholt worden war. »Mama und Papa wollen zu Marlene und ich soll bei euch schlafen«, sagte sie zu Elisabeth und zeigte zum Mazda, in dem Alexander saß und herüberwinkte. Rosa stand neben ihrem Vater vor dem Fernseher. Ein Westsender zeigte die Bilder von der Grenzöffnung.

Chris half ihrer Tochter, die Strickjacke auszuziehen, unter der sie ihren Schlafanzug anbehalten hatte. Das Kind war aufgekratzt von den Ereignissen. »Aber ich will gar nicht schlafen und alles erleben, was jetzt passiert.«

Chris und Elisabeth sahen sich besorgt an. »Was ist, wenn sie es sich anders überlegen? Und die Grenzen wieder schließen und ihr seid drüben?«, fragte die Großmutter.

»Das werden sie doch nicht wagen«, sagte Chris und war sich nicht sicher. Rosa kam und griff nach ihrer Jacke. »Ich komme mit euch.«

Durch die halb geöffnete Wohnzimmertür sah Chris den gebeugten Rücken ihres Großvaters. Er schien in den Fernseher und die Meldungen von der Menschenmenge am Brandenburger Tor und an den Grenzübergängen förmlich hineinzukriechen.

»Es nimmt ihn mit«, sagte Elisabeth leise und Tränen traten ihr in die Augen. Lilia ging zu ihrem Urgroßvater und legte ihm den Arm um die Schulter. »Singst du mir das Spanienkämpferlied vor, Opapa?«

In dieser Nacht sahen alle dieselben Bilder, in Ost und in West. Auch in der Bamberger Villa saßen Wilhelm, Adele und Doris vor dem Fernseher und erlebten, wie die Schlagbäume geöffnet wurden und die Menschen hinüberliefen. Auch sie hatten Tränen in den Augen. Doch während für Richard die Illusion eines Kämpferlebens zusammenbrach, war es für Wilhelm eher eine Genugtuung, dass der Korken aus der Flasche war, die DDR war zu Boden gerungen. Adele schaute besorgt zu Doris, die Haltung bewahrte.

Roland stand am Herd und briet Eier. Er trug Marlenes Cocktailschürze. Die Tochter war unter die Dusche gegangen. Alles hier in der Kreuzberger Wohnung erinnerte ihn an seinen Kummer in den ersten Wochen, allein mit der kleinen Marlene in Bamberg. Damals hatte er nur funktionieren können, einen Schutzraum schaffen müssen und ein Leben aufbauen.

Plötzlich klingelte es Sturm.

Roland drehte das Gas ab, hängte die Schürze hastig über den Stuhl und ging zur Tür. Er rechnete mit dem Schlimmsten und stand vor Chris. »Papa! Was machst du denn hier? Wo ist Marlene?«

Vollkommen irritiert wies er in die Wohnung. »Sie haben die Grenze aufgemacht.« Chris schob sich an ihrem Vater vorbei. Hinter ihr kam Alexander herein, grüßte freundlich und ging ebenfalls weiter. Ehe Roland begreifen konnte, warum Chris im Westen war und sie mit einem fremden Mann in die Wohnung stürmte, erblickte er Rosa. Langsam kam sie die letzten Stufen der Treppe herauf.

Chris fand Marlene im Bad und fiel der Schwester um den Hals. Marlenes nasse Haare klebten Chris im Gesicht und vermischten sich mit ihren Tränen.

»Was ist passiert?«, stammelte Marlene, die nur ein Handtuch umgeschlungen hatte. Wie konnte es sein, dass sie plötzlich im Arm ihrer Schwester lag? Die doch eigentlich gar nicht hier sein konnte, und dann trat auch noch Alexander in die Tür und lächelte.

Im Hausflur standen sich Rosa und Roland gegenüber. Endlich fand Roland die Sprache. »Was ich damals getan habe, Rosa, es tut mir unendlich leid.«

Sie nickte und schaute auf ihre Hand. »Ich habe hier achtundzwanzig Jahre etwas für dich aufbewahrt.«

Er verstand nicht, was sie ihm sagen wollte. Da knallte eine Ohrfeige. Er taumelte, spürte, wie seine linke Wange zu brennen anfing.

»Auf einmal fällt alles zusammen, wie ein Kartenhaus«, schluchzte sie überwältigt und schaute auf den Mann. Die Zeit hatte sein Gesicht gezeichnet.

Roland sah die zarte Frau, die trotz ihrer Krankheit so voller Kraft schien, nach der Chemotherapie waren erste kleine Löckchen gewachsen, natürlich war sie älter geworden, aber schön wie damals. Er liebte sie immer noch und sagte, als lägen keine achtundzwanzig Jahre dazwischen, als wären sie sich so vertraut, dass sie die Situation gemeinsam meistern würden: »Marlene ist in Schwierigkeiten.«

Dreizehn gemeinsame Stunden lagen hinter uns. Wir waren Zeitreisende. Während wir der Sonne davongeflogen waren und dabei sechs Stunden hinter uns ließen, hatten wir eine versunkene Epoche lebendig werden und untergehen lassen. In der Antike wurde dieser Zustand als Kairos beschrieben. Während der Mensch an einem Punkt sitzt, bewegen und verändern sich um ihn herum Raum und Zeit. Ich musste an Rolands Begeisterung für die Quantenphysik denken, die das Lineare aufhebt und in Paralleluniversen denkt.

In Berlin-Tegel hoben wir unsere Koffer vom Band und mussten Abschied nehmen. Ich gab Lilia meine Visitenkarte. »Wenn du mal Lust hast, dich bei mir zu melden.«

»Das mache ich auf alle Fälle.« Meine Reisebegleiterin winkte zwei Mädchen zu, die sich die Nase an der Scheibe hinter dem Ausgang platt drückten. Die Ältere, sie war vielleicht neun, hatte den Arm um die Jüngere gelegt.

»Das sind meine Schwestern, Marie und Sophie, eigentlich auch meine Cousinen«, sagte sie vergnügt. Lilia wollte jetzt nur noch so schnell wie möglich raus zu ihrer Familie.

»Danke für deine Geschichte«, rief ich ihr nach. Sie hob die Hand und war auch schon verschwunden.

Danach sah ich sie noch einmal im Flughafengebäude wieder. Sie ging vor Chris und Marlene, die ihre Gepäckstücke trugen. An ihren Händen rechts und links hüpften Marie und Sophie. Worte und Lachen flogen hin und her.

Die große Ähnlichkeit von Chris und Marlene berührte mich. Vielleicht weil uns ein Einfall der Natur zeigt, dass wir letztlich alle verbunden sind und dass unsere Sehnsucht nach Besonderheit, nach Einmaligkeit, eine Illusion ist, die wir getrost überwinden können zugunsten der Feier unserer Gemeinsamkeit. Indem wir uns so respektieren, wie wir sind, und uns einer im anderen erkennen und fortsetzen, werden wir eins.

EPILOG

In den nächsten Wochen beendete ich die Geschichte über den thailändischen Jungen. Als wir mit den Drehvorbereitungen begannen, erreichte mich eine Mail von Lilia. Sie war wieder zurück in Bangkok und ihre Geschäfte liefen gut. Sie schrieb, dass sie plane, Physik zu studieren. Zwar hatte Marlene versucht, ihr den Einstieg ins Familienunternehmen schmackhaft zu machen. Doch Lilia fand, dass die Firma bei ihrer Tante und Doris in den besten Händen lag.

»Ich denke, dass du noch erfahren musst, wie es nach dem spektakulären Mauerfall bei uns weiterging. Eigentlich ist das ja der spannendste Teil. Deutschland und die Welt feierten Wiedervereinigung. Doch wir – die Steffens und die Wenningers – wurden von unserer Familiengeschichte so richtig durcheinandergerüttelt. Zuerst schien alles nach dem Motto »Friede – Freude – Eierkuchen« zu laufen. Es gab ein Familientreffen in Bamberg, wo sich die Jungen bestens amüsierten und die Alten ihre Ablehnung auslebten und Distanz wahrten. Dann ein Treffen in Pankow, zu dem Wilhelm und Adele zwar eingeladen wurden, aber nicht kamen. Die Risse wurden sichtbarer. Alexander und Marlene erschienen mir als ein Traumpaar. Ich spürte, wie sehr mein Papa meine Tante liebte, was natürlich komisch für meine Mama war. Doch sie kam gar nicht dazu, sich aufzuregen, denn Georg kehrte aus Indien zurück und eröffnete seine eigene orthopädische Praxis, ganz schick in einem Ärztehaus am

Gendarmenmarkt. Außerdem hatte meine Mutter damit zu tun, ihre berufliche Existenz im Palast zu sichern.

Obwohl es für Außenstehende kaum zu verstehen war: Rosa verzieh Roland. Zuerst trafen sich beide heimlich hinter dem Rücken der Familie. Doch vor Doris konnte Roland das nicht verbergen. Sie konfrontierte ihn mit der Wahrheit. Voller Trauer trennten sich die beiden. Später erzählte mir Doris einmal, dass sie von der ersten Minute ihrer Begegnung mit Roland gefühlt hatte, dass dieser Tag kommen würde.

Das Kombinat NARVA wurde von der Treuhand abgewickelt. Rosa verlor ihre Arbeit, verzichtete auf einen neuen Job, den es zur damaligen Zeit sowieso nicht gegeben hätte, und ging mit Roland auf Weltreise. Roland war wie verändert, plötzlich war er wieder der junge Mann, der einmal in seinen Citroën gestiegen war, um frei zu sein. Die beiden holten nach, was die Umstände und sie sich selbst nicht erlaubt hatten.

Doris und Wilhelm waren nun allein für das Unternehmen verantwortlich. Marlene fand das Verhalten ihrer leiblichen Eltern unmöglich und ging zurück nach Bamberg, um die Stiefmutter und den Großvater zu unterstützen.

Im Friedrichstadt-Palast änderte sich alles. Von einem Tag zum anderen war die Existenz der über achthundert Mitarbeiter bedroht. Der Berliner Senat hatte wenig Interesse, das große Haus weiterhin zu finanzieren, und setzte nacheinander Intendanten ein, die den Palast in den Ruin wirtschaften sollten. Die Mitarbeiter wehrten sich dagegen in einem zähen Kampf. Mein Vater, der zuerst den Mauerfall wie einen Befreiungsschlag empfunden hatte, konnte mit dem desolaten Zustand, in den der Palast zunehmend geriet, nichts anfangen. Er ließ sich kündigen und gründete mit seiner Abfindung eine Viermannband, um endlich zu spielen, worauf er schon lange Lust hatte. Er wollte Marlene überreden, mit ihm und seiner kleinen Truppe auf Tour zu gehen. Ein unmöglicher Vorschlag, fand meine Tante, denn sie war inzwischen in der Firma fest eingebunden. Schweren Herzens brach mein Vater ohne sie auf. Kurz nach seiner Abreise stellte Marlene fest, dass sie schwanger war. Natürlich wollte sie meinen Vater sofort informieren. Doch gleichzeitig spürte sie, dass es nicht gut wäre für ihre Beziehung, Alexander zurückzuholen und von seinen Plänen abzubringen. Also dachte sie über Abtreibung nach, vergrub sich in Arbeit und verschob die Entscheidung, bis sie nicht mehr zu verschieben war. Sie wagte auch nicht, Chris davon zu erzählen, und machte alles mit sich alleine aus. Meine Mutter war ebenfalls so sehr mit ihrer beruflichen Existenz und dem Erhalt des Palastes beschäftigt, dass sie keine Zeit fand, nach Bamberg zu fahren, so konnte sie nicht sehen, dass Marlene schwanger war. Absurd, oder? Die Grenzen waren offen, doch beide waren so sehr eingespannt, dass sie sich nicht auf die Reise zueinander machten, wofür sie zuvor ihr Leben riskiert hatten. Im Dezember 1990 wurde Marie geboren. Noch von der Entbindungsstation aus rief Marlene ihre Schwester an und gestand ihr alles. Chris setzte sich in ihren sonnengelben Mazda und fuhr die A9 hinunter nach Bamberg. Alexander erreichte die Nachricht, dass er nochmals Vater geworden war, in London. Er ließ alles stehen und liegen und flog zu Marlene und dem Neugeborenen. Da war Chris schon wieder in Berlin. Mein Vater, der auf seiner Reise unzählige Erfahrungen gemacht hatte, gute und weniger gute, wusste inzwischen, dass ihm das freie Musikerleben niemals die Beziehung zu Marlene und seinem Kind ersetzen konnte. Die beiden beschlossen, den Fehler von Rosa und Roland nicht zu wiederholen, heirateten und tauschten die Rollen, was Mut erforderte. Alexander kümmerte sich um Marie. Marlene führte das Unternehmen. Zwei Jahre später wurde Sophie geboren.

Chris und Georg blieben nur eine kurze Zeit zusammen. Es war nicht die Mauer gewesen, auch nicht die Karriere meiner Mutter oder das falsche Timing, das verhindert hatte, dass sie ein Paar wurden. Sie passten einfach nicht zusammen. Meine Mutter blieb auch in der neuen Zeit ein optimistischer und lebensfroher Mensch. Im Ensemble setzte sie sich durch und kämpfte allen voran für den Erhalt des Palastes. Georg behielt seinen melancholischen Blick auf die Welt. Das vereinte Deutschland konnte ihn nicht glücklich machen. Er sah die ehemaligen Kollegen, die sich viel zu schnell an das neue System anpassten, die sogenannten Wendehälse. Er erlebte, dass die Karrieristen in der DDR auch unter den veränderten Verhältnissen ihre alten Seilschaften nutzten und so ihr Fortkommen sicherten. Also hielt sich Georg weiter von ihnen fern und baute seine Idee von ganzheitlicher Orthopädie aus.

Auch für mich war »die Wende« keine leichte Zeit. Ich spürte die Nervosität der Erwachsenen, dass sie verwundet waren, dass sie nach Orientierung suchten. Ich wollte mich an der Staatlichen Ballettschule bewerben. Doch meine Mutter warnte mich. Sie war überzeugt, dass es nicht mehr einfach werden würde, ein festes Engagement zu bekommen, und verwies auf die unzähligen Tänzerinnen und Tänzer, die sich täglich im Palast um Arbeit bewarben. Unsere Auseinandersetzungen machten mich rebellisch, und so kam ich auf die Idee mit den Mauersteinen. Wie es weiterging, weißt du ja. Und ganz ehrlich, ich bedaure meine Entscheidung nicht, es war eine wichtige Erfahrung. Doch jetzt habe ich mich entschlossen, meine Firma zu verkaufen und Physik zu studieren. Die Physik kann Antworten auf Menschheitsfragen geben: Woher kommen wir? Was ist der Sinn des Lebens? Das gefällt mir. Zwei Teilchen, die Lichtjahre voneinander entfernt sind, kommunizieren miteinander. Stell dir vor, wenn wir in Wahrheit mit Lebewesen im Universum in Verbindung sind und uns gemeinsam mit ihnen entwickeln. So wie meine Mutter und meine Tante in unterschiedlichen Teilen Deutschlands aufgewachsen sind, unsichtbar verbunden waren und sich fanden.«

NACHWORT DER AUTORIN

Als ich die Anfrage bekam, eine Serie über den Friedrichstadt-Palast zu schreiben, hatte ich sofort das Gefühl, dass eine Geschichte entstehen muss, die Osten und Westen, Ostdeutschland und Westdeutschland miteinander verbindet.

Die legendäre Showbühne im Osten, in der Friedrichstraße in Berlin-Mitte, liegt nur wenige Hundert Meter von der ehemals schwer bewachten Grenze nach Westen entfernt.

Die bunte Welt der Revue, die Leichtigkeit des Tanzes sollten im wahrsten Sinne des Wortes die Bühne für eine starke Trennungsgeschichte sein: Der Bau der Mauer hat eine Familie auseinandergerissen. Zwillinge wissen nichts voneinander. Sie stehen für den jeweils anderen Teil Deutschlands. Natürlich erinnerte ich mich beim Schreiben an meinen verehrten Kollegen Erich Kästner und ließ mich von seinem *Doppelten Lottchen* inspirieren. So sind auch die Einführungen zu den Kapiteln eine Hommage an seine einzigartige Art zu schreiben.

Historische Inhalte, so bin ich überzeugt, müssen in einen universalen menschlichen Plot eingebunden werden. Die Erzählung wird bigger than life und eröffnet einen Raum für unsere innere und äußere Veränderung. Denn darum geht es doch beim Erzählen von Geschichten seit Tausenden von Jahren:

Storytelling is a healing method.

Zuerst entstanden die Drehbücher und die Serie, dann der Roman. Als wir mit der Arbeit begannen, führten die Produzentin und ich unzählige Gespräche mit Zeitzeugen des Palastes. Diese erinnerten sich an ihre künstlerische Arbeit in den letzten Jahren der DDR, an den Mauerfall und an die Zeit danach. Ihre Berichte und Erlebnisse sind in die Geschichte eingeflossen. Die Namen aller Figuren sind fiktiv.

Christine Steffen und ihre beiden Kolleginnen Bettina Wilke und Gaby Sommer stehen für die unterschiedlichen Tänzerinnenpersönlichkeiten im Friedrichstadt-Palast jener Zeit.

Ballettdirektorin war von 1963 bis 1990 Gisela Walther. Sie hat das Palastballett auch als Choreografin mit Strenge und Energie geformt. Durch ihre Exaktheit wurde die Girlreihe oder Kickline, wie sie heute heißt, zu einem Markenzeichen des Palastes.

Den Wanderer zwischen den Welten gab es wirklich. Wolf Leder war ein außergewöhnlicher Kostüm- und Szenenbildner, der bis Anfang der Neunzigerjahre im Palast wirkte. Seine Biografie ist im Roman genau so beschrieben, wie sie sich ereignet hat.

Intendant des Palastes war ab 1963 Wolfgang Struck. Gleich zu Beginn seiner Arbeit hat er aus dem Varieté mit Nummernprogramm eine Revue mit durchgehender Handlung geschaffen, das »Palastical«, und damit den Friedrichstadt-Palast zu internationalem Ruhm gebracht. Als Struck 1988 erkrankte, suchte er seinen Nachfolger persönlich aus. Er fand Reinhold Stövesand an der Musikalischen Komödie in Dresden, der den Palast bis in die Wendezeit hinein führte.

Die Revue »Jubiläum«, wie sie im Buch beschrieben ist, hat es 1987 zum 750. Jahrestag Berlins unter dem Titel »7-5-0« gegeben. Helga Hahnemann und Alfred Müller waren die Conférenciers, ein Fächersolo gab es nicht. Regie führte Volkmar Neumann.

Die Idee und das Skript zu »Traumvisionen« wurden von der Dramaturgin Dr. Isolde Matthesius und dem Regisseur Emil Neupauer entwickelt. Die Miracula tanzte die einzigartige Kristina Merkel-Weinert. Die männliche Hauptrolle übernahm ihr langjähriger Partner Rainer Genss.

Die Choreografien von »Traumvisionen« entstanden unter der Leitung von Nigel Lythgoe, Karen De Beaufort-Lloyd, Emöke Pöstenyi, Kenneth Warwick. Premiere war bereits im Jahr 1988.

Damals sprach man im generischen Maskulinum. Ein Regisseur konnte ein Mann oder eine Frau sein. Ich habe diese Art zu sprechen, die den damaligen Zeitgeist widerspiegelt, meistens übernommen. Manchmal auch nicht. Die Entscheidung beruht auf dem sprachlichen Rhythmus des Romans.

Übrigens zog der Begriff »Show« erst nach dem Mauerfall in den Sprachgebrauch des Friedrichstadt-Palastes ein. In der DDR hieß es »Revue« oder »Programm«.

Diese Geschichte ist von wahren Ereignissen jenes legendären Jahres 1989, des Jahres des Mauerfalls, inspiriert. Eine Epoche, die ich selbst erlebte und die mein weiteres Leben in vielen

Facetten geprägt hat. Damals hatte ich wenig Zeit, mich mit meiner Vergangenheit in der DDR auseinanderzusetzen. Ich musste mein neues Leben mit zwei kleinen Kindern im Griff behalten, meinen Platz als junge Regisseurin finden, später als Autorin. Als meine Tochter erwachsen geworden war, sagte sie oft zu mir, dass sie gern meine Sicht auf die Vergangenheit erfahren würde. »Erzähle über die DDR«, war ihr Auftrag, und so begab ich mich mit dieser Geschichte in die Erinnerungen an ein untergegangenes Land.

Rodica Doehnert

DANKSAGUNG

Fast zweihundert kreative Menschen haben den »Palast«, die Serie und den Roman, zum Leben erweckt.

Mein ganz besonderer Dank gilt:

Oliver Berben, Kathrin Bullemer, Fritz Wildfeuer und Rüdiger Boess, den Produzenten der Constantin TV. Darüber hinaus Frank Zervus, Matthias Pfeiffer, Ronja Reißig, den Redakteuren vom ZDF. Sie alle waren wie Felsen in der stürmischen Brandung dieser anspruchsvollen Produktion und haben die Serie möglich gemacht.

Meinem Kollegen Günther van Endert, der mit seinen aufmerksamen Fragen die Geburt und die Entwicklung der Geschichte begleitet hat.

Dem wunderbaren Regisseur Uli Edel, der mit nie nachlassender Kraft und Genauigkeit, mit Herzblut und Leidenschaft die Welt jenes Jahres 1989 in Ostberlin und im Friedrichstadt-Palast hat lebendig werden lassen. Eine einzigartige Zusammenarbeit!

Der Hauptdarstellerin Svenja Jung, die in der Doppelrolle den Schwestern Chris und Marlene ein Gesicht und eine Stimme gab. Sie war mit Begeisterung für die beiden unterschiedlichen

Frauen aus Ost und West da, gemeinsam mit einem großartigen Schauspielerensemble und einem hoch motivierten Filmteam. Sie alle holten in über siebzig herausfordernden Drehtagen die Serie ans Licht der Welt.

Anne Petersen und Friedrich Radmann, ohne deren Zuspruch der Roman ganz sicher nicht entstanden wäre. Beide haben mich bestärkt, die Geschichte auch in literarischer Form zu erzählen, und so bin ich nach Jahren der Drehbucharbeit und zwölf Fassungen noch einmal in medias res gegangen. In dieser langen Zeit, in der ich die Welt von Chris und Marlene und des Palastes und meine eigene Vergangenheit erneut entdeckte, hat mich Anne mit ihrem großen Erfahrungsschatz des »Büchermachens« begleitet und ermutigt.

Ursula Kollritsch, die liebevoll, gründlich und mich immer wieder zu neuen Überlegungen inspirierend das Romanmanuskript lektorierte und den Übergang der Drehbücher in eine literarische Form begleitete.

Karina Woller, die Cheflektorin von Lago in der Münchner Verlagsgruppe, gab mir Ruhe, Vertrauen und den Raum, bis zum letztmöglichen Augenblick zu schreiben, zu kreieren, zu überarbeiten und wieder zu schreiben. Ihr und natürlich dem ganzen Verlagsteam gehört mein herzlichster Dank für dieses bis ins Detail schön gemachte Buch.

Allen Kreativen und ehemaligen Kreativen der großen Friedrichstadt-Palast-Familie, die zu unzähligen Gesprächen zur

Verfügung standen, die mit klugen Gedanken und guten Worten den Entstehungsprozess der Serie und des Romans begleiteten.

Besonders erwähnen möchte ich Wolfgang Stiebritz, der vom ersten Tag an nimmermüde die Entwicklung von Drehbuch, Film und Roman als guter Geist begleitete. Er kennt den Friedrichstadt-Palast seit 1967 als Tänzer, Solist, Regieassistent, persönlicher Assistent von Gisela Walther, stellvertretender Ballettdirektor und Ballettdirektor. Tag und Nacht konnte ich Wolfgang erreichen. Er wusste auf jede, aber auch wirklich jede Frage der Historie des Palastes, des Tanzes und jener Jahre in Ostberlin eine Antwort.

DANKE, ihr lieben ALLE, ohne euch würde es den »Palast« nicht geben.

PS:

Aber was wäre eine Geschichte ohne Sie, liebe Leserin und lieber Leser, liebe Zuschauerin und lieber Zuschauer. Erst in Ihren Augen, in Ihren Gedanken, in Ihren Reflexionen nimmt sie Gestalt an, wächst und entwickelt sich weiter. Sie wird ein Teil der Welt – denn ein Gesetz der Quantenphysik sagt uns, dass nur das Beobachtete in den Augen der Beobachter zu leben beginnt und sich verändert.

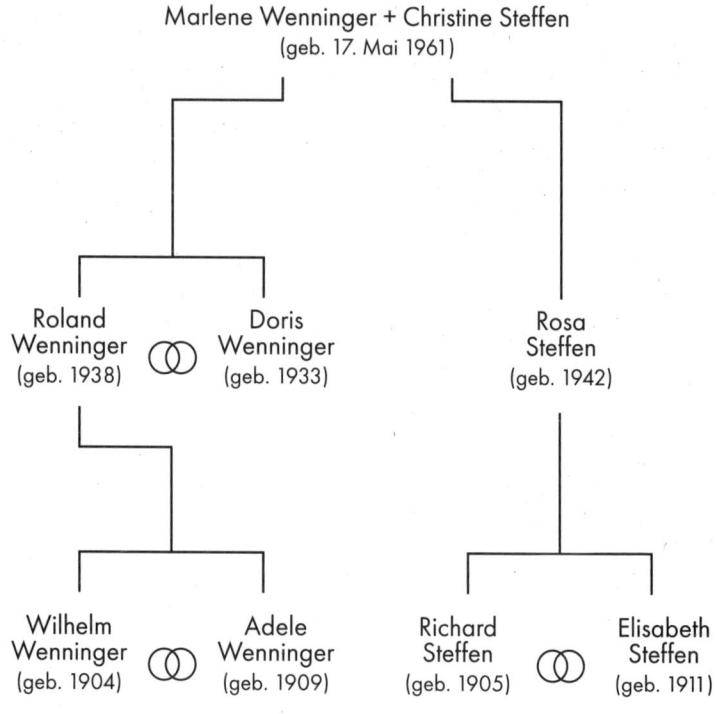

GLOSSAR

Agitieren
Von einer ideologischen Meinung überzeugen, nicht nachlassen in der Argumentation

AMIGA
Schallplattenlabel in der DDR mit Schwerpunkt Unterhaltungsmusik; im Gegensatz dazu veröffentlichte ETERNA klassische Musik.

Antifaschistischer Schutzwall
Offizielle Bezeichnung der DDR für die schwer bewachte Staatsgrenze

Begrüßungsgeld
Seit 1970 bot die Bundesrepublik Deutschland Einreisenden aus der DDR diese Zahlung zweimal jährlich an, 1988 wurde die Summe auf 100 D-Mark erhöht.

Der Wasserkristall
Von Reinhard Lakomy und Monika Ehrhardt, gehört zur Reihe »Geschichtenlieder«, die sich großer Beliebtheit erfreuten.

Devisen
Konvertierbare, stabile Währungen, um auf dem Weltmarkt einkaufen zu können; D-Mark waren Devisen. Die Währung in der DDR gehörte nicht dazu.

Die Grünen
1984 in der Bundesrepublik gegründete Partei, die aus der Anti-Atomkraft-Bewegung hervorgegangen ist. Sie verstand sich als sozial, ökologisch, gewaltfrei und basisdemokratisch.

Displaced Persons (DPs)
Der Begriff wurde nach dem Zweiten Weltkrieg für Flüchtlinge, Vertriebene, Migranten geprägt, die in den Ländern, in denen sie Schutz suchten, nicht beheimatet waren und daher oftmals in Internierungslagern ausharren mussten, bis sie in ihre Herkunftsländer zurückgeschickt wurden.

En suite
Im Friedrichstadt-Palast lief jeden Abend die gleiche Revue, bis sie vom nächsten Programm abgelöst wurde.

Erich Honecker (1912–1994)
Von 1976 bis Oktober 1989 Generalsekretär des Zentralkomitees der SED und Vorsitzender des Staatsrats der DDR

Ernst Busch (1900–1980)
Sänger, Schauspieler, Regisseur; ab 1937 trat er als Sänger in Spanien bei den Internationalen Brigaden auf und machte das Lied »Spaniens Himmel« von Paul Dessau berühmt.

Exquisitläden
Diese Geschäfte gab es in der DDR seit 1962. Sie verkauften exklusive Waren, die aus dem Westen eingeführt wurden oder aus einheimischer Produktion stammten, die diese hauptsächlich für den westlichen Markt herstellte. Ab 1966 kamen »Delikatläden« hinzu, in denen es besondere Lebensmittel zu kaufen gab.

Flucht aus Ungarn nach Österreich
Am 19. August 1989 fand an der österreichischen Grenze eine Friedensdemonstration ungarischer Oppositioneller statt. Für drei Stunden wurde dabei symbolisch die Grenze nach Österreich geöffnet. Das gab den DDR-Flüchtlingen, die schon wochenlang in Zeltlagern ausgeharrt hatten, die Möglichkeit für die Flucht in den Westen.

Fluchthelfer
Kurz nach dem Mauerbau fanden sich Westberliner Studierende zusammen, die an der Humboldt-Universität in Ostberlin immatrikuliert waren. Sie halfen Kommilitonen und deren Familienangehörigen durch die Berliner Kanalisation oder durch ungesicherte Kellergewölbe nach Westberlin. Gleichzeitig gab es professionelle Fluchthelfer, die bis zum Fall der Mauer Flüchtende aus der DDR brachten, meistens in umgebauten Pkw oder Lkw.

Gesellschaftliche Relevanz
Als gesellschaftlich relevant wurde in der DDR alles bezeichnet, was man für wichtig für den Aufbau des Sozialismus hielt; das Begriffspaar hielt Einzug in die Alltagssprache und wurde zum Teil auch sarkastisch benutzt.

Inspizientin
Verantwortliche für den reibungslosen Ablauf des Abends hinter der Bühne

Intershop
Spezielle Geschäfte, in denen gegen Devisen oder westliche Währung Waren aus dem Westen und hochwertige Exportartikel aus der DDR eingekauft werden konnten.

Kassettenrekorder
Abspiel- und Aufnahmegerät für Audiokassetten mit einer Größe von 10,16 cm × 6,35 cm × 1,27 cm (BHT); Vorläufer der CD

Kombinat
Im Sozialismus Zusammenschluss von im gleichen Segment arbeitenden Betrieben zu einem Gesamtverbund, ähnlich einem Konzern im Kapitalismus

Kongruenz
Deckungsgleichheit oder Übereinstimmung

Konsum
Volksmund für Tante-Emma-Laden; diese Lebensmittelgeschäfte gehörten zur Marke Konsum, die seit dem 19. Jahrhundert weltweit vertreten war.

La dolce vita
Italienischer Begriff, steht für das süße, schöne Leben und den Genuss. Auch Titel eines Filmes des berühmten Regisseurs Federico Fellini aus dem Jahre 1960.

Manfred Krug (1937–2016)
Populärer Schauspieler und Sänger; 1977 aus der DDR in die BRD ausgereist, weil er gegen die Ausbürgerung des politischen Liedermachers Wolf Biermann protestierte und daraufhin von der SED-Regierung Spiel- und Auftrittsverbot bekam.

Michail Gorbatschow (geboren 1931)
Von 1985 bis 1990 Generalsekretär des Zentralkomitees der Kommunistischen Partei in der Sowjetunion und von März bis Dezember 1990 deren Staatspräsident. Er leitete mit Glasnost (Offenheit) und Perestroika (Umbau) Veränderungen in der sowjetischen Innenpolitik ein und beendete in Abrüstungsverhandlungen mit den USA und der NATO den Kalten Krieg.

Mugge
Kürzel für musikalisches Gelegenheitsgeschäft, heute heißt es Gig (engl. Auftritt).

NARVA
Berliner Glühlampenwerk, wichtigster Leuchtmittelhersteller in der DDR

Neues Deutschland
Die Tageszeitung der Sozialistischen Einheitspartei Deutschlands (SED), wichtigstes politisches Kommunikationsmedium in der DDR

Reclam Leipzig
Leipziger Taschenbuchverlag der Weltliteratur. Die Bücher waren an ihrer typischen schwarz-weißen Umschlaggestaltung zu erkennen und sehr erschwinglich.

Résistance
Im Zweiten Weltkrieg in Frankreich, Belgien, Luxemburg Widerstandsbewegung gegen die Nationalsozialisten und die mit ihnen zusammenarbeitenden Bevölkerungsgruppen und staatlichen Organe

Rote Tänzer
Politische Tänzer unter der Leitung von Jean Weidt (1904–1988), die Themen aus dem Leben der Arbeiterklasse tanzten. Ihr Publikum waren einfache Menschen und Arbeiter.

Senat
Stadtverwaltung in Berlin-West; in Ostberlin hieß sie Magistrat.

Spanienkämpfer
Kommunistisch geführte internationale Brigade, in der Freiwillige aus europäischen Ländern aufseiten der Republikaner gegen Franco und die Nationalisten kämpften

Spanienkrieg
Spanischer Bürgerkrieg von Juli 1936 bis August 1939 gegen die Niederschlagung der Zweiten Spanischen Republik durch rechtsgerichtete Putschisten unter dem Nationalisten General Francisco Franco

Sowjetische Besatzungszone
Nach Ende des Zweiten Weltkrieges wurde Deutschland von den Siegermächten USA, Großbritannien, Frankreich und UdSSR in vier Besatzungszonen geteilt. 1949 wurde aus der sowjetischen Besatzungszone die Deutsche Demokratische Republik mit der Hauptstadt (Ost-)Berlin; Westberlin blieb nach Alliiertenrecht selbstständige politische Einheit, wurde aber als zur Bundesrepublik Deutschland zugehörig betrachtet.

Sowjetunion, Sowjets, UdSSR
Union der Sozialistischen Sowjetrepubliken, 1922 infolge der Oktoberrevolution gegründet. Ein Zusammenschluss von 14 Republiken, die zentral von der Hauptstadt Moskau aus regiert wurden. In der DDR sagte man zu Sowjetbürgern »die Sowjets«. Die Sowjetunion und die DDR verstanden sich als Bruderländer.

Taxi fahren
In Ostberlin kein Problem; es gab Taxisäulen, an denen die Fahrzeuge warteten, auch eine telefonische Bestellung oder Vorbestellung war möglich.

Tränenpalast
So wurde im Volksmund der Grenzübergang am Bahnhof Friedrichstraße genannt, da dort beim Abschied von den Liebsten häufig Tränen flossen.

VEB
Volkseigener Betrieb; die Eigentumsverhältnisse in der DDR waren volkseigen, im Gegensatz zum Privateigentum im Kapitalismus.

VEB Knast
Ironische Bezeichnung für den Strafvollzug

Videorekorder und Videokassetten (VHS)
Wiedergabe- und Aufnahmegerät, auf dem Videokassetten abgespielt werden können; die Kassetten hatten eine Größe von 18,7 x 10,3 x 2 cm (BHT). Vorgänger der DVD.

Vopo
Abkürzung und geringschätzige Bezeichnung für Volkspolizist

Walter Ulbricht (1893–1973)
Von 1960 bis 1973 Vorsitzender des Staatsrates der DDR, unter seiner politischen Verantwortung fand der Bau der Mauer statt.